文春文庫

そして、バトンは渡された

瀬尾まいこ

文藝春秋

目次

そして、バトンは渡された

何を作ろうか。気持ちのいいからりとした秋の朝。早くから意気込んで台所へ向かったものの、献立が浮かばない。

人生の一大事を控えているんだから、ここはかつ丼かな。いや、勝負をするわけでもないのにおかしいか。じゃあ、案外体力がいるだろうから、スタミナをつけるために餃子。だめだ。大事な日ににんにくのにおいを漂わせるわけにはいかない。オムライスにして卵の上にケチャップでメッセージを書くのはどうだろう。また優子《ゆうこ》ちゃんに不気味がられるのがおちかな。ドリアに炊き込みご飯にハンバーグ。この八年で、驚異的に増えた得意料理を頭に並べてみる。何を出しても優子ちゃんは、「朝から重すぎるよ」と言いながらも残さず食べてくれるだろう。でも、きっと、今日は話が尽きない。冷めてもおいしくて、簡単に食べられるものがいい。

「卵料理はみんないろいろ作ってくれたけど、森宮《もりみや》さんのオムレツは固まり具合がちょうどよくて一番おいしい」

いつか優子ちゃんはそう言っていたっけ。そうだ。ふわふわのオムレツを挟んだサンドイッチにしよう。そう決めると、バターと牛乳、そして、たくさんの卵を冷蔵庫から取り出した。

第1章

1

困った。全然不幸ではないのだ。少しでも厄介《やっかい》なことや困難を抱えていればいいのだけど、適当なものは見当たらない。いつものことながら、この状況に申し訳なくなってしまう。

「その明るさは悪くないとは思うけど、困ったことやつらいことは話さないと伝わらないわよ」

真ん前の席に座った向井《むかい》先生が言った。

二年生最後の進路面談。教壇の前に設置された机を挟んで、担任の先生と向かい合わせで話す。いつもは狭苦しい教室も、二人だとずいぶん広く感じる。

困ったこともつらいこともない私がどう答えるべきか迷っていると、

「言いたくないことは言わなくてもいいけど、家庭での様子も把握しておきたいから。ね、森宮さん」

と先生は言った。

「森宮……。そう森宮です」

「森宮」と呼びかけられ、苗字を唱えるように言う私を、先生はいぶかしげな顔で見た。まだ自分の苗字すらあやふやだなんてと思っているのだろう。

「ああ、あれですよ。友達や周りの人は、私のこと優子って呼ぶから、苗字がぴんと来なくて」

私が本当の理由を述べると、「ああ、そうね。優子はいい名前だもんね」と先生は軽くうなずいた。

優子はありきたりで平凡な名前でありながら、いい名前であるのは事実だ。十七年生きてきて、つくづくそう思う。響きがいいし、耳になじみやすいというのもあるけど、「優子」の最大の長所は、どんな苗字ともしっくりくるところだ。

生まれた時、私は水戸《みと》優子だった。その後、田中《たなか》優子となり、泉ヶ原《いずみがはら》優子を経て、現在森宮優子を名乗っている。名付けた人物は近くにはいないから、どういう思いで付けられた名前かはわからない。でも、優子は長い苗字とも短い苗字とも、たいそうな苗字ともシンプルな苗字とも合う名前ではある。

「いろいろ経験してきた分、名前どおり、森宮さんは優しいところはあるものね」

ててとりたてて優しいわけでもない。

苗字だけはころころ変わってはいるけど、たいした経験はしていないし、私はとりたてて優しいわけでもない。だけど、普段ほめることのない向井先生が言ってくれているのだ。私はひとまず「ありがとうございます」と礼を述べておいた。

「でも、どこか森宮さんには物足りなさを感じるのよね。腹を割っていないというか、一歩引いている部分があるというか」

「はあ……」

「何か思うところあるんだったら話してみたら？　そのために教師がいるんだから」

「そう、ですよね」

なんでも話すようにと、昔から何度も私は先生たちに言われてきた。担任だけじゃない。保健の先生やスクールカウンセラーの先生までが、こまめに私に声をかけてくれた。先生たちは、いつだって私が悩みを打ち明けるのを待っているのだ。私に必要なのは、悩みだ、悩み。これだけ手を広げて受け止めようとしてくれているのに、何もないのでは申し訳ない。こういうときのために、悲惨な出来事の一つくらい持ち合わせておかないといけないいな。とりあえず悩みをでっちあげてこの場を乗り切ろうかと思ったけど、鋭い向井先生には見透かされてしまうだろう。困っていることを挙げるとすれば、まさにこういうときだ。普通に毎日を過ごしているだけなのに、期待を裏切っているようで肩身が狭くなってしまう。無理した覚えなどないのに、元気なだけで気遣われてしまう。

「はあ……」

平凡に生活していることに引け目を感じなくてはいけないなんて、それこそ不幸だ。

「ま、教師に腹割るような生徒なんて、いるわけないか」

なかなか言葉を発しない私にあきらめたのか、先生はあっさりとした口調でそう言った。

向井先生が今までの先生と少し違うのは、私に向けているのが同情ではなく、疑問だというところだ。「かわいそうに」ではなく、「いったい何を考えているの」と私に投げかけてくる。同情されるのはくすぐったいけど、のんきに過ごしている私に、「本当はどう思っているのか」と問われても、参ってしまう。

「で、園田短大だっけ?」

先生は私の進路調査票に目をやった。

「あ、はい。そうです」

そうだ、ここは人生相談ではなく、進路相談の場だ。自分の中身を打ち明けることから解放された私は、大きくうなずいた。

「どうして短大へ? 森宮さんの実力なら、四年制の大学へも十分進学できると思うけど?」

「近くで栄養士の資格を取れる学校が、園田短大の生活科学科だったからです。私、食べ物関係の仕事ができたらいいなって考えてて……。園田短大ならフードスペシャリストの資格も取れるらしいし。近くて希望に沿った大学なんです」

「なるほど。進路については真剣に考えたのね。うん、いいと思う。合格圏内だし」

「ありがとうございます」

向井先生は五十過ぎのベテランの先生だ。化粧っけのない顔に一つにくくっただけの髪は、あまりにそっけなく、学問を教えるためだけに生きているように見える。おもしろおかしく自分のことを話してくれる先生もたくさんいるけど、向井先生は無駄なことは話さないから、誰もプライベートを知らない。

「じゃ、以上で」

先生はそう切り上げた。

進路については真剣に考えたのねと先生は言ったけど、どういうことだろう。他のことはいい加減だと言いたいのだろうか。そう聞きたかったけど、先生は次の生徒の名前を呼んだ。まあ、いいか。園田短期大学は合格圏内だと言ってもらえたのだから。私は軽く頭を下げると、教室を後にした。


「森宮さん、次に結婚するとしたら、意地悪な人としてくれないかな」

長ねぎにしいたけに小松菜に豆腐。なんでも入れたカレイの煮つけを口に入れながら、私は言った。

「どうして？」

いつでもお腹がすいている森宮さんは、仕事から帰ってくるなりスーツのままで夕飯を食べる。堅苦しいしスーツが汚れるから着替えればいいのにと言う私を無視して、今日もご飯をかきこんでいる。

「いつもいい人に囲まれてるっていうのも、たいへんなんだよね。次の母親はちょっとぐらい悪い人のほうが何かと便利かなって」

新しくやってきた母親に嫌がらせを受けているなんて相談したら、先生たちは目を輝かせて聞いてくれそうだ。

「いい人に囲まれてるって、相当いいことじゃないか」

「そうなんだけど、保護者が次々替わってるのに、苦労の一つもしょいこんでないっていうのもどうかなって。ほら、若いころの苦労は買ってでもしろって言うし」

「優子ちゃん、殊勝なんだね。でも、十七年も生きてるんだから、苦労の二、三個は手持ちにあるだろう?」

森宮さんは食べる手を休めずに言った。

「そりゃ、あるっていえばあるんだろうけど」

私には父親が三人、母親が二人いる。家族の形態は、十七年間で七回も変わった。これだけ状況が変化していれば、しんどい思いをしたこともある。新しい父親や母親に緊張したり、その家のルールに順応するのに混乱したり、せっかくなじんだ人と別れるのに切なくなったり。けれど、どれも耐えられる範囲のもので、周りが期待するような悲しみや苦しみとはどこか違う気がする。

「でも、私の苦労って地味でたかが知れてるんだよなあ。もう少しドラマチックな不幸が必要っていうか……」

「優子ちゃんは時々妙なこと言うよなあ。だけど、意地悪な人が新しく母親になったところで、そう簡単に不幸になんてなれないんじゃない？　そんなことより、この長ねぎとろっとしておいしいね」

「そりゃどうも」

森宮さんは私が夕飯の支度をしたときには、必ずほめてくれる。

「優子ちゃん、発想は妙だけど、食材を組み合わせるのはうまいよな」

「適当にほうり込んでるだけだよ。一緒に調理するとなんでもおいしくなるから」

魚か肉を焼いたり煮たりするときには、野菜や豆腐、なんでも一緒に入れておけば、一品作るだけでバランスのいい食事に見える。というのは、以前共に暮らしていた梨花《りか》さんに教わった。料理は好きだけど、学校から帰って作るのは面倒で、平日はなんでも突っ込んだ煮物や炒め物を作ることが多い。食材が何種類か入っているとはいえ、おかずが一品なのはどうかと思うけれど、森宮さんはいつも満足そうに食べてくれる。

「変なことばかり言ってないで、優子ちゃんも冷めないうちに食べなよ。それに、考えたらさ、意地悪な人と結婚して不幸なのは優子ちゃんより、俺なんじゃない？」

森宮さんはそう笑った。

「そっか。でもさ、私にとったら継母《ままはは》だから、森宮さんには優しくても、私にはひどいことするに決まってる」

「そうかなあ」

「そうだよ。私が邪魔なはずだもん。継母だよ、継母」

たぶん、継母は私だけおかずの品数減らしたり、私の大事なものを隠したりするのだ。そのうえ、馬鹿とののしり、お前さえいなければとなじるのだ。そうなったら、なんて私はかわいそうなのだろう。これは、周りが喜んでくれそうなタイプの不幸だ。

「継母継母って、梨花だって継母だろ」

「へ?」

森宮さんが言うのに、私は首をかしげた。

「血がつながっていない母親は、みんな継母だ」

「あれ、そうなんだ」

どうやら、私はすでに継母と暮らしていたようだ。昔読んだ童話のせいか、意地悪なのが継母だというイメージが強いけど、そうではないらしい。梨花さんはだらしないから物をよく失くしたけど私のものを隠すことはなかったし、面倒だからと大皿料理ばかり作っていたけど私だけおかずを減らすことはしなかった。残念ながら、継母はたいして底意地が悪いわけでもなさそうだ。

「継母の線はあきらめよっかな」

「そうしなよ。病気とか事故とか死とか。本物の不幸は目も当てられないし、不幸な自分に酔ってなんかいられないよ。ただただつらくて苦しい時間が続くだけだ」

森宮さんは煮つけの残った汁をご飯にかけながら言った。森宮さんはいつも驚くほど、きれいに食べる。

「それに、俺、もう結婚する気はないし」

「そうなの?」

それこそ私のことなど気にせずに、結婚するべきだ。森宮さんはまだ三十七歳だし、このまま一人で生きていくなんて寂しすぎる。

「父親なんだから当然。最低でも優子ちゃんが結婚するまでは、優子ちゃんのことを一番に考える義務があるからさ」

「そんなのやめてよ。私が一生結婚しなかったらどうするつもり?」

「それはそれでいいよ。俺、父親って立場、気に入ってるしね。意外にはまってるだろ」

父親の風格や威厳なんてものを一切持ち合わせていない森宮さんは、ほくほくした顔で言った。そう言えば、梨花さんも同じようなことを言っていた。母親になれてラッキーだって。親になるなんて面倒なことだらけの気がするけれど、そうでもないのだろうか。

「まあいいや。あれこれ考えてたら疲れちゃった。そうだ、デザートに昨日買っておいたプリン食べようっと」

同情やいたわりにたまには応えたいだけで、痛い思いやつらい思いをわざわざしたいわけじゃない。少々周りの思惑と違ったって、進んで悲しみに飛び込むこともないか。不幸になることを放棄して、冷蔵庫に向かおうとした私に、

「ごめん、今朝食べちゃった」

と、森宮さんが告げた。

「え?」

「プリン、食べちゃったんだ」

申し訳なさそうに頭を下げる森宮さんに、「大丈夫。二つ買っておいたから」と私は言った。父親らしくなくても共に生活しているのだ。お菓子を買うときは、ちゃんと森宮さんの分も用意するようにしている。

「それがさ、一個食べてみたらおいしくてついつい二個とも食べちゃったんだ。朝、無性に甘いものが食べたくなったんだよね」

「二個とも? 朝から?」

「そう。俺、朝からなんでもいけるんだ。ほら、餃子でもグラタンでも食べてるだろ」

森宮さんの食欲など知ったことじゃない。プリンを食べようと意気込んでいた私は、がくりとした。

「食後に食べようと思って買っておいたのに」

「悪い、悪い。そうだ、こないだ会社でお土産に信玄餅もらったのが鞄に入ってたはず

だから、代わりにあげるよ。ちょっと待ってて」

森宮さんはソファの上の鞄をあさって「ほら、あった」と小さな包みを奥から出してきた。

「これ、いつの？」

受け取った包みはぐしゃぐしゃによれている。

「もらったのは十日ほど前かな。大丈夫大丈夫。餅ってそうそう腐らないだろう」

「餅だなんて、全然食べたいものと違うのに」

「そう言わずに。おいしいからさ。さ、どうぞ」

森宮さんがにこりと笑うのに、「じゃあ、いただきます」と私は包みを開くと、小さな餅を口に突っ込んだ。そのとたん、たっぷりついたきな粉が喉の奥へ広がった。

「そんな慌てて食べなくたって」

むせかえる私を、森宮さんは笑った。

「慌てたんじゃないよ。滑らかなプリンが通るはずだったのにって、食道も気管も怒ってるんだよ」

「恐ろしい内臓だな」

「体中がプリンを楽しみに待ってたの！」

私は呼吸を整えながらそう訴えた。信玄餅はおいしいけれど、プリンとはあまりに違う。

「ごめんな。俺、本当の父親じゃないから、自分の食欲を抑えて娘に残しておくってことができないんだな。申し訳ない」

　咳き込んで涙ぐむ私にお茶を淹《い》れながら、森宮さんは言った。そんなので、父親にはまってるだなんてよく言えたものだ。それに、本当の家族じゃなくたって、人のものを食べたりしないだろう。買っておいたプリンを二つとも食べられてしまうなんて、不幸は身近な日常にこそ潜んでいるのだ。これは十分同情に値する。私は森宮さんをにらみつけながら、お茶を一気に飲み干した。

2

　目覚まし時計を止めカーテンを開けると、柔らかい光が部屋に広がった。春特有のふわっとした暖かさ。入学式や始業式。新しいスタートが四月にあるのは正解だと思う。穏やかな日差しは、緊張や不安の半分くらいは包んでしまう。高校三年の始業式で構えるようなこともないのだけど、温かい光に心は落ち着いていく。

　昨日まで春休みのせいで、少しぼやけた頭でダイニングへ向かうと、濃いだしと油のにおいがした。なんだっけ、このにおい。と大きく息を吸い込んで思い出した。

　ああ、そうだった。去年、二年生がスタートした日も朝から食べさせられたっけ。胃が目覚めてないのに困ったなと、げんなりしながら食卓に着くと、森宮さんがにこにこしながら大きなどんぶりを私の前に置いた。

「おはよう。優子ちゃん、今日から三年生が始まるね」

「そうだね。でも……」

私はどんぶりをのぞきこんで小さなため息をついた。やっぱりかつ丼だ。朝食をしっかりとる私でも、朝から揚げ物はきつい。

「今年は受験もあるし、高校最後の体育祭に文化祭に、勝負の機会も多いだろう」

「そう……かな」

二年生が始まる日の朝も、森宮さんは「母親は子どものスタートにかつを揚げるって、よく聞くもんな」とはりきってかつ丼を用意してくれた。森宮さんの「親とはこういうものだ」という考えは時々ずれていて、私は戸惑ってしまう。

「さ、熱いうちに食べて。早起きして作ったんだから」

「うん。そうだね、ありがとう。いただきます」

森宮さんが実の親だったら、「朝からかつ丼はきつい」とか、「始業式ぐらいでげんを担ぐなんておかしい」と主張できただろうか。森宮さんはあくびをしながら、自分にコーヒーを淹れている。早くから用意してくれたんだ。相手が誰であっても、わざわざ作ってくれたものを拒否するのは難しい。

「森宮さんは食べないの？」

私は胃を驚かさないようにおそるおそるとんかつをかじりながら、前に座る森宮さんに聞いた。森宮さんの前にはどんぶりではなく、小さな紙袋が置かれている。

「俺、朝からカレーでも餃子でもいけるんだけど、さすがに揚げ物はなあ。昨日、メロンパン買ったからそれ食べるよ。ここの店の、おいしいって評判らしいんだ」

森宮さんが袋から取り出したメロンパンからは、バターの香ばしいにおいが漂っている。私だって朝から揚げ物なんていらないし、評判のメロンパンが食べたい。この人は、共に食卓を囲む人が同じものを食べるということを知らないのだろうか。

「あ、このパン、噂どおりなかなかおいしい」

「よかったね」

私はメロンパンをほおばる森宮さんをうらめしく見ながら、かつ丼を口に入れた。胃も少しずつ活動し始めて、何とか受け入れてくれている。

「朝だからさっぱりしてるほうがいいと思ってヒレ肉にしたんだ。柔らかくするために肉を叩きまくったんだけど、どう？」

森宮さんは自信ありげな口調で言った。

「そうだね。おいしいよ」

食べ慣れてくると、だしの染みたご飯は優しい味で、それなりにおいしく思えてくる。朝からかつ丼はこりごりだけど、森宮さんの努力は感じられる味だ。それに、森宮さんはどんな失敗作でも私が作った料理は必ず完食してくれる。私だってちゃんと食べきらないと。学校に行くまであと二十分。急がないと間に合わない。私は勢いをつけて、かつを口にほうり込んだ。

「優子ちゃん、はりきってるね。いよいよ高校三年生だもんな」

森宮さんは私がてきぱき食べるのに、微笑んだ。

「まあ、ね」

「クラス替えあるんだっけ？」

「あるけど、そんなにメンバー変わらないよ」

二年生の時にすでに進路でクラスが分けられ、私が所属するコースは二クラスしかないから、大きな変化はないはずだ。

「いいクラスになるといいね」

「うん。あれ？　森宮さんはゆっくりしてていいの？」

いつもは私より早く出勤するのに、森宮さんはまだのんきにカフェオレを飲んでいる。

「今日はかつ丼作らなきゃいけないし、優子ちゃんを見送らなきゃいけないから、一時間休みとったんだ」

「たかが始業式で？」

「そう。最終学年のスタートだろ？」

森宮さんは当たり前だという顔をした。

「始業式ってそんな重要な行事じゃないと思うんだけどな」

入学式ならまだしも、こんなに意気込んで始業式を迎えている人はいないだろう。しかも高校生にもなってだ。

「うん。たぶん、始業式にかつ丼食べてるのクラスで、いや、全国の高校生で私だけだよ」

「ほんとに？」

「え？ じゃ、かつ丼って、いつ食べるの？」

本気で驚いている森宮さんがおかしくて、私は思わずふきだした。

「いつって好きなときに食べればいいだろうけど。森宮さんのお母さんは始業式にかつ丼出してくれたの？」

「俺の家は勉強第一の厳格な家庭だったから、そういうのはなかったな。朝は味噌汁に納豆に魚。それが一番頭と体にいいって、毎日ほとんど同じメニューだった。楽しくない家だろ」

森宮さんは眉をひそめた。

泉ヶ原家で過ごしていた時は、私も和食の整った朝ごはんを食べていた。夕飯は大差はないけれど、朝はそれぞれの家庭で決まったパターンがある。田中優子の時はパンだけで済ませていたし、水戸優子の時は前の日の残り物とご飯だった。森宮さんの子ども時代の反動か、今の朝食はもっともバラエティに富んでいる。

「四角四面な人だから、朝からかつ丼なんて、俺の母親は考えもしなかっただろうな。大学生になって家を出て、俺、初めて朝食にコーンフレークを食べたもん」

「いいお母さんだと思うけどね。うわ、急がないとやばい」

もう七時三十分を回っている。私は最後の力を振り絞って、かつ丼をかきこんだ。

今、私が住んでいるのは、八階建てマンションの六階だ。この辺りでは一番大きなマンションで百部屋以上はあるのに、廊下でもエレベーターでも、不思議なくらい人と出くわさない。それぞれの家が密閉されているように独立した空気が漂っている。

自治会に入って、回覧板を回して、すれ違う人とあいさつをし、たまにはお隣さんと話しこむ。そんなふうに近所の人と付き合っていた暮らしもあった。それと比べると、少し寂しい気もするけれど、この自由な気楽さはいい。たまに出会ったときに会釈をするぐらいで、あれこれ家庭環境を聞いてくるような人はこのマンションにはいない。三十七歳の森宮さんと十七歳の私が父娘だと立ち話で説明するのは困難だし、簡潔に生い立ちを話すと誤解を生むこともある。お互い素性も知らずに暮らせるのは、マンションのいいところかもしれない。

アパートに一軒家にマンション。朝ごはんと同じように、いろんなタイプの家を味わってきたけど、「住めば都」という諺《ことわざ》どおりだ。どんな住まいにもいいところも悪いところもあって、でも、住んでいるうちしっくりきて、家なんてどこでもいいと思ってしまえる。

エレベーターを降りて、大きくとられたエントランスから外へ出ると、入り口の桜が昨日より花を開き静かな影を作っていた。学年が替わる時が一番いいタイミングだからか、保護者が替わるのはいつも春だった。学年の途中で名前が変わったり引っ越したりするのはよくないという親たちの配慮だろうけど、そのせいか春が来るたび私は落ち着かなくなる。

でも、今年の春は穏やかだ。森宮さんは玄関で私を見送りながら、今晩は残りのとんかつでかつカレーにするとはりきっていた。しばらくはこのマンションでバラエティに富んだ朝ごはんを食べる生活が続いていく。今の生活がベストかどうかはわからないけれど、同じ家での日々が続くと思うと、ほっとするのは確かだ。

もう森宮さんは出勤の準備を始めているころだろうか。私は六階の部屋のほうを見上げてから、バス停へと急いだ。

クラス替えで私は二組となり、教室には去年と同じく向井先生が入ってきた。

「あーあー。また向井か」

「ばばあが担任なんて今年は終わったな」

数人の男子がぼそぼそと言うのを、先生は鋭い視線で黙らせると、

「最後の一年。今年度は、一人一人が自覚を持ってください」

と私たちのほうを見渡し話を始めた。

三年生は六クラスある。当たりは若くてきれいな英語の鈴木先生、外れは生徒指導主

任をしている体育の堺先生というところだろうか。向井先生は冷静で厳しいけれど、クラスを落ち着かせる力はある。うきうきするようなことはないにしても、進路に向けてしっかりした担任なのは悪くはない。みんながっかりしながらもそう思っているようだ。

と言っても、母親が一度、父親が二度替わっている私は、担任の先生が誰であっても大差は感じなかった。

「大学や就職、それぞれ違うけれど、高校を卒業すると、みなさんは外の世界へ出る大きな一歩を踏み出します。この中にも来年度には、一人暮らしを始める人もいるでしょうし、アルバイトをする人もいるでしょう。自分のことを自分で決める機会が大幅に増え、大人という扱いを受けることも多くなって……」

「いいよなー。早く一人になりてー」

「ほんと、一人暮らししてみたいよな。おふくろにうるさく言われなくてすむなんて天国じゃん」

一人暮らしという言葉に食いついて話しだした生徒たちを、先生は「人の話を遮るような人間が一人でなんて暮らせるわけないわよ」と一喝した。とりつくしまもない言いように、男子たちは肩をすくめて顔を見合わせている。

周りには親元を離れることにあこがれている人は多いけれど、私は一人で暮らしたいと思ったことはなかった。

実の親と暮らした日々は短くて、親を煩《わずら》わしいと感じる前に、他人の梨花さんと暮らし始めた。その後私の親となったのは、泉ヶ原さんに森宮さん。血がつながっていないからか、父親とはそういうものなのか、うるさく言われることは今までなかった。それに、他人だからよけいに、みんないい親であろうと一生懸命私と接してくれた。実の家族にはないきれいな距離感がいつも私のそばにはある。一人になりたいという気持ちを抱いたことがないのは、幸せなことなのだろうか、それとも不幸なことなのだろうか。

　そんなことをぼんやり考えていると、次々とプリントが回ってきた。最終学年ともなると、提出しなくてはいけない書類も多いようだ。

「これは、オープンキャンパスの日程。行きたい大学があれば早めに申し込んでください。次は保健だより。頭を働かせるためにも朝食をとるよう書かれています。で、これは進路希望調査。書いた後、親にはんこを押してもらうように」

　先生は簡潔に説明しながらプリントを配った。

　パステルカラーにまとめられた大学のオープンキャンパスのお知らせやパンフレット。それらを見るだけで、どこかわくわくする。窮屈な生活をしているわけではないけれど、今より少し大きな世界へ近づく一年だと思うと、心が沸き立った。

「最後は今年あるいろんな試験の日程表。来週には模試があるから準備しておくように」

　先生が年間の予定表を配ると、あちこちで大きなため息が漏れた。新年度が始まったと思ったら、すぐに試験。日程表を見ると、常に勉強に追われるようで気が重くなる。

うきうきするようで憂鬱な一年か。今年は学校生活がメインの一年になるかな。

梨花さんと家族だった時には毎日生活するために必死だった。泉ヶ原さんの娘でいた時は余裕のありすぎる生活にどこか違和感を抱えていた。いつが一番よかったのかはわからないけれど、学校生活に重みを置けるのは新鮮ではある。

「あー、三年になったら進路とかいろいろ面倒だよね」

新学期一日目は二時間程度で終わり、早々と教室を出ると、萌絵《もえ》がため息をついた。

「そう？」

「そうだよ。うち、私がヘアメイクの専門学校行きたいのを、親はずっとグチグチ言ってる。進路調査票見せたら、またひともめするだろうな」

萌絵は天然パーマだと言いはっている、緩くウエーブがかかった髪の毛をかきあげながら言った。

「うちはどこでもいいとか理解あるふりしつつ、家から通える範囲の大学に行かそうとするからうっとうしいんだよね」

史奈《ふみな》も眉をひそめる。

「たいへんなんだねえ」

私はそう言いながら、空を仰いだ。校舎から一歩出ると、もうすぐ十二時を迎える明るい空があますところなく広がっている。四月は一日中日差しが柔らかい。温められた

風が触れる心地よさに目を細めていると、

「あーあー。優子がうらやましい」

と二人が口をそろえて言った。

「どうして？」

「だって、進路に反対されることなんてないでしょう？」

「まあ、私の進路、妥当なところだし」

私が目指している園田短大は、家から三十分少しで通えるし、実力的にも将来の希望からしてもちょうどいい大学だ。

「それもあるだろうけど、優子だったら、歌手になるって言っても反対されないんじゃない？」

史奈が言った。

「それはどうかな？」

森宮さんがとやかく言っている姿は想像できないけれど、歌手になるだなんて言ったら相当驚くはずだ。

「反対してきたら、本当の親でもないくせにって言えばいいだけだもんね。優子にはすごい切り札があるんだから」

心底うらやましそうに目を細める萌絵を、

「そんなセリフ、今まで一度も言ったことないよ」

と私はなだめた。

「本当に？」

「一度も？」

二人とも信じがたいようだけど、そんな言葉言ってみようと思ったことさえない。「本当の親じゃない」という言葉が、相手にどれだけダメージを与えるものかは、幼いころからわかっていた。みんながいい親であろうとしてくれたように、私もやっぱりいい娘でいたいと思っている。家族になっていくのだから、そういうことが当然のような気がする。

「私だったら言いまくるな。言いまくって、自分を押し通しまくる」

萌絵がそう言うのを、「怖い、怖い」と笑っていた私たちは、校門で下校指導に立っていた向井先生に出くわし姿勢を正した。

「三人とも気をつけて帰るように」

先生に声をかけられ、私たちは「さようなら」と丁寧に頭を下げながら門を出た。

「なんだろうね。あの威圧感。話しかけられただけで説教されてる気がしちゃう」

向井先生が見えなくなると、萌絵が身震いするまねをした。

「余裕も無駄も遊びもないあの冷たい空気が怖いんだよね」

史奈も顔をしかめて、私も「本当に」とうなずいた。

「あ、そうだ。駅のそばに新しくできたカフェで生チョコケーキ食べようよ」

史奈の提案に、

「いいね。あそこのチョコケーキおいしいってうちの姉ちゃんも言ってたよ」

と萌絵が目を輝かせた。チョコケーキは、私も大好きだ。小学校の入学式の時も家で食べた。

「やっぱり、始業式とかって、かつ丼じゃなくてケーキだよね」

私がしみじみと言うと、史奈が眉を寄せた。

「かつ丼？」

「いや、なんでもない。うん、行こう」

かつ丼のことを思い出すと、胃がもたれてしまいそうだ。私は「お腹すいたー」と言いながら、足を速めた。

3

何をもって本当の親だと言うのかわからないけれど、生みの親が、血がつながっている親が本物だと言うのなら、その家族で過ごした日々は短い。そのうえ、その時私は幼かったから、記憶だってあやふやだ。

特に母親について覚えていることは、皆無に等しい。父親の話では、私が三歳になる前に事故で亡くなったらしいのだけど、ピンとこない。母の写真を見て、どこか知っているような感じがする程度で、はっきりとした思い出は一つもない。

自分を生んだ人に対する記憶が、この世に出て最初の三年間を共に過ごした人の記憶がこんなにも薄れてしまうことに、自分で驚いてしまう。物心付くまでにいなくなってしまうと、どんなに重要な人物でも忘れ去られてしまうのだろうか。でも、鮮明に母親のことを覚えていたとしたら、どこかにずっと寂しさを抱えていなくてはいけなかった気もする。

＊

「優ちゃん、また背負ってるの？」

「そう、だって明日から一年生だもん」

夕ごはんを食べ終わった後、私はランドセルを背負いながら部屋の中をあちこちと歩いた。空っぽなのに、ランドセルはどしんと重い。

「よく似合ってるね。だけど、さすがに優ちゃんのその姿も見飽きたな」

パパはこの二週間ほど毎日ランドセルを背負っている私を笑った。

「おばあちゃんもおじいちゃんも、ぴったりだって言ってたよ」

「そうだろうね。でも、そろそろおろして片付け手伝ってよ」

「えー」

「えーって優ちゃん、小学生になるんでしょう。お手伝いしないと」

「あーあー。小学生になるって忙しいんだね」

おじいちゃんとおばあちゃんが買ってくれたランドセルは、深い赤色。本当はピンクで端っこに花の刺繍《ししゅう》がしてあるのが欲しかったのに、「そんなの六年生になったら合わなくなるわよ」とおばあちゃんに言われて、ものすごく普通のランドセルを買ってもらうことになった。紫や茶色や黄色。カラフルなランドセルにあこがれるけど、何色でもランドセルを背負うだけで小学生になったみたいでうれしくなる。

「入学式、パパが来てくれるんだよね？」

「優ちゃん、小学生になったらパパじゃなくて、お父さんと呼ぼうねって言ったのに」

パパがテーブルの上の食器を流しに運びながら言った。

「そうだった。お父さん」

お父さんって呼んでみて、その響きがすごくおもしろくて私はくすくす笑った。どう見たって、パパはパパなのに突然呼び名が変わるなんて笑えてしまう。

「で、お父さんが来てくれるの？」

「もちろん。だいぶ前から会社に休みを申し出ているからね」

「やったね」

私はパパの後をついて台所へ行くと、引き出しから布巾《ふきん》を取り出した。

年長組の運動会にはパパが来てくれたけど、保育園の参観も卒園式も来てくれるのはいつもおばあちゃんだった。おばあちゃんでもうれしいけれど、やっぱりパパが来てくれるとものすごく特別な感じがする。小学校の入学式。新しいものが始まるんだ。私はわくわくしながら食器を拭きだした。

パパは私の横で、「割らないように気をつけて」と言いながら、じゃぶじゃぶとお皿についた泡を流していく。パパはたくさん洗剤をつけるから流しが泡でいっぱいだ。なんだか水がもったいないけど、パパの食器洗いは見ていて楽しい。

夕飯の後は、食器洗いがパパで、食器拭きが私の仕事。でも、家で夕飯を食べるのはパパの仕事が早く終わるときだけだから、週に一度あればいいところで、あとは、私はおばあちゃんの家で煮物や魚ばかりの地味な夕飯を食べている。

「優ちゃんは小学校が好きなんだね」

「うん。もちろん」

私は大きな声で返事をした。保育園で仲良しの亜紀ちゃんも優奈ちゃんも同じ小学校に行く。一緒のクラスになれたらいいなあ。それに、小学校の遊具は保育園より多い。あの大きなジャングルジムに上ってみたい。勉強だっておもしろそうだ。小学校にはいろんな教科の授業があるって先生が言っていた。新しいノートに鉛筆に筆箱も早く使いたい。

不安でどきどきもするけど、楽しみなことのほうがずっと多い。やってみたいこと全部が待っている。それが小学校なんだ。そう思っていた。

入学式の日。式は緊張して、「はい」と返事をする声が、少し裏返ってしまった。だけど、先生に言われたとおり、大きな声で返事ができたし、「水戸さん、お返事上手でしたね」と式が終わった後で先生にもほめてもらえた。

水戸さん。なんてかっこがいいのだろう。保育園の先生はみんな私のことを優ちゃんと呼んでいた。それが水戸さんだなんて、一気に大人になったみたい。「ありがとうございます」と言うと、先生は「水戸さんは礼儀正しいね」とまたほめてくれた。背筋をピンと伸ばすことと、あいさつは相手に聞こえるようにはっきりと言うことはおばあちゃんにうるさく言われている。こんなにほめられるなんて、おばあちゃんの言うことを聞いていてよかった。

小学校の先生は若くておしゃれできれいなのかと思っていたら、担任の青柳先生は保育園の園長先生と同じようなおばさんだった。少しがっかりだけど、優しそうだからいいかな。

私のクラスは一組。一年生は二クラスしかないのに、亜紀ちゃんとも優奈ちゃんとも離れてしまった。その代わり、葵ちゃんとたける君が一緒。家が近所の沙希ちゃんもいる。私はきょろきょろとみんなの顔や教室を見渡した。

保育園とは違って、教室は広いし、机にロッカーにいろいろそろっていて、黒板にはかわいい絵と入学おめでとうの文字が書かれている。先生が「みんなのために、六年生のお兄さんとお姉さんが書いたんだよ」と言っていた。六年生になると、あんなにきれいな字やすてきな絵が描けるのだ。小学生になったばかりなのに、次は六年生になるのが待ち遠しい。

先生が教科書を配り始めると、教室にお父さんやお母さんたちが入ってきた。この後の小学校での生活についての説明を保護者の人にも聞いてもらうらしい。後ろを振り返ると、パパじゃなくてお父さんは、一番入り口に近いところに立っていた。仕事に行くときよりもおしゃれなスーツできまってて、パパよりお父さんって呼び名が似合ってる。

「お父さん」私が声には出さず、口だけ動かして手を振ると、お父さんも口だけで「がんばれ」と言いながら、手を振り返してくれた。

それにしてもたくさんの人が来ている。こんなにいっぱい大人の人を見るのは初めてかも。私は後ろを端から端まで眺めた。お父さんの横は、きれいな着物のお母さん、その隣は花柄のワンピースのお母さん。葵ちゃんのお母さんはピンクのスーツだ。奈々ちゃんのところはお母さんもお父さんも来ている。あの人は誰のお母さんだろう。すごく美人だなあ。みんなきれいでおしゃれで優しそう。

あれ……。ずらりと並んだ、お母さんたちを見て、私は首をかしげた。後ろに並んでいるのは、お母さんそのものの人だ。保育園の卒園式には私の家以外にも、おばあちゃんやお父さんやおじいちゃんみたいな、お母さんの代わりの人たちがたくさん来ていた。でも、今日、後ろに立っているのは、正真正銘の「お母さん」ばかりだ。

私にはお母さんはいないということはもちろん知っている。けれど、おばあちゃんがいない子だっているし、お父さんが一度も保育園のお迎えに来なかった子だっている。そういうそれぞれ違うものの一つで、それほど変わったことではないと思っていた。だけど、お母さんがいないというのは、もう少し特別なことなのかもしれない。どうしてだろう。にこにこと立っているお母さんたちを見ていると、うきうきとわくわくが詰まっていた気持ちのどこかが、しぼんでいきそうになった。

「いっぱいお母さんがいたね」

入学式の帰り道、小学校の門を出ると、私はお父さんに聞いた。なんとなく学校の中で話しちゃいけないことのような気がしたのだ。

「そうだね。入学式だもんな。みんなきれいにしてたね」

校門から続く道では、たくさんのお母さんと子どもたちが話しながら家へと向かっている。何冊も教科書が入った袋をどのお母さんよりも軽々と持ちながら歩くお父さんはかっこいいけど、お母さんと一緒に歩く他の子は私より楽しそうだ。

「お母さんはみんな、入学式には来るの?」

私はお父さんの横にぴたりとくっついて歩いた。

「だろうね。卒業式と入学式が、小学校では一番大きな行事なんじゃないかな」

「じゃあ、優ちゃんのママはどうして来なかったの?」

「優ちゃんのママ?」

当たったって痛くないのに、桜の花びらがふわふわと顔の前を横切るのを、お父さんはよけながら聞き返した。

「そう、優ちゃんのママ。ママって言うか、お母さん」

「ああ、そうだな。ほら、遠くにいるからさ」

お父さんはいつもと同じ答えをいつもと同じように言った。今までは、お父さんが言うのだからそうかなって思っていたけど、小学生になった私にはわかる。その言い分は、どこか変だって。

「遠いところってどこ?」

私はお父さんの顔を見上げた。

「遠いところは遠いところだよ」

「車や電車でも行けないところ?」

「ちょっと難しいかな」

「飛行機でも行けないの?」

「うーん、そうだろうね」

お父さんは葵ちゃんと葵ちゃんのママが通りすぎるのにぺこりとお辞儀をしてから、のんびりと答えた。

どんな乗り物を使ったって行けないようなところ。そんな場所ってあるのかな。優奈ちゃんが春休みに飛行機で何時間もかけてハワイに行ったって言ってたけど、そこよりも遠いのだろうか。たける君が三つも電車に乗っておじいちゃんに会いに行ったって言ってたけど、何個乗り物に乗ったって行けない場所なのだろうか。でも、どんな不便な遠い場所にいたって、お母さんは入学式には来てくれるはずだ。ランドセルを背負った私の姿を見たいに決まっている。それなのに、来ないなんて絶対におかしい。いったい、お母さんはどこへ消えてしまったのだろう。お父さんはどうして本当のことを話してくれないのだろう。

「じゃあ、どうやったら会えるの？　どうしてお母さんは遠くに行っちゃったの？　入学式にも来ないって、いったいどういうときには来てくれるの？　お母さんは遠くで何をやってるの？」

　私は不思議なことを一気に並べた。お母さんについて知りたいことはたくさんある。それなのに、お父さんは、「優ちゃんは好奇心旺盛だなあ。こりゃ将来が楽しみだね」と私の頭を撫でながら笑うと、

「優ちゃんが大きくなったら教えてあげるよ」

　と、片付けてしまった。

「もう大きいよ」

　私はお父さんの横で背伸びして見せた。保育園の背の順でも真ん中より少し後ろだったし、今日で小学一年生だ。私はもう小さな子どもなんかじゃない。

「もっとだよ」

「もっとって、何センチになればいいの？」

「背だけじゃないよ」

「じゃあ、何キロ？」

「体重じゃなくて、優ちゃんの中身が大きくなったら、お話しする」

お父さんはそう言った。

「中身？」

「そう。もっといろんなことがしっかりとわかるようになったらね」

それはいつのことだろう。今日黒板に絵を描いてくれた六年生のお兄さんやお姉さんくらいかな。だったら、うんと先だ。

「なんかずるい」

私が膨れると、お父さんは「そうだ！」と手を叩いた。

「どうしたの？」

「そんなことより、ケーキを買って帰らないと」

お父さんはお母さんの話をすっかり忘れたように軽やかに言った。

「ケーキ？」

「そう。入学式のお祝いに生チョコの丸いケーキ頼んでおいたんだ」

生チョコのケーキ。私が一番好きなケーキだ。普段はおばあちゃんとおじいちゃんがうるさくて、甘いものはめったに食べさせてもらえない。ふてくされそうになっていた私の心は、またうきうきしはじめた。

「本当？」

「本当だよ。駅前のシェなんとかのケーキ。おいしいんだってー。入学おめでとう優ちゃんって、書いてもらったんだよ」

お父さんはにこにこしながら言った。プレート付きのケーキだなんて誕生日みたい。それは早く食べなくっちゃ。ケーキが待ってるなら、お母さんのことは急いで知らなくたっていい。

「うわあ、すごいね！」

私の頭の中は、もうケーキのことでいっぱいになった。

「しかも大きいんだよ。おばあちゃんもおじいちゃんも呼んでみんなで食べよう」

「うん。やったね。ね、早くいこう」

私はお父さんの手を引っ張った。

空がどうして青いのって聞いた時も、どうして私の左目の下にほくろがあるのって聞いた時も、お父さんは答えられなかった。お母さんのいる遠くがどこなのか。それも同じ。お父さんにだって答えられないことはあるのだ。

「ケーキ、ケーキ、生チョコケーキ」

私は自分で作ったケーキの歌を口ずさんだ。入学式に並ぶお母さんたちを見て小さくなりかけていたうきうきとわくわくは、生チョコケーキのおかげでまたふくらみだした。

甘くておいしいものを食べると、難しい問題も悲しい気持ちもどこかに飛んで行ってくれる。生チョコケーキは、最強の食べ物だ。

その後、二年生になった私は、母親について知ることとなった。私の背が一年生の時と比べて画期的に伸びたわけでも、賢くなったわけでもない。お父さんが少々急いで打ち明けた理由はもう少し後でわかることとなるけれど、ひとまず二年生の四月に私は母親がいる場所を知った。

二年生初めの身体測定で、私の身長は百二十一センチ、体重は二十二キロだった。手渡した健康の記録を見ながら、「大きくなったなあ」とお父さんはうれしそうに言った。

「でも、背の順、女子で七番だった」

七番はちょうど真ん中だ。一年生の時は九番目だったのに、きっとおばあちゃんが正座で座らせるせいだ。正座をすると足が短くなるって三年生の公佳ちゃんが言っていた。私はちょっとがっかりしながら報告した。

「七番も九番もそんなに変わらないじゃん。そうだ、優ちゃんの背も少し伸びたから言っちゃおうかな」

「何を?」

「優ちゃんのお母さんの話」

お父さんは私が背の順に落ち込むのを笑っていたかと思うと、そう言った。

「お母さんの話？」

「そう。優ちゃんのお母さん、遠くに行ったって言ってただろう？」

「うん、言ってた」

どうしてお父さんは突然話しだすのかな。不思議な気もするけど、ついにお母さんのことがわかるんだ。私はお父さんの前にちょこんと座った。

「その、遠くっていうのは天国のことなんだ」

「天国？」

「そう。お母さん、死んじゃったんだ。優ちゃんが三歳になる少し前にね」

お父さんはいつもとまったく同じ顔で、そう言った。あまりに変わらないお父さんの表情に、私は死んだというのが本当のことだと、なかなかわからなかった。

「死んじゃった……？」

「トラックに轢《ひ》かれちゃってね。小さな軽トラだったんだけど、頭を打っちゃって。病院に運ばれた時にはもう遅かった」

お父さんは、お母さんが買い物の帰りに信号を渡り終えたところで、トラックに轢かれたんだと説明した。頭を打つなんて痛そうだ。そのトラックを運転していた人はなんて悪い人なんだろう。いろいろな気持ちが私の中で、少しずつ沸き立ってきた。そのうち、死んだということがはっきりしてくると、お母さんの顔も覚えていないのに、涙が勝手に出てきた。死んじゃうのは、ものすごく怖くて悲しい。そんなひどい目に遭ったなんてお母さんがかわいそうだ。

そして、遠くじゃなくて天国にいるということは、どれだけ待っていても、入学式だろうと卒業式だろうと、お母さんには会えないんだということもわかってきた。いつかは会える。そう望むことは、これからはなくなるということだ。

ずっとお母さんがどこにいるのか知りたかった。でも、会えないのは同じなら、お母さんはどこか知らない遠くにいると思っていたほうがきっとよかった。二年生にならなかったら、こんな悲しいことを知らなくてすんだのかな。早く、大きく賢くなりたかった。だけど、小さいままでいるほうがいいこともあるのかもしれない。

その後、私の家族は何度か変わり、父親や母親でいた人とも別れてきた。けれど、亡くなっているのは実の母親だけだ。一緒に暮らさなくなった人と、会うことはない。でも、どこかにいてくれるのと、どこにもいないのとでは、まるで違う。血がつながっていようがいまいが、自分の家族を、そばにいてくれた人を、亡くすのは何より悲しいことだ。

4

「うわ。チョコケーキだ」

かつカレーの夕飯を食べ終わった後、私が冷蔵庫からケーキを出してくると、森宮さんは目を輝かせた。

「帰りに萌絵と史奈とケーキ食べたんだ。おいしかったから、森宮さんのも買ってきた」

しっとりとしたスポンジにほろ苦い甘さのクリームがかかったチョコケーキ。きっと森宮さんも好きだろうと思うと、ついつい買ってしまった。

「やったね。……って、俺も買ってきたんだけど」

森宮さんはすごすごと立ち上がると、冷蔵庫の野菜室の中からケーキの箱を出してきた。私が買ってきたのとは違う大きな箱だ。

「まさか……」

「驚かせようと思って隠してたんだ。ほら」

森宮さんがテーブルの上で箱を開けると、中からはホールのケーキが出てきた。しかも、上には「優子ちゃん 進級おめでとう!」とプレートまで載っている。高校三年生になるだけで、祝うようなことは何もないのに。いや、それよりもケーキの大きさに私は眉を寄せた。

「これ、二人で食べるの?」

苺に桃にメロン。果物がたくさん載ったケーキは、六人分はある。かつカレーをがっつり食べた後でなくても、大きすぎる。

「そりゃ、この家俺たち以外にいないしね」

森宮さんは当たり前だという顔をした。

「だったら、ホールで買わなくていいのに」

「そうだけどさ、ホールのケーキなんて、何かイベントがないと食べないだろう？　せっかくの始業式なんだから。きっとあちこちの家で今日はお祝いしてるよ。ま、ゆっくり食べればいいじゃん」

「まあ、そう。そうだね」

森宮さんは他の家族がすることは自分もやらなくてはと思ってくれているようだけど、どこかずれている。かつ丼もホールのケーキも、食べる機会は他にあるはずだ。だけど、私がチョコケーキを箱に入れてもらった時のように、森宮さんもケーキを注文した時、私が食べる姿を想像して少なからず胸が弾んだはずだ。

「まあ、いっか。今日は森宮さんに読んでもらわないといけないプリントもいっぱいあるしね。甘いものを食べながらチェックしてもらおっと」

「えー。俺、書類見るの、嫌いなんだけど」

「そう言わずに、よろしく」

私は濃い目の日本茶を淹れると、学校で配られたプリントを森宮さんの前に置いた。

「げ。けっこうあるな……。えっと、ＰＴＡ総会のお知らせ。こりゃ欠席だな。年間行事予定だろ。なるほど忙しそう。で、これは……」

森宮さんはぶつぶつ言いながらも、プリント一枚一枚にまじめに目を通している。

「スポンジがふわふわでおいしい」

私はそんな森宮さんを眺めながら、のんきにケーキを口に入れた。果物がたくさん載ったケーキは、さっぱりとして満腹でも意外に食べられる。

「だろ？　で、来週には交通安全教室があるんだ。へえ。こういうのって高校でもあるんだなあ。保健だよりはまあいいとして」

「食べながらでいいよ」

森宮さんはプリントを読むのに必死で、ケーキに見向きもしていない。そんな調子ではいつまでたってもホールのケーキを片付けられない。それに、私が買ってきたケーキの感想も早く聞きたい。「おいしい」の一言をもらえないと、何だか損した気がする。

私は森宮さんにフォークを押し付けた。

「あ、ああそうだな」

「ほら食べて」

「いただきます……。お、チョコが濃厚なのに、素朴でおいしい。普段は気づかないけど、小麦とバターって優しい味なんだよな」

「でしょ？　気に入ってよかった」

森宮さんが口いっぱいにほおばっている姿を見ると、買ってきてよかったと思える。

私が「どんどん食べてね」と勧めると、

「俺もさ、おいしいもの食べると、優子ちゃんに食べさせたいって思うんだよね。会社で取引先からの差し入れとか置いてあったら、こっそり二個持って帰ってきちゃうもんな」

と森宮さんが言った。

「やめてよ。いつか横領でクビになるよ」

「お菓子ぐらいじゃクビにはなんないよ。でも、自分以外の誰かの分を用意する時、家族ができたんだと実感するよな。優子ちゃんがおいしそうに食べる顔を想像したら、せこいやつだと思われるのなんて気にもせず会社の菓子も持って帰れる。娘ができるってすごいことだよな」

森宮さんは躊躇《ちゅうちょ》なく私のことを家族だとか娘だとか呼んでしまえる。そのおおらかさには感心するけれど、私はどこかくすぐったくなってしまう。

「えっと、これ、はんこ押してね」

照れくさくなった私は、プリントを差し出した。

「何?　ああ、進路ね」

森宮さんはちらりと見ただけで判をついた。そのあまりの簡単さに、私は「これ、進路調査票だよ」と念を押した。

「うん。ちゃんと読んだよ」

「じゃあ、何かないの？　一応、なんというか、子どもの進路が書いてあるのに」

「そっか。何か言ったほうがいいのか。うーん。園田短大。いいと思うよ」

「どういいのよ」

史奈も萌絵も、進路調査票を見せたら親にうるさく言われるだろうと渋っていた。反対されたいわけじゃないけど、そんな難関をするりとくぐってしまっていいのか不安になる。

「そう言われても、こういうときどう言うか知らないからさ。周りに高校生の子どもいるやつもいないし」

「そうだろうけど、一言ぐらいあるでしょう？」

「一言か……。うーん、えっと、そうだな。優子ちゃんの人生なんだから思うようにするのがいい。いや、これってちょっと無責任か。だったら、進路というのは……」

森宮さんは印鑑を握ったまま考え込んでしまった。進級おめでとうのプレートをパリパリ食べながら待ってみたけれど、何も浮かばないようで、しばらくした後、「まあ、とりあえず応援してる」と森宮さんは肩をすくめただけだった。

「大学選んだ時、森宮さんは親にアドバイスされなかったの？」

森宮さんが申し訳なさそうに渡す進路調査票を受け取りながら、私は聞いた。

「特になかったかな」

「自分だけで東大行くって決めたの？」

私の二番目の母親である梨花さんが、「すごく賢い同級生がいる。優子ちゃんの父親にピッタリだ」と連れてきたのが森宮さんだ。

「まあ、そうかな。小さいころから勉強ばかりさせられてて、知らない間に東大に行くことがゴールになってたから。親はそれで満足だったんじゃないかな」

「そうなんだ。じゃあ、私にいいところ目指せって思わない?」

「うーん、でも、俺と違って、優子ちゃんの実力なら園田短大が妥当じゃないかな。うん。いい選択だと思うよ」

森宮さんは、私が家を出るまで誰とも結婚しないと言っていたけれど、そもそも性格に難があってできないんじゃないかと時々思う。

「あれ? だめかな」

「ううん、いいよ。アドバイスありがとう」

「いや、父親なんだから当然だよ」

森宮さんは満足そうな顔で言うと、任務から解放されてほっとしたのか、ケーキを口にほうり込んだ。

進路調査票に押されたのは、森宮の赤い文字。水戸に田中に泉ヶ原。今までいろんな印鑑を見てきたけど、もうすぐ私は親のはんこをもらわなくても、自分でなんでも決められるようになる。

「ちょっと、どうしてフルーツばかり食べるの?」

進路調査票を折りたたんでいた私は、ホールケーキを見てぎょっとした。上に載った果物だけを森宮さんは食べている。

「いやあ、さすがにスポンジやクリームは重くてさ。俺、上の果物食べるからケーキの部分は優子ちゃん食べてよ」

おいしそうに食べる私の顔が見たくて、買ってきたケーキじゃないのだろうか。

「勝手にもほどがある」

私が文句を言うと、

「ほら、進路とか考えたらさ、胃が重くなって」

と森宮さんはお腹を押さえた。

「よく言うよ」

私はあきれながらも、スポンジとクリームだけのケーキを口に入れた。

5

五月最終週のホームルーム。開け放たれた窓から入る風が、カーテンをふんわりなびかせている。教室で心地よく過ごせるのは、一年の中でもほんのわずかな時だけだ。先生が来月に行われる球技大会について説明をしているけれど、授業とは違ってのんびりしていて、眠気を誘う午後の暖かな日差しにあくびをしている生徒も何人かいる。

「ドッジボールかバレーボールのどちらかに参加するように。えっと、女子が九名ずつで、男子が……」

向井先生が話をする中、「ドッジのほうが楽だけど、グラウンドでやるから暑いしな」「バレーは審判回ってくるのが嫌なんだよ」などとひそひそ話す声が聞こえる。

どっちもどっちだから残り物でいいかな。と黒板を見ていると、後ろの席の林さんに背中をつつかれ、小さなメモを渡された。四角く折ったメモには「森宮に回して」と書いてある。授業中にこっそり手紙を回すのはよくあることだ。きっと萌絵からだろう。「バレーにしようよ」とでも書いてあるのかなと開けてみると、中には「一緒に球技大会実行委員をやろう」と書いてあった。

きれいだけど大振りで急いで書かれたような字は、萌絵の字でも史奈の字でもない。私にあてたものだろうかと確認してみると、表にはやっぱり「森宮まで」とある。いったい、誰がこんなことに誘っているのだろう。私は教室を見回した。

たまたま目が合った史奈が「バレーにしよう」と言うのにうなずいて、そのままもう一度見回してみる。萌絵は隣の席の三宅君と話が盛り上がっているし、教室一帯に顔を向けても誰もこちらを見てはいない。手紙の送り主は見当がつかなかった。

いたずらだろうか。だったら何のために？　まったくなんなんだともう一度教室をゆっくり見ている間に、先生が参加種目の希望を取り始めた。男子はどっちでもいいと思っている人が多いからうまいぐあいに分かれたけれど、バレーに希望が固まった女子はじゃんけんで分けられ、私も萌絵も負けてドッジボールになってしまった。

種目も決まりみんなが静まるのを待ってから、先生は、

「じゃあ、最後に実行委員ね。男女一名ずつで、当日の段取りをしてもらうのが主な仕事。誰かやろうという人いない？」

とみんなに聞いた。

さっき回って来た手紙には、「一緒に実行委員をやろう」とあった。ということは、委員をやりたがってる人が手紙を回したはずだ。誰だろう。私は立候補者が出るのをじっと待った。だけど、なかなか手が挙がらない。

「そんな難しい委員じゃないわよ。球技大会の間だけだし。やってみる価値はあると思うけど。クラスのために誰か進んでやってくれませんか？」

向井先生が再度声をかけるのに、

「じゃあ、俺やります」

と浜坂《はまさか》君が手を挙げた。

さっきの手紙って浜坂君だったのかと私が顔を向けるのと同時に、

「森宮さんと一緒に」

と浜坂君が付け加えた。

「えー」「なんでなんで？」という驚きの声と、「お、やるじゃん」「付き合ってんじゃねえの」という冷やかしの声で教室がいっぱいになる。そんな中、浜坂君はへらへらと

笑いながら立っている。一番戸惑っているのは私だ。

「森宮さんの了解はもらったの？」

向井先生が「いちいち騒ぐと進まないでしょう」とみんなを静めてから尋ねると、

「一応やろうなと誘いました」

と浜坂君はけろりと答えた。誘いましたって、勝手なメモを回してきただけじゃないか。私が顔をしかめるのをよそに、「おお、いいんじゃねえの」「やってあげちゃってよ。優子ちゃん」などと言う男子の声が聞こえてくる。女子たちも実行委員を免れようと、「まあ、森宮さんでいいよね」「優子適任じゃない」とぼそぼそと言っている。萌絵は肩をすくめて「あらま」と口を動かして見せた。

「そうなんだ。森宮さんはいいの？」

向井先生に聞かれ、

「はあ……まあ」

と私は小さく首を縦に振った。

この空気の中、断れるわけがない。もう私と浜坂君が実行委員に決まったように、みんな盛り上がっている。先生が言っていたとおり、球技大会実行委員は負担の少ない仕事だ。浜坂君にはめられているようで、腑に落ちないけれど、やれないことではない。

「本当にいいのね？」

向井先生に確認され、「はい」とさっきよりしっかりと私はうなずいた。

六時間目が終わると、教室中浜坂君と私がどうなってるのかという話でもちきりだった。

「ねねね。説明してよ」「私たちに何も言わないなんてひどいよ」と、史奈と萌絵に連れられ廊下に出ると、浜坂君が追いかけてきた。

「ちょっと強引だったかな。ごめんな、森宮」

「あのメモ浜坂君だったんだね」

「そうそう」

さっきまであんなにうるさかった教室がしんとしている。みんな聞き耳を立てて、私と浜坂君の様子をうかがっているのだ。

「実行委員一緒にやろうとホームルーム中に思いついてさ。突然悪いな」

浜坂君は、学校内ではそこそこ人気がある。誰にでも気安く話しかける明るさと、みんなを笑わせるユーモアのセンス。それがあるだけで、それほどかっこいいわけでも、勉強やスポーツがずば抜けてできるわけでもないのに、好かれている。ムードメーカーであることは認めるけれど、その軽いところは、私は少し苦手だ。

「本当はさ、球技大会でいいところ見せて、そのあと告白しようっていうプランだったんだけどさ」

浜坂君が説明するのに、私の隣で萌絵が「うわー。漫画だね」と笑い、史奈が「そもそも球技大会でいいところ見せられるとは限らないよね」と冷静に言った。

「まあな。だけど、森宮、昼休みに一組の関本に告白されただろ」

「ああ、まあ」

「で、急がないとと思って、こういう感じになったってわけ」

「はあ……」

そんなことで球技大会実行委員にさせられてしまったのか。浜坂君のわけのわからない段取りに乗せられてしまったなんて、不愉快だ。

「あ、でも、実行委員にはなったけど、付き合うってことではないよね？」

実行委員になった上に、恋人にまでされたんじゃ困る。私は念を押した。

「今はな。でも、一緒に実行委員やってれば、なんかいい感じになるだろう？」

浜坂君はそう言って、笑顔を見せた。

委員を共にした二人が恋人になるのは、よくあることだ。女子バレー部キャプテンの史奈も、男子バレー部キャプテンの西野君と付き合っている。だけど、こんな始まりでは好きになれる可能性は低い。

「みんなの前で、二人で立候補したみたいなもんだから、俺たちもう公認だし」

「コウニン？」

「そ。実行委員やってるうちは、森宮に告白してくるやつはいないってこと」

なんだそれ。私の気持ちは完全無視じゃないか。眉をひそめている私を「まあまあ」

となだめながら、萌絵が、

「優子みたいなもてる女子を好きになったらたいへんだよね」

とちゃかした。

「そんなことないけど……」

「そんなこと大ありのくせに。優子、人気あるから」

史奈も萌絵に合わせて冷やかした。

不思議なことに、小学校高学年のころから、私は告白されることが多かった。際立って目立つわけでもなく、勉強もスポーツもごく普通の私がもてるのは、二番目の母親である梨花さんの影響だ。

6

「女の子なんだから、好かれなくちゃだめだよ。お年寄りだろうと子どもだろうと、女だろうと男だろうと。人に好かれるかどうかで女は幸せになれるかどうかが決まる」

梨花さんはそう豪語していて、女の人やお年寄りはさておき、男の人には言葉どおりよくもてていた。整った顔立ちというわけではないけれど、くりっとした目に大きな口は華やかで、化粧や髪型をもっとも似合うように施している、自分を見せるのがうまい人だった。そんな梨花さんが、最初に現れたのは、私が小学校二年生の夏休みだ。

＊

七月最後の日曜日。近くのショッピングモールに買い物に出かける途中、お父さんは知らないマンションの前で車を停めた。

「あれ？　ここどこ？」

「今日はお父さんのお友達のお姉ちゃんも一緒に行こうと思って……。いいかな？」

お父さんは、後部座席の窓から外を見ている私に遠慮がちに言った。

「お姉ちゃん？」

私は「お姉ちゃん」が大好きだった。学校のレクリエーションで高学年のお姉ちゃんと遊ぶときは、いつもうきうきする。私よりなんでもできて優しい。それがお姉ちゃんだ。だけど、お父さんの友達にお姉ちゃんがいるなんて、ちょっと不思議だ。

「きっと、優ちゃん、お姉ちゃんのこと好きになるよ。いいよね？」

お父さんが言うのに、「いいよ」と答えていると、マンションの中から女の人が出てくるのが見えた。お姉ちゃんというから小学六年生くらいなのかと思っていたら、すらりとした大人の人だ。

「梨花です。優子ちゃんこんにちは」

大人のお姉ちゃんはそう言って、私の隣に乗り込んできた。

「こんにちは」

ぺこりとお辞儀をしながら、私は大急ぎでお姉ちゃんの頭のてっぺんから足の先まで観察した。

ピンクのブラウスと茶色のふわっとしたスカート。白い鞄にはリボンがついているし、靴はつやつや光っている。見たことのないくくり方で後ろにまとめられている茶色の髪の毛はすごくきれいで、石鹸みたいないいにおいがするし、名前は大好きなリカちゃん人形と同じで、声までかわいい。梨花さんにはあこがれていたものすべてが詰まっていた。

「お姉ちゃんの髪の毛、かわいいね」

車が動き出すのと同時に、髪を見つめながら私は言った。

「そう？　優子ちゃんもやってあげようか」

「できるの？」

「できるよ。これでくくってあげる」

梨花さんは鞄の中から、黄色い布で覆われたゴムを出して私に見せた。

「うわ、かわいい」

「でしょ。優子ちゃんの髪の毛さらさらだね」

私のおかっぱの髪の毛を、梨花さんは手で梳《と》かしはじめた。細いきれいな指。おばあちゃんのしわしわの手やお父さんのごつごつした手とは大違いだ。

「優子ちゃん髪きれいだし、伸ばしたら似合いそう」

「でも、すぐにおばあちゃんに切られちゃうんだ」

おばあちゃんは目が悪くなるとか、動くのに邪魔だとか言って、私の髪の毛が肩につきだすと、前髪が眉毛にかかりだすと、はさみでばっさりと切ってしまう。本当はもう少し伸ばしたいのに、おばあちゃんに「優子はこれが一番似合うんだから」と言われて、反対できずにいる。

「へえ。おばあちゃんに切ってもらってるんだ」

梨花さんは私の髪の毛をねじりながら言った。

「うん。お姉ちゃんは誰に切ってもらうの？」

「私は美容院に行ってるんだ」

「美容院？」

そういえば、クラスで一番きれいなあゆちゃんも「美容院で髪の毛を切ったんだ」って自慢してたっけ。やっぱりおしゃれな人はみんな美容院に行くのだ。

「大人になると、だいたい美容院で切るんだよ。よし、できあがり。ほら、優子ちゃん似合ってる」

梨花さんは小さな鏡を鞄から出して、私を映してくれた。

「うわあ、すごい！」

髪の毛は上のほうにまとめられ、ゴムがつけられている。こんな髪形、一度だってしたことがない。お父さんも信号で停まった時に後ろを向いて、「優ちゃん、すごくかわいいね」とほめてくれた。

梨花さんがどういう人なのか。お父さんとどういう友達なのか。聞かなくちゃいけないことは他にありそうなのに、かわいくなった髪にそんなことはどうでもよくなって、私は梨花さんの服や髪の毛のことばかりを聞いた。梨花さんはどんな質問にも、にこにこ笑いながら答えてくれる。なんてすてきな人なのだろう。こんなお姉ちゃんと一緒に車に乗ってるなんて、夢みたい。私はすぐに梨花さんが好きになっていた。

ショッピングモールに着くと、私の筆箱を探しに文具売り場に向かった。小学校入学の時に買ってもらった筆箱が壊れて、ふたが閉まらなくなってしまったのだ。小学生でもないのに、筆箱を見るなんて梨花さん退屈しないかな、帰りたくなったらどうしようと心配していたけど、売り場に着くとすぐ、

「うわ、これかわいい」

と梨花さんが声を上げた。

「本当だ」

梨花さんのうれしそうな顔に私はほっとした。

「あ、でもこっちのほうがいい。なんかおしゃれだもん。ほら、優子ちゃんにぴったりだよ」

梨花さんが手にしているのは、女の子とウサギが描かれたピンクの筆箱。ふわっとし

た絵がかわいい。でも、今の私は気に入っても、六年生になった時はどうだろう。おばあちゃんとおじいちゃんは物を買うとき、いつも私に、「六年生になってもそれを使いたいと思うかどうか考えなさい」と言う。そして、「六年生はお姉ちゃんだから、あんまりかわいらしいものを持ってるのは子どもっぽくて恥ずかしいんだよ」と付け加える。淡いピンクの筆箱。すごくかわいいし、使いたい。だけど、六年生になった私には似合わない気もする。

「六年になったら、かわいすぎていやになるかなあ」

わたしがぼそりと言うと、梨花さんは、

「六年ってあと四年もあるのに、それまでずっとこの筆箱使うわけないよ」

と言った。

「え？」

入学式に買ってもらった筆箱も卒業まで大事にするんだよと言われていた。それが壊れてしまってしょんぼりしていたのに、六年になるまで使わないってどういうことだろう。

「筆箱なんて消耗品だよ。毎日使うんだもん。一、二年使ったらどこか壊れちゃうよ」

「そんな……どうしよう」

また筆箱を壊すなんて、困る。おろおろしている私に、

「筆箱が壊れかけるころに優子ちゃんの好みも変わるから、その時に新しく買ってもら

えばいいんだよ。ね、しゅうちゃん」

と梨花さんは言った。

しゅうちゃん。それがお父さんのことだって、すぐにはわからなかった。

私はお父さんと呼ぶし、おじいちゃんとおばあちゃんは、しゅうへいと呼ぶ。この間来た会社の人は、「課長」と呼んでいた。お父さんが「しゅうちゃん」と呼ばれているのなんて、一度も聞いたことがない。「しゅうちゃん」だなんて、子どもみたいだ。

「ま、それでいいじゃない。でも、大事にしなくちゃだめだよ」

お父さんはきょとんとしている私に、そう言った。

「う、うん。そうする……」

「あ、見てみて！　筆箱と同じキャラクターの消しゴムも鉛筆もあるよ。ほら」

梨花さんは、今度は消しゴムを私に見せた。

「消しゴムは持ってるよ」

「えー。セットで買えばいいじゃない」

「だけど、絵がいっぱいついた消しゴムって消えにくいっておばあちゃん言ってた」

「まさか。外のケースに絵が描いてあるだけなんだよ？　消しゴムの性能なんてだいたい一緒だよ。筆箱とおそろいのほうが絶対かわいい」

梨花さんがあまりにはっきりと言うから、それが正しいことなのかなと思ってしまう。

「そうかな」

「今使っているのは家用のにして、新学期はおそろいの鉛筆と消しゴムで学校行けばいいじゃない。ね」

「そうだな。うん。せっかくだし買おうか」

お父さんもそう言って、筆箱と鉛筆と消しゴムとついでに下敷きまで買ってもらえることになった。

梨花さんが現れただけで、誕生日でもないのにかわいいものをいっぱい買ってもらえるなんて。うれしくなるよりびっくりしてしまう。だけど、おばあちゃんやおじいちゃんには、見つからないようにしたほうがいいかもしれないな。

買い物が終わると、昼ごはんにハンバーガーを食べ、梨花さんとソフトクリームを食べた。最後には車で飲もうと、サイダーまで買った。楽しいことばかりの一日。私のそばにはなかったきらきらしたものを持って来てくれたのが、梨花さんだった。

その後、何回かお父さんと梨花さんと三人で買い物に行ったり、遊園地に行ったりした。いつも梨花さんはかわいい格好をしていて、おしゃべりが上手で、一緒にいると私までいい気分になった。何度か会ううちに、梨花さんの苗字は田中だということと、お父さんより八歳年下の二十七歳で、お父さんが働く会社に派遣としてやって来たことを知った。そのうち、「私は優子ちゃんと反対で、お母さんしかいないんだ」ということも話してくれた。それを聞いて、あこがれだった梨花さんが、自分にぐっと近くなったような感じがした。

そして、三年生になる前の春休み、お父さんが、

「梨花さんが、優ちゃんのお母さんになるけどいい？」

と私に聞いた。

すごく重大なことを尋ねられている気もしたけれど、毎日梨花さんが家にいるなんて、楽しいに決まっている。私は「うんうん。もちろん」とすぐに返事をした。そして、お父さんがお母さんのことを急いで打ち明けたのはこのためだったんだなとも気づいた。

三年生が始まると同時に、梨花さんが私たちの家にやってきて、三人での生活がスタートした。

煮物や焼き魚ばかりだった夕飯は、オムライスやカレーやハヤシライスになり、掃除も洗濯も梨花さんがやってくれ、私が手伝うとほめてくれた。家に帰るといつも梨花さんがいて、休みの日は三人でいろんな場所へ出かけた。

毎朝学校に行く前には梨花さんが髪の毛をかわいくくってくれたし、友達が遊びに来るときはたくさんお菓子を用意してくれた。

友達に、

「優ちゃんのお母さん、若くてきれいでいいな」

「私も優ちゃんの家の子になりたい。いつも楽しそうだもん」

と言われ、私は梨花さんが自慢でしかたがなかった。

でも、梨花さんはいつまでたっても梨花さんで、お母さんという感じではなかった。

「お母さんって呼んだほうがいいかな？」

一緒に暮らし出して三ヶ月ほど経った、じとじとと暑い夜、夕飯後、梨花さんが用意してくれたゼリーを食べながら私は聞いた。溶かして冷やすだけでできるインスタントのゼリー。メロン味って書いてあるのに、果物の味はあまりしないけど、口の中でプルンとするのが気持ちいい。夏が近づいて、梨花さんはこのゼリーをよく作ってくれた。

「どうして？」

梨花さんは私と同じようにゼリーを食べながら首をかしげた。

「どうしてって……。梨花さん、お母さんになってくれたのに。梨花さんって言うの、なんか変かなって」

「呼び方なんてどっちでもいいよ。優子ちゃんの好きなように呼んで」

梨花さんはそう笑った。

笑うと梨花さんの顔は、ぱっと華やかになる。その顔は、お母さんという呼び名は似合っていない。友達のどのお母さんにも似ていない梨花さん。洗濯も料理もしてくれて、それでも自由でおしゃれでかわいい。私もお父さんも梨花さんが来てくれて喜んでいるけれど、梨花さんはどうかな。お父さんと結婚はしたかったのだろうけど、お母さんにまでなってよかったのだろうか。

「私、すごくラッキーなんだよね」

考え込んでいた私に、梨花さんが言った。

「何が？」

「しゅうちゃんと結婚しただけなのに、優子ちゃんの母親にまでなれてさ」

「それがラッキーなの？」

お母さんになると、子どもの面倒を見たり家事をしたりと忙しくなりそうなのに。何かいいこともあるのだろうか。

「そうだよ。しかもさ、もう優子ちゃん八歳だし」

「八歳だといいことあるの？」

「うん。だって、子ども産むのってすごく痛いんだって。スイカを鼻の孔から出しながら、腰を金づちで殴られるくらい苦しいらしいよ。それに、子育ても三歳くらいまでは、泣かれるし、しょっちゅう抱っこしなきゃいけないし絶対たいへん。そういうの全部すっ飛ばして、もう大きくなってる優子ちゃんのお母さんになれるって、かなりお得だよね」

スイカに金づち。いまいちよくわからない部分もあるけれど、梨花さんはこの家に来てよかったってことみたいだ。

「お母さんって楽しいの？」

「うん、楽しい。優子ちゃんと一緒にいると、とっくの昔に過ぎ去ったはずの、八歳の生活をもう一回体験できるんだもん。子どもがいないとできないことっていっぱいあるって知った」

「そうなんだ」

「そうそう。かわいい文房具買ったり、お友達家に呼んだり。全部おもしろい」

うれしそうに話す梨花さんは、うそをついているようには見えなかった。

「優子ちゃんもにこにこしてたら、ラッキーなことがたくさんやってくるよ」

「そうなの?」

「うん。女の子は笑ってれば三割増しかわいく見えるし、どんな相手にでも微笑んでいれば好かれる。人に好かれるのは大事なことだよ。楽しいときは思いっきり、しんどいときもそれなりに笑っておかなきゃ」

梨花さんはそう言って、にっこり笑った。その顔を見ると、私もうれしくなる。

できるだけ笑ってよう。誰にでもにこにこしよう。私はそう心に決めた。普段はうるさいことを言わない梨花さんのアドバイスだ。聞いておいたほうがいい。それに、きっと、こんなふうに楽しいことだけの毎日なんて続かない。笑っていないとだめなことが、いつかやってくる。どこかでそんな予感がしていた。

「梨花の影響っていうより、やっぱり優子ちゃん、水戸さんに似てきれいな顔してるからだよ」

森宮さんは、今日の浜坂君のことを話すとそう言った。

7

「そうかな？」

「歴代の父親の中で、水戸さんが一番美男子だもんな。俺はいいとしても、泉ヶ原さんに似なくてよかったよ」

歴代の父親の中で血がつながってるのは、最初の父である水戸秀平だけだ。他の人に顔が似るわけがないのに、森宮さんは真顔でそう言った。

「泉ヶ原さんに失礼だよ」

「いいんだよ。泉ヶ原さんの長所は顔じゃないから」

「まあ、そうだろうけど。なんだ、あんまり梨花さんに似てないのかな」

一番長く一緒にいた親だから、梨花さんに雰囲気や人との接し方が似ていると思っていた。小学校の高学年のころから男の子に好かれるようになったのは、梨花さんと同じくにこやかで愛想がいいからじゃないのだろうか。

「優子ちゃんと梨花とは、持ってるものが違うから」

「私は梨花さんみたいに華やかじゃないしね」

森宮さんに言われなくても、梨花さんのような派手さがまったくないのは、自分でもわかっている。

「そう。優子ちゃん、地味で慎ましやかだもん。小さい間だけでも、おじいちゃんやおばあちゃんに育ててもらったからだな」

「そっか……」

梨花さんと暮らし始めてから、いいことばかりだった。でも、梨花さんが家に来ると同時に、おじいちゃんやおばあちゃんに会うことはなくなっていった。お父さんがいない間おばあちゃんの家で過ごしていたのが、私が一人になることはなくなり、その必要もなくなったのだ。そして、そのまま疎遠になってしまった。

血がつながっている身内なのに、あんなに面倒を見てもらったのに、いつしか完全に離れてしまったなんて。あいさつを欠かさないことや、物を大事にすること、箸の使い方や言葉遣い。そういうことは、全部おじいちゃんやおばあちゃんに教えてもらったのに、今は二人がどうしているかすら知らない。おじいちゃんやおばあちゃんのことを思い出すと、申し訳ない気持ちになる。

「ねね、それよりさ、ゼリー食べようよ、ゼリー。今日はさらにゼラチンを減らして作ったんだ」

しんみりしかけた私の前に、森宮さんはゼリーを置いた。透明のグラスに入れられた薄い黄色のゼリー。グレープフルーツのさわやかなにおいが広がっている。

「うわ、おいしそう」

「だろ？　今日はゼラチンの量を規定の半量にしてみたんだ」

五月に入ってから、毎日のように森宮さんはゼリーを作っている。ジュースにゼラチンを溶かして冷やすだけなのだけど、毎日微妙にゼラチンの量を調節してはいろんなジュースで試していた。

「さ、食べて」

「ありがとう……。あ、とろっとしておいしい」

スプーンから逃げてしまいそうな柔らかなゼリーは、口に入れるとするっと喉の奥へ流れていった。

「ああ、これは高級ゼリーだな」

森宮さんも一口食べると満足げに言った。

「ゼリーってふやかしたゼラチンと液体を混ぜるだけでできるんだぜ。１００％ジュースと混ぜれば本格的な味になるし。これをケーキ屋で売ってるとかって、ないよな。しかもそこそこの値段で」

「そうかもね」

「こんな簡単で安上がりなデザートで、お金とるなんてなあ」

森宮さんはゼリーを眺めながら、不服そうな声を出した。

「容器代も入ってるんじゃない？　ほら、ケーキ屋さんのゼリーってかわいい器に入ってるのが多いし」

「容器がほしけりゃ、食器屋に行くだろ？　かわいい器ほしくてケーキ屋に行く話、聞いたことない」

「あっそう。って、それより、森宮さんは彼女できないの？」

森宮さんはゼリーについてやたらとうるさい。うんざりしかけた私は話題をそらした。「なんで？」

「梨花さんがいなくなって、二年も経つし、それに、森宮さんもう三十七歳だし」

「三十七って、若者じゃないか。それに俺は父親を全う中なんだ。こんな多忙なのに、恋などしてる場合じゃない」

森宮さんは偉そうに言った。

きっと今ごろ梨花さんは、新しい相手と幸せな毎日を送っているだろう。梨花さんは次へ次へ進みたがる人だ。森宮さんのことなどすっかり忘れて、今の生活を満喫しているにちがいない。そう思うと、少し森宮さんが気の毒にもなった。

「考えたらさ、ゼリーが入ってた容器、使う？　絶対使わないよな。あれ、ケーキ屋で見るからかわいいけど、案外安っぽいよ。種類が違う食器が一つだけあっても困るし」

また話がゼリーに戻って、私は小さなため息をついた。たかがゼリーでこんなに語る人、父親業にいそしんでいなくても誰も恋人になってくれないだろう。

「そうだ！ 明日は、つぶつぶオレンジジュースでゼリー作ってみよう。どう？ 想像するだけでおいしそうだろ。俺の発想力ってなかなかだよな」

「そうだね」

「そうだねって、適当だな」

「そんなことないよ。うん、森宮さんの作るゼリー、おいしいよ」

梨花さんが作ってくれたインスタントのゼリーも好きだったけど、このとろりとした柔らかいゼリーもおいしい。それに、どんな人にも好かれたほうがいい。梨花さんの教えを思い出し、私はゼリーを食べきるとにこりと笑ってみせた。

「だろ？」

森宮さんは満足げにうなずくと、「お代わり取ってくる」と台所へ向かった。

透明のゼリー。甘いチョコレートケーキみたいに食べるだけで幸せな気分になるほどの強力さはないけれど、どんなときに食べても心地の良いデザートだ。違う味のゼリーが待っている。そう思うと、明日のこの時間がやっぱり楽しみになった。

8

球技大会当日は、梅雨が近づく湿気を含みながらも青い空が広がる晴れとなった。

「田所、早くこっちのコートに移動して」

「あーあー、史奈は体育館で活躍してるんだろうな。もうこれ以上動きたくない」

じゃんけんで負けてドッジボールに出ることになった萌絵は、浜坂君に呼ばれてグラウンド隅の木陰から立ち上がった。

「まあ、がんばってよ。これで最後の試合だし」

「うちのチーム、一勝もしてないし、最下位確実でしょう？　もう不戦敗でいいのに」

「不戦敗なんて聞いたことないけど」

「優子のチームは一位だからいいよね」

萌絵はのろのろと歩きながらも、まだ文句を言っている。

「私は逃げてるだけで、何もしてないけどね」

「うちのチーム、はりきってんの、浜坂だけなんだけど」

萌絵が「早く来いよ」と手を振っている浜坂君を見て、顔をしかめた。

「そう言わずに行ってきて」

「はいはい。あーもう高校マジックやろうが調子乗っていやになる」

萌絵は「うるさいなあ」と言いながら、コートのほうへ走っていった。

「高校マジックやろう」萌絵や一部の女子たちは浜坂君のことをそうからかった。明るいだけで人気があるのは学生の間だけで、社会に出れば普通の男になると。確かに、浜坂君はクラスを盛り上げるような発言をしたり、誰とでも話ができたり、そういう部分で好かれている。でも、浜坂君みたいな人が、学校の中では必要だということは、みんなわかっていた。

くじ引きで分けられたドッジボールのAチームとBチーム。そのメンバーを見て、誰もが「くじは平等なようで酷だ」と思ったはずだ。活発な生徒が多いAチームに反して、Bチームは運動が苦手な生徒やおとなしい生徒、萌絵みたいな面倒なことが嫌いな生徒が集まっていた。そんな中、私と同じくAチームになった浜坂君が、

「実行委員が二人とも同じチームってよくないな。俺、Bチーム行こっと」

と申し出た。浜坂君は「こういうチームだと俺の活躍目立つだろ？」と私に笑っていたけれど、浜坂君がいないとBチームは成り立っていなかった。あの軽々しさは苦手だけど、その調子に乗せられてクラス全体がうまく回ることも多い。

「やっぱり最後も負けだったー」

本部テントの中で閉会式の準備をしていると、萌絵が首にタオルをぶら下げてやってきた。

「でも、接戦だったじゃん」

「まあね。やっとみんな調子出てきたとこで試合終了だったわ」

よく動いたのだろう。萌絵の頰は赤くなっている。

「萌絵、最後まで中に残ってたしね」

「へへ。まあねえ。優子も、実行委員お疲れ。けっこうたいへんだったね」

「全然。今日の仕事、これと片付けだけだし」

私は表彰状にチーム名を書きながら、そう言った。

すべてのゲームが終了し、体育館の生徒たちもグラウンドに集まってきた。くたくただと言いながら、みんないい顔をしている。受験ムードが立ち込めている毎日に、球技大会はいい息抜きになったようだ。無理やりなったような実行委員だけど、みんなの様子を見ているとどこか誇らしい気がした。

放課後、実行委員で片付けを行うことになった。六月中旬に差し掛かった三時過ぎのグラウンドはまだ太陽が光を放っていて、じっとりとした汗が流れ出る。

テントやシートを倉庫に戻し、グラウンドを整備するのが仕事。長くて重いテントの支柱を、浜坂君と何度も倉庫まで運んだ。

「森宮って、手際いいんだな」

浜坂君は支柱を軽々と持ち上げながら言った。

「そうかな？」

浜坂君のてきぱきした動きに合わせているだけだけど、私たちは他のクラスよりずいぶんたくさん運んでいる。

「疲れない？」

「大丈夫だよ」

「早く終わったほうがいいもんな。クラブもあるし」

浜坂君は、ホームルームを終えた生徒たちがグラウンドに出てきているのを見て言った。

「そうだね」

夏が近づき、クラブの練習も盛り上がっている。邪魔になっちゃいけないと私も足を速めた。

「後は短い支柱やコーンしかないし、俺、トンボ引くわ」

浜坂君にそう言われ、私は一組の実行委員の木津さんと短い支柱を倉庫へ運んだ。

「運ぶのは地獄だけど、倉庫の中にいる間は天国だね」

倉庫に足を踏み入れると、木津さんが言った。

倉庫の中は薄暗く日が差さない分、外の暑さがうそみたいにひんやりとしている。この中にいると、汗が自然とひいていく。

「ほんと。ここだけ冬みたいだよね。うわ」

テントの支柱を奥へ運ぼうとした私は、ライン引きに足をぶつけてひっくり返してしまった。

「あーあ、しまった。ごめん、ちゃちゃっと片付けるね」

倒れた拍子に中の石灰がこぼれ出てしまい、床が白くなっている。私は隅に立てかけてあったほうきを慌てて手に取った。

木津さんもほうきを手にして、掃いてくれた。

「手伝うわ」

「ありがと。もう、いいよね」

ライン引きに入っていた石灰などたいした量じゃない。きれいになったはずなのに、木津さんは几帳面なようで、隅々まで丁寧に掃いてくれている。

「もういいんじゃないかな？」

「まだ少し掃こうよ。もう運ぶものもないし。急いでグラウンドに戻ることもないよ」

木津さんの言うように、あとはトンボを引くだけで、ビニールシートや用具類も全部倉庫に戻ってきてはいる。私は「そうだね」ともう一度床を掃きながら、倉庫に生徒が六人もいることに気づいた。

実行委員は六クラスで十二人。特進クラスの四人は補習授業に出て片付けには参加していないから、今いる実行委員の内私を含め七人が、倉庫で支柱をそろえたり、ビニールシートを畳んだりと細やかな作業をしている。えらくきっちりした人ばかりだと思いながら、グラウンドに目をやってはっとした。

グラウンドでは、浜坂君がトンボを一人で引いている。少し傾き始めた日差しに背中が照らされて、体操服に汗がにじんでいるのがわかる。グラウンドは暑いし、トンボを引くのは重労働だ。ここでゆっくり作業している間に、進んでくれるならありがたい。もしかしたら、そう思っている人もいるのかもしれない。

「私、グラウンド戻るね。なんか、倉庫の薄暗いの苦手で」

私は木津さんに言うと、グラウンドに向かった。

「倉庫、片付いたの？」

浜坂君は駆け寄った私に尋ねた。

「うん、ごめんね。ライン引きひっくり返して石灰掃いてたら遅くなって」

「倉庫の中空気悪いのに、たいへんだったな」

倉庫での作業は、グラウンドでトンボを引くよりよっぽど楽だ。浜坂君以外みんな倉庫にいるよと言いたくなったけど、告げ口みたいだからやめにした。

「あれ、トンボってこんなに扱いにくいんだ」

「押すのは力いるから、引っ張ったほうが動かしやすいよ」

トンボを動かすのに苦心している私に、浜坂君がトンボを引いて見せた。

「なるほど……。野球部のみんなとか、すいすい動かしてるから、もっとスムーズに気持ちよく動いてくれるのかと思ってた」

「まさか」

浜坂君は声を立てて笑ってから、「俺、告白するのやめとくわ」とついでのように言った。

「え？」

「森宮に告白するって意気込んでたけど、やめにする」

「そうなんだ……」

別に告白されるのを心待ちにしていたわけではないけど、そう言われると拍子抜けする。一緒に実行委員をしている間に、たいしたことのないやつだと判定されたのだろうかと気にもなった。

「いいところ見せられなかったし」

どうしてか聞こうとした私に、浜坂君が言った。

「いいところ？」

「そう。ドッジボール、俺の二組Bチーム最下位だろう」

「ああ、確かに」

「森宮のチームは優勝だったのにな」

「私は何もしてないけどね。っていうか、いいところ見せるって、まさかドッジボールで勝つことだったの？」

「まあ、そうなるだろうな」

浜坂君は、すいすいとトンボを動かしながら言った。

勝利がいいところだなんて違う気はするけれど、だからと言って、何を見せられたら好きになったのかというとわからない。そんなことを考えながら、器用に土を均《なら》す浜坂君の横で、ずるずるトンボを引いていると、

「でも、また実行委員とかさ、一緒にやろうぜ。森宮とやるのって楽しいし」

と浜坂君が声の調子を上げて言った。

「私、あんまり得意じゃないんだけど。みんなの前に立ったり、まとめたりするのって」

「俺も」

「うそ。浜坂君はお調子者だから、……いや、その、元気だから、向いてると思うよ」

「時々思うけどさ」

「何?」

「森宮って、ちょくちょく言葉の選び方間違えるよな」

浜坂君はけらけらと笑った。

「いや、父の影響で……。あ、でも、お調子者って、明るくっていいってことだよ。ほめ言葉だよ、たぶん」

それはきっと毎晩、森宮さんと話してるせいだ。私は必死で言い訳をした。

「お調子者だけど、俺小心者だから」

「そうかな?」

「そうだよ。だから、こうしてトンボ引いてる」

「そっか。うん。私もトンボ引く係ならまたやってもいいかな」

「トンボ引く実行委員なんてないから。森宮って、とぼけてるよな」

浜坂君はまた笑った。

「いや、これも父の影響で……」

と言いかけて、「頭はいいんだ」と常々主張している森宮さんを思い出した。だとしたら、とぼけてるのは、どの親の影響だろう。そう考えると、私もなんだかおかしくなって笑えてきた。

トンボ引きも半分に差し掛かろうとしたところに、他の実行委員たちがグラウンドに出てきた。

「遅くなっちまった。倉庫、散らばっててさ」

「テント、やっと片付いた」

などと言いながら、トンボを手にするみんなに、

「そうなんだ。わりいな。グラウンドにかかりっきりで。まあ、もうすぐ終わるけど」

と浜坂君は答えた。

浜坂君のトンボを持つがっしりとした腕は汗で光っている。ドッジでたくさん人を当てるより、トンボをスムーズに引けるほうがずっといい。浜坂君のことは好きにはならなかったけど、また何か委員を一緒にやるのはいいな。そう思った。

9

「ね、帰りどっかでデザート食べて帰ろうよ」

球技大会から一週間後、萌絵に誘われ、「いつもの店で少し前からかき氷が出てたよ」という史奈の提案で、みんなで駅近くの喫茶店に行くことにした。

駅から坂を上ったところにある小さな喫茶店は、カフェというには古めかしい店構えだけど、先生たちが来ることもなく長居することができて、よく三人で寄り道した。

「もう夏だね」

テーブルの上に並んだ冷たいデザートに、史奈が言った。

「梅雨だもんねえ。雨はそんなに降らないけど、じっとりして寝苦しくていやになる」

萌絵がパフェのソフトクリームをスプーンですくいながら顔をしかめた。

「本当、知らない間に梅雨入りしたね」

私はミルクの氷を口に入れた。ふわっとした薄い氷が口の中で溶けていく。ゼリーを夕食後に食べていたから、一足先に夏が来たような気がしていたけれど、ようやく梅雨に入ったところだ。

「ねね、で、その後どうなの？」

天候の話をさっさと切り上げて、萌絵が少し声を潜めるようにして私に聞いた。

「その後って？」

「浜坂とどうなったのってこと」

「浜坂君？ 特に何もないけど」

私は正直に答えた。

球技大会が終わってからは、すれ違うときに、「暑いね」「英語の宿題した？」くらいの会話をするようにはなった。でもそれだけで、以前と何も変化はない。

「そっか。うん、そうなんだ」

萌絵はそうなずきながらウェハースをかじった。私と浜坂君に対するみんなの関心もなくなったころなのに、今さらどうしたのだろうと思いながら氷を食べていると、

「萌絵さ、浜坂のこと気になってるみたいなんだよ」

と史奈がにやっと笑った。

「え？　そうなの？」

それは意外だった。萌絵が好きになる男子は、今まではいつも先輩で、年上の大人びたタイプが多かった。それに、浜坂君のことは、ついこの前まで高校マジックやろうとけなしていたはずだ。

「球技大会で同じチームだったでしょ。けなげにがんばってる姿に惹かれたっていうか」

萌絵は「へへへ」と顔を赤くしながら言った。

「そうなんだ」

「なんか、あいつ、しみじみといいやつだと思わない？」

萌絵が言うのに、「それはそうかな」と私は相槌を打った。決定的に見た目がいいわけでも運動神経がずば抜けているわけでもないけど、浜坂君は決して他人を悪い気分に

させない人ではある。

「でさ、優子に取り持ってもらえないかなって」

「とりもって？」

萌絵が発したあまり聞きなれない言葉を、私は聞き返した。

「そ。浜坂とさ、付き合えたらいいなって」

気になる存在程度だと思っていたら、萌絵はそこまで考えてるんだ。私は思わず「すごいね」と口にした。

「浜坂って、優子のこと好きだったわけでしょう？」

「ま、まあ、そうかな」

「だったら、その優子が勧めてくれたら、うまくいくんじゃないかって」

打ち明けてしまって気が大きくなったようで、萌絵はさっきまでの照れたような口調からいつもの調子に戻って話を進めている。

「そう……かな」

「そうだよ。優子の言うことなら聞いてくれそうでしょ」

「どうだろう……」

私にはうまくいくようには思えなかった。自分のことを好きだった人に、違う人と付き合えと勧めるなんて失礼だし、浜坂君は気が小さくまじめすぎるところがあって、大胆な萌絵とは合いそうな気がしない。

「まあ、話だけでもしてあげなよ。気持ち伝えてあげるだけでいいんじゃない？」

宇治金時氷を食べ終えた史奈は、痛くなったのか頭を押さえながら言った。

「そうだね」

それぐらいならできるだろうか。私は戸惑ったままうなずいた。

「頼むよ、優子。私ちょっと、本気なんだよね」

萌絵はぱちんと手を合わせた。

「うん」

「やった！　恩に着る」

萌絵のうれしそうな笑顔に、私は不安になった。うまくいかなかったら、萌絵をがっかりさせることになったら、どうしよう。

外を歩いていた時は早く氷を食べたいと思っていたのに、クーラーが効いた店で食べるとさすがに冷える。

私はほとんど溶けた氷を口に入れながら、はしゃいで話す萌絵の声をぼんやりと聞いていた。

「呼び出しといたよ」

翌日、私が登校するや否や、萌絵がそう言った。

「え？」

「史奈の彼氏に頼んで、浜坂、放課後に美術室前に来てもらうようにしたんだ」

教室に入る前の廊下で、萌絵は私の耳元で告げた。昨日の今日でもう話が進んでるんだ。私は展開の早さに驚いた。

「早いね……」

「明日から期末テストで、今日は授業昼まででしょう？　みんなさっさと帰るだろうから、人目に付きにくいと思って」

授業もない日に、別校舎の美術室に行く生徒はいないだろう。日時や場所は最適だとは思う。

「優子が話したいことあるみたいだよって言ってあるから」

「大丈夫かな」

「大丈夫。基本、男子は女子からの告白は断らないから」

「だといいけど」

萌絵の自信ありげな表情に、私はなおさら心配になった。

「優子は伝えてくれるだけでいいんだから。あ、でも、上手に言っといてよ。私、派手なやつだって思われてそうだから、本当は優しくて純粋な女の子だって言ってね」

萌絵はいたずらっぽく笑った。

萌絵とは二年生から同じクラスだ。一年生の時から仲が良かった史奈と萌絵が親しかったのもあって、そのまま三人でいることが多くなった。萌絵は派手好きではっきりものを言うところもあるけれど、友達思いで人のために動くのが好きな面倒見のいい子でもある。誕生日はプレゼントだけでなく、三枚にもわたる手紙をもらった。いい友達だけど、時々強引なところに面食らってしまう。

テスト前日の授業は、四時間ともテスト勉強のために自習となった。それなのに、勉強をしようにも放課後のことが気になって、頭に入ってこない。浜坂君が萌絵のことを好きになってくれて、萌絵の思うようになればいいのにと思う。でも、うまくやれる気がしなかった。

浜坂君の席は、私とは反対の廊下側の一番前だ。様子をうかがいたくても、ここからだと背中しか見えない。放課後、私から話があるのはもう知っているのだ。浜坂君は、どう思っているのだろうか。どんな話だと想定しているだろうか。じっと背中を眺めていると、三列向こうの萌絵の視線を感じた。浜坂君のことを気にしていると思われては困る。私はにっこり萌絵のほうに顔を向けて笑うと、問題集に目を落とした。

ホームルームが終了して、慌てて美術室の前に行くと、もう浜坂君がいた。

「あれ、もういたんだ」

「ああ、急いじゃった」

「私も大急ぎできたんだけど、早いね」

「俺、陸上部だし」

「そっか。って、ここまで本気で走ってきたの？」

私は乱れた呼吸を整えながら言った。人の気配がない廊下は、しんとしていて声がよく響く。

「まあな。なんか、気になって。今日の試験勉強だって一つもできなかった」

「私も」

私がそう言うと、

「森宮は話があるほうだろう？　どきどきする必要ないじゃん」

と浜坂君が笑った。

「そっか。そうだよね」

美術室の周りには人の気配はないけど、廊下の真ん中は落ち着かない。なんとなく私たちは奥のほうへ足を進めた。

「っていうか、すごい遠回しじゃん。三組の西野に森宮が話あるからって聞いたんだけど」

「ああ、そうだね。ごめん」

「ちゃちゃっと言えないようなこと？」

浜坂君は少し緊張しているのだろう。眉間にしわが寄っている。

「そんなことはないんだけど」

私はごくりと息をのんだ。気は重いけれど、ちゃちゃっと言うに限る。こういうのは勢いで言ってしまったほうがいい。

「実はね」

私が早く済まそうと口火を切ると、

「うわ、すごい嫌な予感」

と浜坂君が顔をしかめた。

「森宮と俺って、付き合ってるわけじゃないから、別れようって話のわけないけど、でも、いい予感はしないんだよな。わざわざこんなところに呼ぶってことは、わりと深刻な話だろ」

「でも、悪い話じゃないよ。あのね」

「あー、テスト前にやめてくれよー。俺、案外気にするタイプだから勉強手につかなくなる」

浜坂君が冗談めかして頭を抱えるのに、私の勢いは弱まってしまった。

「萌絵が浜坂君のこと好きなんだって。付き合えないかな」

そう言うだけだ。だけど、すごくひどい話をするような気がした。もしも、私が好きだと打ち明けた人に、他の男子と付き合うことを勧められたら、落ち込むに決まってる。それなのに、こんな話をするなんて浜坂君に失礼だ。

「で、何？」

躊躇している私に、浜坂君が聞いた。

「えっと、あの……」

「ここまで呼んでおいて、言うの迷う？」

「そうだよね。えっと、そうだな……」

「もしかして何もないとか？　ひやかしじゃないよな」

「まさかな」と笑う浜坂君を見ていると、傷つけるわけにはいかないと思った。

「いや、そんなことない、そうだ！」

「そうだってなんだよ。朝から呼び出してたのに、今用件ができたの？」

浜坂君は眉をひそめた。

「そうそう、ほら、あれ。二学期になったら決めるでしょう。係」

「あ、ああ。だろうな」

「図書委員とかどうかな？」

「え？」

浜坂君がさらに眉をひそめる。

「ほら、また何か委員とかしようって言ってたでしょう。球技大会の時。もし、やるとしたらの話だけど」

浜坂君は怪訝《けげん》な顔のままだ。そりゃそうだ。わざわざ呼び出して、ずいぶん先の係決めの話をされたんじゃ、困惑して当然だ。

「話があるって、まさか、それ？」

「ああ、まあ、そうかな」

私は力なく笑った。

「うそだろう？」

「ごめん。なんか、今朝思いついちゃってさ」

「なんだそれ。森宮って、どっか、変わってるよな」

「ごめんね。テスト前日にくだらないこと言って」

私は頭を下げた。

「いや、それはいいんだけど」

「あ、じゃあ、あの、私、帰るから。本当にごめんなさい」

萌絵と史奈が待っている。私は腑に落ちないまま突っ立っている浜坂君に、「じゃあ」

ともう一度頭を下げると、教室まで走った。

テスト前日でみんな早々と帰ったようで、二組の教室には史奈と萌絵しかいなかった。

「どう、だった？」

私が教室に入ると、すぐさま萌絵が近づいてきた。不安をのぞかせながらも、目はキラキラして口元がほころびかけている。成功したと思っているのだ。私は胸が苦しくなるのを感じながら、

「なんか、その、うまく言えなかった」

と告げ、

「ごめんね……」

と小さく頭を下げた。

それで許されると思っていた。こういうことは難しいしかたないで終わると思っていた。

ところが、私の言葉を聞いた萌絵の顔つきは一瞬で変わった。唇を不服そうに突き出し、目は鋭く私を見つめている。

「なんで？」

「なんでって、なんていうか、その……」

「私が好きだって伝えるだけじゃん。うまく言えないって、何が？　どうして？」

気の強い萌絵が、クラスの子や先生相手に膨れているのはよく見る。でも、その怒りを自分に向けられたのは初めてで、私は戸惑った。

「なんだか、気まずくって」

「何が気まずいわけ？　優子って、別に浜坂のこと好きじゃないんでしょう？」

「それはそうだよ」

私はしっかりとうなずいた。それを萌絵は「ふうん」としらけた顔で見つめると、

「それなのに、他の女子と、っていうか、自分の友達とくっつくのは嫌なんだ？」

と言った。

「え？」

「優子ってさ、自分が好きじゃない相手にも、思われていたいんだよね」

「そんなことない」

「じゃあ、普通、友達を優先しない？」

萌絵の低い声には苛立ちがにじみ出ている。

「別に何も優先してないけど……」

「よく言うわ。自分優先してんじゃん。友達って一番大事じゃないの？　これぐらいのことやってくれてもいいじゃん」

優先順位をつけたわけでも、浜坂君の気持ちを自分に向けておきたいわけでもない。ただ切り出せなかっただけだ。どう話せばわかってもらえるだろうと迷っている間に、

「あーあ、マジがっかりだわ。優子がそんなやつだったとはね」

と萌絵は私をにらみつけると、大きな音を立てて目の前の机にぶつかりながら、教室を出て行った。

「なんとか話してあげればよかったんじゃない？」

黙って聞いていた史奈もそう言うと、萌絵を追いかけるように出て行った。

どうしてこんなことになったのだろう。そんなに怒ることだろうか。それだけ萌絵は浜坂君を思っていたのだろうか。テスト前日に友達とごたごたするなんて、安請け合いするんじゃなかった。早く萌絵の機嫌が直るといいけど。一人残された教室で、その時私は、その程度に思っていた。

「おはよ」

翌朝、廊下で会って声をかけると、萌絵は私をちらりとも見ずに、さっさと教室に入って行った。まだ怒ってるんだ。困ったな。史奈に相談してみようかと、すでに教室で問題集を広げていた史奈の席に近づいた。すると、私が声を発する前に、史奈は立ち上がって萌絵のほうへと向かった。

これは思ったより深刻になっている。私は心臓がどきどきし始めるのを感じた。二人ともに避けられているのだ。でも、今動いても解決できそうにない。もうすぐホームルームが始まってしまう。とりあえず落ち着こうと、私は自分の席へと向かった。その途中、仲の良いみな実《み》に「おはよ」と声をかけたけど、みな実は困ったようにうつむいただけだった。もしかして……。私は嫌な予感がして、最寄り駅が同じで時々一緒に登校する春奈《はるな》にも、「勉強進んだ?」と聞いてみた。結果は同じ。勉強に必死になっているふりをして、春奈は下を向いたままで顔を上げなかった。

クラスには萌絵とかかわりがない子たちもいるし、男子もいるから、全員ではない。だけど、私は大多数の女子に無視されているようだ。

「友達がいのないやつっているよね」

「普通、男より友達でしょ」

萌絵じゃない誰かが言うのが聞こえた。昨日の一件はもう広まっている。

「友達裏切るってないわー」

「本当、最悪だよね」

目立つことやいざこざが好きな墨田《すみだ》さんと矢橋《やはし》さんの声だ。気の強い二人にはかなわない。私は気づかないふりをして席に着いた。

「友達って、一番大事じゃんね」

「友達より自分優先するとかひくわ」

墨田さんと矢橋さんは、名前は挙げないものの、正論のように声高に私を批判している。

私はそんなにひどいことをしたのだろうか。友達ってそんなに大事なのだろうか。友達の言うことはなんとしても聞かなくてはいけないのだろうか。そんなわけはない。優先すべきもの、それが何かはわからない。ただ、友達ではないのは確かだ。

10

小学校四年生三学期の終業式。帰り道でみなちゃんと奏《かなで》ちゃんと別れると、私は大急ぎで家へと向かった。通知表は今までで一番よく、よくできましたが八個もあったし、先生からのコメント欄には、「お友達にも優しく、みんなと協力してがんばりました」「積極的にいろんなことに取り組んでいました」などといいことばかり書かれている。

これを見たら、梨花さんは「すごいね」って驚くだろうし、お父さんは「友達に優しいのが一番だ」とほめてくれるだろう。その様子を想像するだけで、足は勝手に速くなった。

それに、春休みが終われば高学年。五年生からは、委員会活動もあるし、英語の授業もある。クラス替えがあるのはどきどきするけど、奏ちゃんとみなちゃんは大親友だからクラスが離れたって毎日遊ぼうと約束をしている。これからおもしろいことがたくさん増えていく。そう思うと、うきうきしてしかたがなかった。

「優子ちゃん、賢いんだね」

通知表を開けた梨花さんは、想像どおり、うわあと声をあげてくれた。

「今回よかっただけだけどね」

「そんなことないでしょう。国語も算数も理科も、体育や音楽までよくできましたがいっぱい。優子ちゃんなんでもできるんだ」

梨花さんがものすごくほめてくれるから、私は照れくさくなって、えへへと笑った。

「こんなすごい通知表見たら、しゅうちゃんも喜ぶよ」

梨花さんはそう言って、大事そうに通知表を閉じて机に置いた。

「本当？」

「うん。喜ぶに決まってるじゃない。そうだ。今日の夕飯は手巻き寿司にしよう。しゅうちゃん早く帰ってくるって言ってたし」

「やったね」

私は本当にうれしくて、ぱちぱちと拍手をした。

この二ヶ月ほど、梨花さんとお父さんはなんだかあまりうまくいっていないようだった。夜、私が自分の部屋に戻った後、二人が言い合いになってる声が聞こえることもある。内容まではわからないけれど、梨花さんの高い声は怒っているみたいにとげとげしている。それに、仕事で忙しいからなのか、最近お父さんは帰りが遅いことが多い。それが、今日はお父さんが早く帰ってきてくれるうえに、喜んでくれるのだ。通知表ってすごい。がんばって勉強してよかったと心の底から思った。

「みんなで夕飯なんて久しぶりだね」

私の声は勝手に弾んだ。

「そっか。最近しゅうちゃん、仕事遅いからね」

「本当に。本当だよ」

私は昼ごはんに梨花さんが用意してくれたピラフをかきこみながら言った。終業式は午前中で終わり、昼からみなちゃんと遊ぶ約束をしている。

「春休み、どこ行こうかな」

私はあまりにうきうきして、口をいっぱいにしたままそう言った。

「春休み？」

「明日から休みだよ。みんなでおでかけするの、どこがいいかな」

「どうかな。春休みは、忙しいんじゃないのかな？」

　梨花さんはピラフをスプーンでいじりながら言った。冷凍のピラフを炒めただけだけどちゃんとおいしいのに、梨花さんは食欲がないのかちっとも食べていない。

「そうなの？」

「春って、忙しくなるだろうし。やっぱりね……」

「春ってやっぱり？」

　私は首をかしげた。

　夏休みは三人で水族館に行ったし、お正月は泊りで東京ディズニーランドに行った。長い休みにはいつもどこかに行けると思っていたのに、今度はそうじゃないのだろうか。春休みは宿題も少ないし、一番楽しいはずなのに。

「ねえ、春はどうして忙し……」

　そう聞こうとした私を遮って、

「早くしないと、みなちゃんと遊ぶんでしょう」

　と梨花さんがせかした。

「そうだけど」

「お菓子買ってあるよ。持ってって、一緒に食べてね。さ、片付けちゃうよ」

　梨花さんはそう言いながら、ピラフが残ったままの食器を台所へ運び始めた。

なんだか変なの。でも、まあいっか。梨花さんは小学生の私から見ても、気分屋で思い立ったらすぐに行動するところがある。何かやりたいことでもあるのだろう。早く遊びに行ったほうがいいみたい。私は急いで残りのピラフをたいらげた。

みなちゃんが新しく買ってもらったリカちゃん人形で遊んで、みなちゃんのお母さんが作ってくれたシュークリームをごちそうになって、夕方にはバイバイをした。今日はお父さんと梨花さんで手巻き寿司を食べるのだ。三人での食卓を思い浮かべると、少しでも早く帰りたかった。

みなちゃんの家から急げば十分で帰れる、四つの住まいが一緒になったハイツ。梨花さんが来る前から、私とお父さんはここで暮らしている。オレンジの屋根にクリーム色の壁。ハイツの駐車場の周りにはたくさん花が植えられていて、いつもきれいに手入れがされている。みなちゃんの家に比べると小さいし、奏ちゃんのマンションほど新しくはない。だけど、私は自分の家が気に入っていた。

二階の右端が私の家だ。見上げると、白いレースのカーテンの隙間から、リビングの明かりがついているのがわかる。カーテンの揺れ具合。窓から漏れる明かりの感じ。それだけで、姿が見えていなくても、私はお父さんが帰っているかどうかがわかる。梨花さんが来て、家に一人でいることはほとんどなくなった。梨花さんと話すと楽しいし、梨花さんはきれいでおもしろくて大好きだ。それでも、お父さんが家にいると、私はものすごくうれしくなる。

急いでハイツの階段を上がって重いドアを開けると、玄関には黒くて大きなお父さんの靴があった。

「おかえりお父さん。ずいぶん早いんだね」

リビングに入ると、お父さんは食卓に着いていた。まだ明るい時間帯にお父さんが帰っているなんて、めったにない。

「今日は仕事が早く片付いたからね」

「そうなんだ。ねえ、見た？」

私が棚の上の通知表を手にすると、

「優ちゃんが帰ってくるまで待ってたよ」

とお父さんは言った。

「へへ。じゃあ、はい。見て」

「ありがとう。どれどれ」

お父さんは通知表をまじまじと眺めてから、「おお、すごいね」と静かに言った。

「あれ？　びっくりしないの」

「ああ、驚いたけど。でも、優ちゃんがよくできるのお父さん知ってるし」

「そっかな。先生のメッセージ読んだ？」

「ああ。優ちゃんみんなとがんばってるんだね」

「そうだよ。そう」

「うん。よかった。優ちゃんは本当優しいもんな」

お父さんはしみじみと言った。

「友達とは仲良しだからね」

「ああ、いいことだね」

お父さんの反応は想像していたよりは静かだけれど、喜んではくれているようだ。

「さ、ごはんにしよう」

私とお父さんに向かって梨花さんが言った。手伝おうと思っていたのに、もうテーブルの上には、ご飯とお刺身がたくさん置かれている。誕生日だとか、連休とか、ちょっとしたときに、「豪華に見えるけど、すし飯を炊いて、お刺身を並べるだけだから簡単なんだよね」と梨花さんは手巻き寿司を用意してくれた。

それぞれ海苔《のり》の上にご飯と好きな具をのせて巻いて食べる。おばあちゃんが一度も作ってくれたことがない料理で、最初に食べた時は、自由に好きなものを好きなだけ食べられるなんてと私は興奮した。

「豪華だね」

「今日はいくらも買ったんだよ」

梨花さんは私の横に座りながら言った。

私の前にお父さん、隣に梨花さん。みんなが席に着くと、私は何を巻こうかと大皿の中をのぞき込んだ。マグロにイカにエビ。梨花さんが焼いた卵焼きもある。

「イカときゅうりを巻こうかな」と私が海苔を手に取ると、

「ごめん。やっぱり、その前にさ」

とお父さんが言った。

「ごはんの後にしようと思ったんだけど、食べるとだらっとしちゃうし、大事な話だから先に言っておいたほうがいいかな」

「何？」

私は手に取った海苔をお皿に戻した。大事な話だなんて、お父さんは話す前に今まで前振りをしたことはない。どんな話が始まるのかは、まったくわからなかった。だけど、お父さんの眉はぎゅっと固く寄っていて、瞳の中はうるんでいる。いい話ではないみたいだ。

「この春休みには、優ちゃんに決めてほしいことがあるんだ」

お父さんは私の顔をじっと見た。

「決めてほしいこと？」

「優ちゃん、もう五年生になるだろ？」

「うん」

「高学年になるんだったら、優ちゃんの意見聞かないとなと思って」

大きくなったことを認めてもらえたようでうれしくなりかけたけど、お父さんの硬い表情にそんな気持ちは一瞬でなくなった。ちらりと見ると、隣の梨花さんは素知らぬ顔でお皿を見ている。その姿にますます私は不安になった。

「お父さんさ、ブラジルに行くことになったんだ」

「ブラジル？」

その国の名前は聞いたことがある。南アメリカの国で、日本から遠いと社会の時間に先生が言っていた。春休みに行くということだろうか。どうしてそんな遠いところに？しかも、どうしてこんな深刻な顔で言うのだろう。

「優ちゃんはどうする？」

「どうするって、みんなで旅行するんじゃないの？　私だけ留守番するってこと？」

私はお父さんの変な質問に聞き返した。

「いや、これは旅行じゃないんだ」

「旅行じゃないって？」

旅行以外に外国に行くことってあるのかな。私が首をかしげると、

「しゅうちゃん、仕事でブラジルに行くんだよ。春休みじゃなくてずっとね」

と梨花さんが口をはさんだ。

「いい、僕から話すから」

それをお父さんは静かに止めると、小さく一つ息を吐いてから、また話し始めた。

「お父さん、会社の転勤で、ブラジルにある支社でしばらく働くことになったんだ。当

然日本からは通えないから、向こうで暮らすことになる。その支社の仕事が軌道にのるまで、だいたい三年から五年は日本を離れて生活することになるんだ」

お父さんはゆっくり丁寧に話してくれたけど、わかるまで時間がかかった。私は喉が渇いて、お茶を一口飲みたいって思ったのに、とてもそんな空気じゃなかった。

「ここから引っ越すってこと？」

「そうなるかな。優ちゃんはどうしたい？」

「どうしたいって？」

「お父さんと一緒にブラジルに来てくれる？」

お父さんは私の目を見ながら言った。

外国で暮らすなんて、想像できない。小学校も変わるということだろうか。知らない場所で知らない言葉を話さないといけないということだろうか。そんなの、できれば行きたくないに決まっている。

「行かなかったらどうなるの？」

「お父さんと離れ離れになる」

「それはやだよ。そんなこと、無理に決まってる」

私はきっぱりと言った。日本を離れたくはないけれど、一人ここに残されたら生きていけない。私はまだ子どもなのに、ほうって行くだなんて、お父さんはどうかしてる。

「私一人じゃまだ何もできないもん。絶対無理だよ」

そう言う私に、

「私は、日本に残るよ」

と梨花さんが言った。

「え？」

「だから、私はブラジルに行かないんだ」

梨花さんの言葉に、私はこんがらがった。お父さんはブラジルに行かないといけないのに、梨花さんは日本にいるってどういうことだろうか。

「優子ちゃんの選択肢は二つあるの。お父さんとブラジルに行って向こうで暮らすか、私とここに残って今までと同じ暮らしをするか。その二つから選んでってことだよ」

梨花さんはお父さんよりすっきりと説明してくれたけど、それでも意味がわからず、私は「どういうこと？」と聞き返した。

「お父さんと梨花さんは別れるんだ。つまり、もう夫婦じゃなくなる。だから、優ちゃんにお父さんと暮らすか、梨花さんと暮らすか選んでほしいんだ」

今度はお父さんが言った。

「だから、どういうことかわかんないよ」

明日から春休みで、今日は楽しい夕飯になるはずだったのに、突然、二人して何を言うのだろう。私は首をぶんぶんと横に振った。頭の中は、夢でも見ているかのようにぼんやりと曇っていた。

「ごめんな。こんなことになって。お父さんと梨花さんも何度も話し合ったんだけど、どうしようもないんだ。優ちゃんには後悔しないように決めてほしい」

「何を決めたらいいの？　ブラジルか日本かってこと？　お父さんか梨花さんかってこと？」

ぼやけた頭でも悲しいことが迫っていることだけはわかって、私の目からは涙が落ちた。

「難しいよな。もちろんお父さんはずっと優ちゃんと一緒にいたいと思ってるよ。優ちゃんとお父さんは本当の親子だし、ブラジルは遠いけどお父さんと行くのが一番だと思う」

お父さんがそう言うのに、梨花さんが声を荒げた。

「本当の親子って何？　そのずるい言い回しやめてよ。私だって優子ちゃんのことすごく大事に思ってるんだから。優子ちゃん、ブラジルなんか行ったらたいへんだよ。どう考えたって、ここにいた方がいい」

私はお父さんが大好きだ。でも、過ごした日数が少なくたって梨花さんのことも好きだ。梨花さんが来てから毎日はぐっと楽しくなった。二人のどちらかを選ぶなんて、考えたくもない。

「そんなの、選べるわけない」

私の涙は勢いを増して、頭の中も目の前も何もかもがかすんでいった。どうしたらいいかなんてわかりそうになかった。お父さんがいなくなるのも梨花さんがいなくなるのも嫌だ。どちらを想像しても、悲しい。

「ブラジルには日本の人がたくさんいるんだよ。遠いだけで、そんなに不自由なわけじゃない。すぐに優ちゃん慣れるよ」

お父さんは「ほら」と私にタオルを渡しながら言った。

「ブラジルって暖かくて楽しい国なんだよ」

「だったら、みんなでブラジルに行くのは？」

ここを離れるのは嫌だけど、三人一緒ならなんとかなりそうな気もする。私がタオルで顔をこすりながら言うと、

「私は嫌だよ。ブラジルなんて、ここととは言葉も食べ物も売ってるものも、何もかもが全然違う。治安だってよくないし。優子ちゃんが今見てるアニメもブラジルではやってないよ。だいたいテレビ、日本語じゃないし。しかも、三年って長すぎる。次日本に戻る時には、優子ちゃんもう中学生になってるんだよ」

と梨花さんは私のこともお父さんのことも見ずに、次々と並べた。

「それはなんかやだな……。ねえ、じゃあ、お父さんが、ブラジルに行かなくていい方法はないの？」

「そうはいかないんだ。断ったら、会社にはいられない。仕事って、自分の好きなようにはできないんだ」

お父さんは、力を込めるように言った。仕事が厳しいのは知っている。私の運動会の時も仕事でお父さんは来られなかった。自分の予定どおりにはいかないのが仕事だよと、お父さんはよく言っている。

「お父さんだって行きたくないんだ。でも、優ちゃんと一緒ならがんばれるよ」

「そうなの？」

「ああ。それに、三年って長いようで短いよ。最初は戸惑うかもしれないけど、きっと優ちゃん楽しめるし、あとでいい経験になる」

お父さんの言うことはとても正しいことのように聞こえた。外国で暮らすのは、そんなに悪いことじゃないはずだ。行ってみたら楽しいかもしれないと少し思えそうにもなった。そんな私に、

「でも、友達みんなと離れるんだよ」

と梨花さんが言った。

「友達？」

「そう。みなちゃんとも奏ちゃんとも、もう会えなくなるんだよ」

「うそ⁈」

それは絶対に嫌だった。私にとって、みなちゃんと奏ちゃんは何より大事だ。三人で過ごすのはものすごく楽しい。交換日記だって途中で終わらせるわけにはいかない。

「戻ってきたらもう中学生でしょう？　みんなと会う機会ないんじゃないかな」

梨花さんは窓のほうを見ながら、どこか冷たい声で言った。

「そんな……。どうしよう」

「優ちゃん、大事なことだよ。よく考えて。テレビや友達なんかじゃなくて、優ちゃん自身がどうしたいかってね」

私は今までどおりでいたい。それだけだ。お父さんと離れるなんて考えられないし、同じくらい友達とも離れたくない。

「ブラジルに行けば、今とはまったく違ってしまうよ。私とここに残れば、今と同じ生活ができる」、そういう梨花さんの言葉に、「そんな言い方ないだろう」とお父さんが低い声で言った。

それからみんな黙ってしまって、誰も手巻き寿司を食べなかった。たくさんのすし飯は乾燥してつやがなくなり、お刺身も色がくすみ始めていた。もうすぐ、大きな変化が、それも望んでもいない変化がやってくる。そう思うと、イカもマグロも食べたいとは思えなかった。

春休み、私は本当に毎日どうすればいいのかを考えた。ブラジルについて、図書館で本を読んでもみた。本の中の写真を見ると、思ったよりも都会で高いビルがたくさん建っていて、人々はカラフルな洋服を着て陽気で楽しそうだった。でも、どの写真にも日本人は写っていなかった。お父さんは日本とそれほど変わりないと言っていたけど、写真から流れる雰囲気はまるで違った。

外国での暮らしも楽しいかもしれない。今と正反対の生活をしてみるのもいい経験だ。行ってみれば、なんとかなるかもと思う日もあれば、そんなの無理に決まっている。サンキューとハローしか話せないのに、友達なんかできるわけない。言葉がわからない国での生活は寂しすぎる。お父さんが仕事に行っている間、どうすればいいのだろうと不安になる日もあった。いくら考えたって、正しい答えなど見つかりそうもなかった。

奏ちゃんとみなちゃんにこのことを話すと、「絶対嫌だよ。優ちゃん親友だもん。どこにも行かないで」と言われた。みなちゃんは、「優ちゃんがいなくなるなんて考えただけで悲しい」と涙をぽろぽろ流した。そして、二人とも「ずっと三人離れないって約束しよう」と言った。

そうだ。私には親友がいるのだ。みなちゃんと奏ちゃんと離れるわけにはいかない。二人がいない毎日なんて考えられない。その時の私は、本気でそう思った。

お父さんか梨花さんか。そんなの決められるわけがなかった。けれど、ブラジルか日本かを選ぶのはまだ簡単だった。

「私、学校変わりたくない」

三月三十日。私はお父さんに言った。

「そうか」

「友達と離れたくない。お父さんと一緒にいたいけど、友達や学校や今の家が変わるのは嫌だ」

話しているうちに涙がたまって、私の目から次々と落ちた。

「わかった。わかったよ。優ちゃん。ごめんね」

お父さんはそう言って、私を抱きしめ、

「どこへ行っても、お父さんは優ちゃんのお父さんだよ」

と当たり前のことを何度も言った。私は、今はつらいけど三年間離れるだけだ。梨花さんとお父さんが離婚するというのはわかりながらも、それでもまたこの暮らしが戻ってくるのだと、信じていた。

四月五日。ブラジルに向かうお父さんを空港まで梨花さんと見送りに行った。何度も何度も手を振って、お父さんの姿が見えなくなっても、ずっと搭乗口を眺めていた。

私はお父さんがいない寂しさに耐えられるかなと不安になったけれど、帰り道で梨花さんが見たかった映画に連れて行ってくれ、買い物をしたりファミレスで夕飯を食べたりしてるうちになんとなく気はまぎれていった。

その次の日。

みなちゃんと奏ちゃんと遊んで帰ってくると、梨花さんがハンバーグを作ってくれていた。

私の大好きなハンバーグ。それなのに、梨花さんと並んで食べているうちに、突然涙が流れてきて、息が苦しくなった。

今までだって、梨花さんと二人で夕飯を食べることもあった。でも、夜にはお父さんが帰ってきたし、明日も明後日《あさって》もお父さんがいないなんてことはなかった。これからは、お父さんとごはんを食べることはないのだ。どんなに話したいことがあっても、お父さんは帰ってこないのだ。それにようやく気がついた。

私が泣きじゃくるのに、梨花さんは「お願いだから泣かないで」と何度も言った。

「ゼリーあるよ。ケーキも」

「これから楽しいことといっぱいしよう。明日は水族館に行こう。遊園地も。ね」

「そうだ、五年生になったら新しい服がいるよね。買いに行こうよ」

梨花さんはいろいろとなぐさめてくれたけど、どの提案にも惹かれなかった。ただ、お父さんに帰ってきてほしい。それだけしか、私の願いはなかった。

＊

私に選択なんてさせるべきじゃなかったのだ。お父さんと梨花さんが自分たちで決めて、私を納得させるべきだった。小学校高学年になると言ったって、まだ十歳なのだ。正しい判断が、そのあと悔やまない判断が、できるわけがない。

あの時、私は友達を優先した。実の父親より友達といることを選んだ。その結果、今がある。今の暮らしに不満はないし、否定はしたくない。お父さんについて行ったほうが幸せだったとは限らないし、梨花さんといたおかげで出会えたものもいくつかある。

ただ、友達は絶対ではない。現に、みなちゃんとも奏ちゃんとも、いつの間にか年賀状をやり取りするだけの間柄になっている。友達は、またできる。だけど、私と血のつながった、赤ん坊だった私を抱いてくれた父親を手に入れることは、二度とできない。

もしも、優先順位をつけなければいけないのなら、正しい順に並べるべきだ。それなら、たとえ自分の選択に悲しくなることがあったとしても、間違いだったと後悔することはない。

友達に無視されたって、勉強をおろそかにするのはよくない。萌絵や史奈はいい友達だけど、私の将来を約束してはくれない。期末はいい成績をとっておかないとな。私は背筋を正すと、英語の単語帳を広げた。

11

夏休みの間、萌絵からは一度も連絡がなかったけれど、史奈とはメールでやり取りをしたり、何度か昼ごはんを食べに行ったりした。

「テストだったし、あのまま夏休みに入っちゃったからなー。妙に長引いたね」

夏休み最終日、予備校の帰りに寄ったと史奈が家に遊びに来た。

「そうだね」

私は史奈がコンビニで買ってきてくれたチョコレートをつまんだ。暑い中持ってきてくれたせいか、柔らかくなったチョコレートはすぐに口の中で溶けた。

萌絵は単純だから、二日も経てば機嫌も直っているように見えた。だけど、私がひどいことをして萌絵が怒っている、という空気がクラスに浸透してしまって、お互い動けないままで夏休みに入ってしまった。何度か登校日もあったけれど、休み中の騒々しい雰囲気の中で一日が終わり、萌絵に近づけないままだった。

「何より、優子のあっさりぐあいに驚いたけどね」

史奈はクッキーを手にしながら言った。勉強すると糖分が欲しくなるらしく、持ってきてくれたお菓子は甘いものばかりだ。

「そう？」

「そうだよ。優子、萌絵が怒っててもけろりとしてたもんなあ」

「そんなことないのに。どうすればよかったのかな？」

謝ることに抵抗はないから、それで円滑になるなら何度でも謝った。でも、よけいに萌絵の機嫌を損ねそうで、何もできないままでいただけだ。

「どうすればってことはないけど、萌絵に無視されてもみんなに敬遠されてても、それほど気になってなかったでしょう？　すごいなって思うわ」

「気になってたよ。ただ、テスト中だったりで……」

「テストで気がまぎれるのが、すごいよね。私だったら、友達とこじれたら勉強も手につかなくなる」

女子バレー部のキャプテンをしていて、どこか毅然とした史奈にそんな一面があるんだ。そのことのほうに、私は驚いた。

「ま、もういいんじゃない？　萌絵、オープンキャンパスで他校の男子に声かけられて、いい感じになったらしいし」

史奈が「萌絵らしいでしょう」と笑った。

「そうなんだ。そりゃよかった」

私は本当にそう思った。彼氏がいるときの萌絵は上機嫌だから、一緒にいるほうも楽だ。

「だから、浜坂のこともどうでもよくなって、二学期はもとどおりになってるはずだよ」

クラスメートに避けられている教室で過ごすのは憂鬱だし、萌絵とも仲良くしていたい。私が希望を込めて「だといいんだけどな」と言っていると、

「うわ、いらっしゃい」

と、森宮さんが顔をのぞかせた。

「ちょっと、ノックくらいしてよ」

「ああ、ごめんごめん。帰ってきたら、玄関に優子ちゃん以外の靴があって、話し声聞こえるから、友達が来てるんだって慌ててしまって」

森宮さんは小さく肩をすくめた。

「お邪魔してます。同じクラスの佐伯です」

史奈が立ち上がって名乗ると、森宮さんは、

「どうもどうも。優子の父の森宮です」

と頭を下げた。玄関から直行したのだろう。まだスーツのままで手には鞄まで持っている。

「父の森宮って何よ。親子なら苗字が一緒で当然でしょう」

「あ、そうか。いつも娘が、お世話になってます」

「こちらこそ」

史奈は軽く会釈をした。

「そうだ。佐伯さん、夕飯食べますよね？　ああ、何か豪華なもの作らないと。たいへんだ」

私の友達と出くわすのが初めての森宮さんは、一人で慌てだした。

「いえ、けっこうです」

「もう七時だしお腹すいたでしょう。そうだ、出前にしようか」

「あ、私もう帰るんで」

「いやいや、遠慮しないで。すぐに用意しますから」

「遠慮じゃなくて、本当に大丈夫です」

「そうだよ。史奈の家でも夕飯用意してあるだろうし、引き留めちゃだめだよ」

史奈と私が断るのに、「本当にごはん用意しなくていいの？」と森宮さんは疑わしそうに言った。

「そう。いいの」

私がきっぱりと言うと、森宮さんは「なあんだ」とネクタイを緩めてから、

「娘の友達が来たらもてなさなきゃいけないと焦ったんだけど、そうでもないのか。あ、そうだ。佐伯さんのお父さんは友達来たらどうされてますか？　なんか突然高校生の父親になって、俺、どうするのかいまいちつかめてなくて」

と史奈に聞いた。

「うちの父は……どうだろう。まあ、父は友達と出くわしたことないんで」

史奈はくすくす笑いながら答えた。

「そっか。父親というのは姿をそうそう見せないもんな。そういや、俺も高校生のころクラスメートの父親なんて一人も見たことない」

「そう。だから、もう出て行って。森宮さんは気にせず自分のことしてくれたらいいから」

私は部屋から出て行くよう、森宮さんの背中を押した。

「本当？　じゃあ、俺はこれでって。でも、お茶ぐらい淹れてくるわ。考えたら俺は父親でもあり母親でもあるもんな」

「いいよ。ジュース飲んでるから」

「いや、そりゃだめだ。佐伯さんに陰で、森宮さんの家では、お茶すら出なかったって言われたら困るし。ちょっと待っててください」

森宮さんがそう言って部屋を出ていくと、史奈はこらえていた笑いを噴出させた。

「おもしろいね。優子の……、親？」

「まあ、一応父親。森宮さん、変わってるから。史奈、気悪くしないでね」

私はやれやれとため息をついた。

「全然。でも、森宮さんって、東大出てるんでしょう。そんなふうには見えないね。おもしろいっていうかなんていうか」

「頭はいいみたいだけど、どこかずれてるから」

「ははは。娘にそう言われたんじゃ、世話ないよね。だけどさ、案外かっこいいじゃん」

史奈はにやっと笑った。

「そんなことないよ。背が高くてすらっとしてるから、そう見えるだけだよ。よく顔見てみたら、全部こぢんまりして地味な顔してる」

「へえ。優子の目は厳しいな。なんかいい感じになったりしないの？」

「まさか」

森宮さんが若いから、そういうことを聞かれたり、からかわれたりすることはある。けれど、森宮さんがどこか変わっているからか、父親として出会ったせいか、男性として見ることはまずなかった。それに、父親としたら若いのかもしれないけど、年だって二十歳も離れているのだ。

「ねね、優子ちゃん、お茶だけだとケチだと思われるかな。何か一緒に出したほうがいいと思う?」

史奈と話してると、ドア越しに森宮さんが小声で聞いてきた。

「っていうか、そういうの黙ってやってよ。友達に聞こえてるよ」

私が呆れて答えるのに、史奈はげらげらと笑った。

二学期の始業式。教室へ向かう階段で前を歩く萌絵を見つけ、私は「おはよ」と声をかけながら近づいた。

もう学期も変わったんだ。わだかまりも消えているだろうと思ったのに、萌絵はかすかに笑っただけだった。

あれ? 機嫌が直ったわけじゃなかったのかな。そう思いつつ、

「夏休みどうだった? 専門学校見に行ったりしたの?」

と話を続けてみたけれど、萌絵は少し困ったようにうつむいて、教室に急いで入ってしまった。

史奈は元どおりになっていると言っていたけれど、そうは簡単にはいかないのだろうかと萌絵に続いて教室に足を入れると、

「出た！」

「今日もきれいだよね。優子」

と、矢橋さんと墨田さんが大きな声で言うのが聞こえた。

二人はクラスで一番派手で目立つ女子だ。夏でも長袖の制服のシャツを着て、そのくせスカートは短く折っている。見えないようにブレスレットやネックレスをし、顔にはつけまつげにアイライナーを施している。校則は破っているけど、不良というほど悪いことをするわけではない。クラスを盛り上げてくれることもあるし、楽しい面もある。ただ、良くも悪くもはっきりと意見を言うから、二人には反感を買わないように、みんな気を遣っていた。

「優子、またきれいになったんじゃない」

「ってことは、夏休み彼氏いたんだろうなあ。今度は誰だろうねえ」

二人はそう笑った。

萌絵が私を無視していたのに、乗っかってきたんだ。誰かを攻撃するのが好きな二人だ。もめごとがあれば首を突っ込み、騒動を大きくすることはしょっちゅうだった。特に深い意味もなく、面白半分で私を標的にしてるのだろう。反論しても勝てそうにない。

私は苦笑いを浮かべて、さっさと自分の席に着いた。

「さすが冷静だよね。女子に嫌われても、男子の支持があるもんね」

墨田さんはそう言って染めた髪をかき上げた。髪はところどころ傷んで、色が抜けてしまっている。

「優子、次誰狙ってんのー？」

「聞いとかないとさ、かぶったら厄介だよね。友達だとしても、男とっちゃうから」

二人は手を叩きながら笑った。周りのみんなは同じように笑ったり、素知らぬ顔をしたりしている。

私が「そんなことない」ぐらいは言おうかと思っていると、向井先生が教室に入ってきた。先生が教壇に立つと、みんなは何事もなかったかのように静まった。

墨田さんたちとは、萌絵や史奈みたいに仲がいいわけじゃないから、文句を言われても傷つきはしない。ただ、せっかく新学期が始まったのにすっきりしないなと、気分は重くなった。

「どうだった、新学期？」

私がそうめんと卵焼きを食卓に運び終えると、森宮さんが聞いてきた。

「別に何もないけど」

「出た、別に。別にと普通は、最悪の表現方法だな」

森宮さんは海苔やねぎをつゆが入った器に入れながら、不服そうな声を出した。

「森宮さん、なんか前もそんなこと言ってたね」

「うん。何もないことなんて絶対ないのにさ」

「森宮さんの会社はそんなに毎日出来事があるの？」

私はお茶を淹れると、席に着いた。

「あるある。別に何もない会社なんて、倒産寸前じゃん。よし、できた。薬味をぎっしり入れて、初めてそうめんは夕飯に格上げだな」

甘く炊いたしいたけにウズラ卵まで入れて、森宮さんはいただきますと手を合わせた。

「で、学校。休み明けだろ？　なんかあった？　ないわけないよな」

「なんかって……」

私がねぎと海苔だけ加えたつゆにそうめんを入れながらあいまいに答えると、森宮さんは、

「これはもう完全に何かあるときの話し方だ」

とにやにやした。

「そんな楽しいことは何もないよ」

「どうせ、トラブルだろ？　女子高生にはつきもんだもんな」

「トラブルだと思うなら、どうして笑ってるのよ」

「え？　俺、笑ってる？」

森宮さんは頰をぱちぱちと叩いた。

「さっきからずっと笑ってるよ」

「悪い悪い。よし、顔を整えてっと。で？　何が起こってるの？」

「まあ、そんなたいした問題じゃないんだけどさ、一部の女子に嫌われちゃったみたいで。文句を言われてるみたいな感じ」

私は今日のことを正直に話した。どうせ勘ぐられるのなら、ちゃんと話すほうがいい。それに、血のつながってない親と暮らすことが多かったせいだろうか。私は昔から、学校であったことはなるべく家で話した。実の親じゃないからかまえずに気安く話せるのか、実の親じゃないから話さないと伝わらないと思うのか、どの親の時も聞かれたことは答えるようにしていた。

「えー。どうして嫌われちゃうんだよ。優子ちゃん、人を不愉快にさせるタイプじゃないのに」

さっきまでにやにやしていたくせに、森宮さんは不満げに眉をひそめた。

「まあ、そうだな、一学期にさ」

「一学期？　えらくさかのぼるな。っていうか、俺聞いてないんだけど」

「だから今から話すって」

私が浜坂君のことに始まった一件を話すと、

「うわー。あるよな、そういうの」

と森宮さんは、今度は目を輝かせて食いついてきた。

「ちょっと。どうして興味津々なのよ」

「だって、こういうの漫画みたいでおもしろくない？」

「娘が学校で嫌な目にあってるのに、どこがおもしろいの？」

「嫌な目って、優子ちゃん困ってないだろう」

「どうだろう」

森宮さんに言われて、自分を探ってみる。確かに困ってはいない。だけど、厄介だし、憂鬱なことには変わりない。

「でもさ、矢橋や墨田みたいな女って、どこにでもいるよなー」

森宮さんはそうめんをずるずるすると、偉そうな口調で言った。

「そう？」

「俺の会社にもいるいる。自分のことちょっといけてるって思っててさ。自分は好き嫌いを必要以上にはっきり言うくせに、自分は嫌われたくないっていう。いや、嫌われるわけないって思ってるやつ」

墨田さんや矢橋さんも、自分の意見はしっかり主張する。私は「そうだね」と少しうなずいた。

「あいつら、自分たちに発信力とか影響力があると思ってんだよな。すげー勘違い」

「っていうか、森宮さん、なんかいやなことでもあるの？」

「まあな。俺の会社にも五年後輩の矢守《やもり》って女の子がいるんだけどさ。俺のこと森宮ちゃんて呼ぶんだぜ。自分は上司に好かれてるからなれなれしくしても許されるみたいな雰囲気出してさ」

「そう言えば、墨田さんと矢橋さんも仲良くない相手でも下の名前で呼んでるな」

私はそうめんをつるりと口に入れた。

「だろ。ああいう女の共通点だな。でさ、海外行ったり、山登ったり、あちこちに出かけていく自分が大好きでさ。必ずそれをアピールするんだよな。今日なんか、森宮ちゃん、夏フェスとか絶対行ったことないでしょう。超楽しいのにとか言ってきやがった」

悪口を言うとお腹がすくのだろうか。森宮さんは愚痴るたび、そうめんを勢いよく流し込んでいく。私は吸い込まれていくそうめんを見つめながら、

「森宮さん、行ったことないんでしょう？」

と聞いた。

「うん。フェスどころか、俺、コンサートにも行ったことない」

森宮さんは自慢げに答えた。

「ああ、そうなんだ」

「どうせ、その矢橋と墨田も夏休み中フェスとか行って、受験勉強してないんだぜ」

「フェスに行ってるかどうかは知らないけど……。あ、でも、なんか海外の人が集まるパーティーに行ったたってみんなの前で話してた」

今日は休み時間のたびに、二人はそのパーティーの話をしていた。外国人ってすごい自由だから一緒にいると本当テンション上がるんだよねと大声で繰り返していた。

「そうそうそう！　矢守もそう！　外国人の友達がいることやたらアピールしてきやが

る。それでもって、森宮ちゃんには、海外に知り合いとかいないでしょうとか言ってくんだよな。お前、英会話スクールの教師とつるんでるだけじゃねえかと俺は言いたい」

「好きなだけ言えばいいよ。で、森宮さん、外国人の友達いるの？」

「いるわけないじゃん。日本人の友達すらほとんどいないのに」

森宮さんはけろりと言った。森宮さんと話すと、力が抜ける。

「そうなんだ」

「そうそう。それに、一人でラーメン屋とか入っちゃうんですよねって何の自慢だよな。二十歳越えて、一人で店入れないやつのほうが貴重だろ。俺、ラーメンなんて一人でしか食ったことないし」

文句を聞くたびに、森宮さんの寂しい交友関係までわかってしまって、私は「まああ」と慰めるように言った。

「で、墨田と矢橋、どうせ嫉妬だろう。優子ちゃん、かわいいから。フェスに行こうが外国人と親友になろうが、中身も外見も、優子ちゃんにかなわないもんな」

文句を言い終えたと思ったら、森宮さんは今度はとんでもないことを平然と言い切った。

「やめてよ。親ばかだね」

「え？」

「森宮さん、親ばかだよ。私のことかわいいだなんて、外で言ったら絶対だめだよ」

私が注意するのに、森宮さんは「えへへ」と照れたように笑うと、「あ！　わかった！」と手をパチンと叩いた。

「何？　どうしたの？」

「そうめんのせいだ」

「何が？」

「優子ちゃんのパワー出ないの。夕飯だよ、夕飯。昨日も一昨日《おととい》も今日もそうめんだろ？」

「そうだけど」

森宮さんへのお中元でもらったし、暑い日には食べやすいから、最近そうめんが続いてはいる。だけど、そうめんと私のいざこざは何の関係もない。

「私、元気がないわけじゃないよ」

「いや。墨田ごときに文句言われるなんて、夏バテだぜ。真の夏バテは夏が終わったころに来るんだって」

森宮さんはおいしそうにそうめんを食べながら言った。

「そうめん、好きなのに」

そうめんは細くてすんなりと喉に入っていく。麺類の中で私は一番好きだ。

「もっとがっつり食べたら、優子ちゃん最強だぜ。スタミナ万全の優子ちゃんになんて、かなうわけないから、墨田も矢橋も矢守も文句すら言えなくなる」

「だから、親ばかだって。本気でやめてほしい」

私が怒るのに、森宮さんは「まあ、親ですから」と笑ってそうめんをすすった。

「それに、矢守さんは私関係ないから」

「そっか。あいつは俺だけの敵だな。矢守かイモリか知んないけど、異動しないかなあ。火星とかに」

「火星に森宮さんの会社の支社あるの？」

「まあ、ないんだけどさ」

やれやれ。森宮さんの悪口は小学生レベルだ。けれど、森宮さんと一緒に文句を言っていると、気持ちだけは晴れて、いくらでもそうめんが食べられた。


翌日、学校は相変わらずの空気だった。萌絵は肩身が狭そうな顔をしていて、史奈も「面倒な相手に目つけられたねえ」と言いつつも、墨田さんたちの前では私と距離を取った。

昼食の時間になると、「萌絵、史奈食べよう」と墨田さんが二人を誘ってしまったから、私は一人で学食に向かった。他の誰かと食べようかとも思ったけれど、今私が声をかけたら迷惑だろう。それに教室から出たほうが、気が楽だ。

学食に入ると、二組の教室のことなど何も関係ないようににぎやかだった。私たちはもう高校生だ。学食には、私以外にも一人でごはんを食べている生徒が何人もいる。中学生みたいに一人でいることに、それほどプレッシャーもない。史奈と萌絵とは気も合うし、一緒にいて楽しい。でも、何も気にせず話を合わせることもなく、一人で過ごすのもたまにはいいかもしれない。

私はのんきに進路指導室でとってきた大学のパンフレットを見ながら、卵丼を食べはじめた。パンを持ってきていたけれど、だしの香りにつられて出来立てのものを食べたくなって卵丼を注文した。ちょっと濃い目のだしにふんわりした卵。学食のメニューではどんぶり物が一番おいしい。

園田短大の学食はどんなのだろう。大学にはもっとおいしいものあるかなと、短大のパンフレットをめくってみる。食堂の写真はどこかおしゃれなレストランのようだ。やっぱり大学は違うなと眺めていると、目の前に気配を感じた。

「何してるの？」

声のほうに顔を上げると、前には向井先生が立っていた。

「いえ、特に何も……」

何か注意されるようなことをしただろうか。私は最近の行いをさっと振り返ってみた。

「何もって、どうして一人でごはん食べてるの？」

向井先生はいつもの淡々とした口調でそう言いながら、私の前の席に腰かけた。

「別に理由は……」

「別にって、何かおかしなことになってるんじゃない？」

「そんなことは」

向井先生がいると緊張してしまう。私はひとまず水を一口飲んだ。

「最初は田所さんたちとけんかでもしたのかと見てたんだけど、ずいぶん長引いてるのね」

「まあ」

「女子のけんかはしつこいものだけど、さすがに長すぎない？」

「そう、ですよね」

「ただのけんかならいいにしても、ちょっとこじれてるんじゃ」

「いえ。大丈夫です。ただのけんかっていうか。まあ、よくあることです」

私はたいしたことないことだと強調するように、小さく笑って見せた。

向井先生はそんな私の顔をうかがうように見ていたかと思うと、「森宮さんは困ってないの？」と言った。

「はい」

私は大きくうなずいた。本当に困っていないのだ。できれば収束してほしいとは思っている。だけど、集団で生活していればこういうこともあると、どこか客観的に考えてもいる。

「そうみたいね。でも、この状況が平気なのもどうかと思うけど」

「普段から他人と生活をしているから、いざこざに慣れてるんですかね」

私は冗談めかしてそう言って、でも、今までの生活でいざこざなんてなかったと気づいた。梨花さん、泉ヶ原さん、森宮さん。父親と離れてから共に暮らした人はみんな他人だけど、もめることはなかった。

「友達って、高校生活で占めるウェイト重いと思うんだけど？」

先生は私の言葉に笑わずに言った。

「そうですね」

友達が大事かどうかと突き詰めて考えるとわからないけど、友達を粗末にしようとは思わないし、友達がいないと寂しいのも事実だ。

「森宮さん自身のことなのに、他人事みたいね。大丈夫なの？」

「大丈夫です」

「本当にそうならそれでいいんだけど」

「はい。本当に困ってないんで……。こういうの、時間が解決するし。今少し折り合いが悪くなってるだけで、ほっておいてというか、その、まあ見守っててください」

私がそう付け加えると、

「強いのね。森宮さんは」

と先生は私をじっと見て言った。

教室に戻った私を見ると、墨田さんと矢橋さんがにやりと笑った。

「優子、向井先生とランチしてたんだってー」

こういう情報が回るのは本当に早い。もめている状況がおもしろくて、こじれさせたいと思う人は、けっこういるのだ。

「たまたま学食にいたら、声かけられただけだよ」

私は自分の席に向かいながら言った。

「もしかして私たちのこと告げ口でもしてたんじゃないの？ でも、残念だよね。担任が女でさ」

「そうそう。男だったら味方につけられただろうけど、向井のばばあじゃね。そうだ、優子こないだは一年の男子に告白されたんでしょう。本当、もてるね」

矢橋さんが言うのに、「すごーい」「やるねえ」などと冷やかす女子の声が聞こえる。

「そんなことないよ」

私は素知らぬ顔のまま、机の中から教科書を出した。無視をすると文句を言うだろうし、適当に答えておくしかない。

「優子、男好きだよね。優子のお母さんって、二回旦那替えてるんだっけ。血は争えないよねー」

墨田さんが言った。私と中学校が同じだった子にでも聞いたのだろうか。私は自分の生い立ちをことさら話しはしないけど、隠してもないから、保護者が何度か替わったのを知っている子も何人かいる。

「二回ってすごいよね。でも、その母親も今はいないんでしょう」

「ややこし。誰が本当の親かわかんないんじゃないの？」

墨田さんと矢橋さんはそう言って笑ったけれど、教室はさっきまでとは打って変わってしんとなっていた。

きっと、二人が家族のことに触れだしたせいだ。みんなうつむいたり、他のことに気を取られているふりをしたりしている。なぜか家庭のことに踏み込むのはいけないことだと、みんな思っているようだ。私自身は、親のことを突っ込まれても、痛くもかゆくもないのだけど。

「それで、今は若い父親と二人で暮らしてるんでしょう。ひくわー」

「優子、父親とできてたりして。こわ」

二人は周りが静まっているのに気づかず、話を続けている。聞いていないふりをしているけど、みんな耳を澄ましている。とりあえず、事実だけははっきりさせるべきかな。

私は座ったまま顔を上げて、墨田さんのほうを向いた。みんなが見守るのがわかる。ああ、たいした話じゃないのに、必要以上に注目を浴びてしまう。保護者がころころ替わる弊害はこういうのだよな。さっさと端的に説明してしまおうと私は口を開いた。

「えっと、その何回も旦那替えているっていう母親は、二番目の母親だから血はつながってないんだ。で、生みの親ははっきりしてるんだよ。母親は小さいころに亡くなって、父親は海外に行ってしまったから身近にいないんだけどね。母親が二人、父親が三人いるのは事実だけど。で、なんだっけ？　あ、そうそう。今の父親。年が近いって言っても、もう三十七歳だよ。それに、どこか変わっている人というか、とても恋愛関係になりそうな人じゃないから。血もつながってない私の面倒を見てくれるいい人だけど……。これで、以上かな？」

私が説明し終えると、「すげー」「えーそうなんだ」などという声が教室から漏れた。矢橋さんと墨田さんは少々面食らっている。やっぱり、おおげさになってしまったようだ。

「たいした話じゃないんだよ。親が替わっただけで、私は何も困ってないし」

私が慌ててそう付け加えると、

「つえー」と誰かが言うのが聞こえた。

「森宮ってなんか底力みたいなのあるよな」

「やっぱ、家庭の変化が激しいと自然とそうなるんだな」

後ろの席では男子がこそこそ話している。

向井先生にも言われたように、確かに私には強い部分があるのかもしれない。でも、それは保護者が度々替わったからだけではない。お父さんがいなくなってからの梨花さんとの暮らし。自由で楽しかったけど、楽ではなかった。あのころは、生きるために必死で、たくましくあることが必要とされていた。

12

「あー、今月あと八百円しかない。給料日まで五日もあるのに」

小銭を探しているのだろう。梨花さんは鞄や財布の中を探りながら言った。

「梨花さん、無駄遣いしすぎだよ。いつもこうなるのわかってるのに」

私もクローゼットにかけられた梨花さんのスカートのポケットを探してみる。梨花さんは何でもポケットに入れっぱなしにしているから、時々、硬貨が何枚か出てくることもあった。

「私、何か無駄遣いしたっけ?」

梨花さんが真顔で考えるのに、私はため息をついた。

「先週、鞄買ったでしょう。同じようなの持ってるのに」

「あの、グレーの?」

「そう。グレーで外にポケットが付いた鞄」

「全然同じじゃないよ。あんな鞄他に持ってない。デザインもサイズも持ってるのとは違う」

梨花さんはそう言うけど、私には同じような鞄がいくつもあるように見える。色が違ったり形がほんの少し違ったりするだけの鞄がどうしていくつもいるのだろう。

「あと、私にもカーディガン買ってくれたでしょう？　去年からそんなに背も伸びてないから、今あるのでいいのに」

　梨花さんは毎月のように私に服を買ってくれた。だけど、もう五年生の私はそんなに急成長もしないから、持っているもので十分だ。

「優子ちゃん、本気で言ってる？」

　梨花さんは硬貨を探すのをやめて、私の顔をまじまじと見た。

「本気だよ」

「女の子なのにやめてよね。服は身体が大きくなって着られなくなったから買うんじゃないよ。今年の流行《はや》りとかがあるじゃない。おしゃれにけちっちゃいけないって、昔から言うでしょう」

「そんなの知らないよ。去年の服を着てても死なないけど、食べないと死ぬんだよ。とにかく、来月は洋服買うのは禁止」

　私が力を込めて言うと、梨花さんは、

「優子ちゃんって、小学五年なのに、言うこと年寄りだよねー。はいはいわかりました」

　とすました顔で言って、テレビを見はじめた。お金がないと騒いでいても、梨花さんは平気なのだ。あと百円でも出てきてほしい。私はクローゼットに突っ込まれた梨花さんの鞄を一つ一つのぞいてみた。

「あ、また入れっぱなしにしてる。梨花さん、早く出してよね」

奥にあった鞄に押し込まれていた手紙を見つけて、私は梨花さんに見せた。

「あ、ああ、それね、うん。明日出す」

「早く送ってくれないと、もう次の手紙書くのに」

「ごめん、ごめん」

「ちゃんと届いてるのかな……。ちっとも返事来ないんだけど」

「どうかな。しゅうちゃん忙しいだろうし、ブラジルに手紙着くのってきっと時間かかるしさ」

梨花さんはテレビを見たままで、そう言った。


小学五年生になる前の春休みにお父さんがいなくなって、七ヶ月が経つ。お父さんが出て行ってから、私は一週間に一度は手紙を書いた。学校の様子や梨花さんとの暮らし。お父さんに話したいことはたくさんあって、毎週手紙は何枚にもなった。ただ、ブラジルへの手紙の送り方はわからなかったから、出すのは梨花さんに頼んだ。梨花さんは「わかった」と言いながらも、時々手紙を出すのを忘れて鞄や机の引き出しに入れっぱなしにしている。そのせいではないだろうけど、お父さんから返事が来たことは一度もなかった。梨花さんは「大人ってそんなに手紙を書かないんだよ」とか、「まだブラジルの生活に慣れてなくて、手紙どころじゃないんじゃないかな」などと言うけれど、あんなに私のことを大事にしてくれていたお父さんが手紙を書く時間すら作れないなんて、よっぽどだ。外国の暮らしは、やっぱりしんどいのだろうか。日本にいる私と梨花さんでも、新たな暮らしにばたばたしているくらいなのだから。

お父さんが出て行って二ヶ月ほどで、梨花さんは「養育費だけではとても生きていけない」と働き始め、その一ヶ月後に「家賃が払えないし、二人にはこの家は大きすぎる」と、私たちは小さなアパートに引っ越した。前住んでいた場所から歩いて五分もからないのに、全然違う家。部屋も二つしかなくて、台所もリビングも小さい。それに建物が古くて、外の壁は灰色で、階段のコンクリートもひび割れていた。最初に見た瞬間に、「なんか嫌だな」と思わず言いそうになったけど、梨花さんは一生懸命働いてくれている。そんなこと言えるわけがなかった。

「家賃が半分になった」と梨花さんが言っていたから、引っ越して生活が楽になると思いきや、そうはいかなかった。梨花さんは、お金が余れば余った分だけ、使ってしまう。そのおかげで、梨花さんと二人の暮らしが始まって最初の夏が終わるころには、貯金はきれいになくなり、秋になってからは「今月は苦しい」と嘆く暮らしが続いていた。

「あ、あった! 五十円」

手紙が出てきた鞄の内ポケットに手を入れた私は、硬貨を見つけて思わず声を上げた。

「うわ、やったね。ということは八百五十円が今の我が家の全財産だな」

梨花さんは私から五十円玉を受け取ると、「ああ、リッチになった」とホットカーペットのスイッチを入れた。

「五十円増えたところで、一日、百七十円しか使えないよ」

私はホットカーペットの温度を弱に調節して、顔をしかめた。十一月も中旬を過ぎて寒くなってきたけれど、これくらいならまだ我慢できる。

「百七十円か。たいへんなのかな」

「そうたいへんだよ。米はまだあるからご飯は食べられるとして、おかずは……、大家さんに野菜もらえるか聞いてみよう。あとは卵と鶏肉くらい買ってしのぐしかないかな」

「私、朝はパンがいいな」

梨花さんはこんな状況でも、わがままなことを言う。

「じゃあ、パンの耳をもらってこようよ。商店街のパン屋さんに袋にいっぱい入ったの置いてるし。あれ、ただでもらえるよ」

「えー。何も買わずにパンの耳だけもらうの？」

梨花さんは眉をひそめた。

「お金がないんだからしかたないよ。私、大家さんに野菜もらえないか聞くし、梨花さんはパンの耳をもらってきてね」

「あーあー。貧乏っていやだなあ。特にさ、寒いと身に染みるよねえ」

梨花さんはそう言うけど、何も気にしてないんだと思う。だから、毎月無駄遣いをしてしまうのだ。それに、私のお母さんになった時もそうだけど、梨花さんはどんな生活でもちゃんと楽しんでいる。

「保険の営業なんてどうかなって思ったけど、私に向いてるわ。いろんな人と話せるし、私のこの愛想のよさがはまってるみたい」

仕事を始めたばかりの時も、梨花さんは、そうはりきっていた。

13

アパートの裏にある草木が生い茂った家。この古い大きな平屋建てが、大家さんの住まいだ。私のおばあちゃんやおじいちゃんよりもずっと年を取っている大家さんは、旦那さんに先立たれてからは何年も一人で暮らしているらしい。引っ越した日にあいさつに行ってから、家賃を払うときなど私はたびたび顔を出した。

初めて会った日、「若いお母さん一人で、たいへんだね」と大家さんは私たちを気遣ってくれた。だけど、その言葉に、やっぱり梨花さんはずいぶん若いんだ、血がつながってないってばれないかなと、私はひやひやした。当時の私は、親子というのは血がつながっていないといけないものだと思い込んでいたのだ。

だから、引っ越した月の最終日、家賃を払いに行った私は、

「うちのお母さんって、だいぶ若いのかな」と大家さんに聞いてみた。

すると、大家さんは、

「優子ちゃんのお母さん、若作りしてるけど、ああ見えてけっこう年くってるだろ？」

と豪快に笑った。

梨花さんはその時三十歳だったから、そう年を食っていたわけじゃなかったけれど、大家さんにつられて、「お化粧やおしゃれが好きだからね」と私も笑った。だいたいがこの調子で、大家さんと話していると、そのおおらかさに、どんなことでもたいした問題じゃなくなっていくような気がした。

大家さんは一人で暮らしているからか、私が行くと本当に喜んで、「耳が遠くってだめだわ」と言っているのに、いつもピンポンを鳴らす前に出てきてくれた。そして、毎回、畑で採れた野菜だとか知り合いにもらった和菓子だとかをたくさん持たせてくれた。おばあちゃんとおじいちゃんに会えなくなっていたからだろうか。私は大家さんの家に行くのが、大好きだった。

梨花さんに野菜をもらいに行くと約束をした翌日、学校から帰ると私はさっそく大家さんの家に向かった。

「寒くなったねえ。アパートの部屋、大丈夫かい？　古いから風が通るだろ」

大家さんは私を居間に通してくれると、温かいお茶を淹れてくれた。

「大丈夫だよ。ホットカーペットもあるしね」

私は大家さんにもらったせんべいをかじった。大きな醬油のせんべいはいい音が鳴って、大家さんは「優子ちゃんはええ歯だね」と笑った。

「今年で畑も閉めようと思って。もう世話もできないからなあ」

大家さんはそう言いながら、土間から新聞紙でくるんだ白菜と大根を持ってきてくれた。

「そうなの？ もったいないなあ。私、手伝うのに」

「優子ちゃんは学校あるだろう。それに、たくさん作ったたって、食べられないしねえ。いつも余らせてしまうだけだ」

「おじさんとかにあげればいいのに」

大家さんの息子夫婦は、車で十五分もかからないところに住んでいて、私も何度か見かけたことがある。

「それでも、さばききれないよ。優子ちゃんがもらってくれて助かってる」

大家さんはそう言って、足をさすった。少し前に膝を痛めたらしく、立ち上がるときや段差を越えるとき、大家さんはしんどそうにしている。

「白菜と厚揚げの煮物も、大根の漬物も作ってあるから帰りに持って帰ってな」

「うん。ありがとう。すごく助かる」

大家さんは何も言わなくても野菜をくれたし、梨花さんはお金がないことを話す必要はないと言う。だけど、この白菜や大根がどれだけありがたいものなのか、私は言っておきたかった。

「お金、八百五十円しかなくて、ごはんどうしようかって、昨日お母さんと言ってたんだ」

私がそう笑うと、大家さんは、

「優子ちゃんの家にお金がなくてよかったわ」

と言った。

「どうして？」

「だって、お金がいっぱいあって、なんでも買えたら、こんな形の悪い白菜や大根いらんだろう。もらってもらえなくなると困るしな」

「なるほど」

お金がなくてもいいことがほんの少しはあるようだ。

「そうだ。ポチ、散歩させてくるね」

玄関のほうから鳴き声が聞こえて、私は立ち上がった。

ポチは大家さんが飼っている中型犬だ。大家さんが足を痛めて外に出なくなってからは、私がいるとわかると散歩に連れていけと吠えるようになった。

「ああ、ありがとう。助かる」

「じゃあ、行ってくる」

「暖かくしてな」

「うん」

私は前に大家さんがくれたマフラーをしっかり巻くと、ポチと家を出た。

大家さんの家から大きな通りへ出て、坂を下って川沿いを歩くのがポチとの散歩コース。週に一度ほど、私は散歩をかって出た。

「私と一緒でもう年寄りなんだよ」

と大家さんが言うポチは、はしゃぎもせず暴れもせず静かに足を進める。私とポチの歩く速さはちょうど同じくらいだ。

「うわ、落ち葉がいっぱいだね」

川沿いの道には、木々から落ちた葉が広がっている。

「秋もおしまいかな」

ポチは何を言っても「くうん」と低く鳴くだけだけど、言葉がわかっている気がして、私は散歩中にあれこれ話しかけた。

「見て。もう夕焼けだ。まだ五時を過ぎたばかりなのに」

木々は葉を落とし、日が暮れるのが早くなり、景色は殺風景で、風も刺すように鋭い。冬が始まりかけている兆しが、そこらじゅうに散らばっていた。

「これからもっと寒くなっていくのかな」

私は川を眺められるベンチに腰かけた。散歩の途中に、ここでポチと夕焼けを見る。

それが私たちのお決まりだ。日が近づいた水面は、きらきらと光りだしている。

「さっちゃん、走ろう。早く帰って夕飯の準備しないと」

「今日、パパの帰り早いの？」

「そうだよ」

「やったね」

買い物帰りの親子が、私たちの後ろを足早に通り過ぎていく声が聞こえる。

「だっこー」

「もう少し歩けるでしょう」

「だっこ、だっこ！」

小さい子どもがだだをこねるのに抱きかかえた母親が「うわ、重いー」と言っている声もする。

夕方に歩いている人たちは、どうしてこんなにも暖かな空気をふりまくのだろう。

「寒くなると貧乏が身に染みる」って梨花さんは言っていたけど、それだけじゃない。冬になると、一人取り残されたような寂しさも身に染みていく。

暗くなるのが早くなって、友達と遊べる時間も短くなった。みなちゃんは今日は塾で、奏ちゃんは今日はお父さんの誕生日だから遊べないって言ってたっけ。

私のお父さんは九月が誕生日だった。今年、お父さんは一人でお祝いしたのだろうか。

時々、お父さんのことが頭に浮かんだ。そして、一度思い出すと、いろんなことが一気によみがえってきた。見送った時の空港の景色、私が日本に残ると言った時のお父さんの顔。一緒に動物園に行った時のことや、入学式のこと。もっと小さかった時、何度も高い高いをしてくれたお父さんの大きな腕。

記憶があふれだすと、もう止められなかった。お父さんがいた時に戻りたくなって、どうしようもなくなってしまう。そんなことかなうわけがないから、泣くことでしか、気持ちを収めることができなかった。

いい運動になるし、大家さんにお世話になってるから何かしたいと申し出ているポチとの散歩。でも、散歩の一番いいところは、ここでこうして、ポチと並んで涙を流せることだ。一人家の中で泣いていたら、そのまま私はどこまでも閉じこもってしまうだろう。泣かずに我慢をしていたら、いつかどこかが破裂してしまいそうになるはずだ。だけど、だだっ広い空の下、川を見ながら泣いていると、涙も思い出も、一緒に流れて行ってくれる気がする。

私は不幸ではない。梨花さんとの生活だって楽しい。けれど、どうしたって寂しいし、お父さんが恋しい。そんな気持ちが簡単に消化できるわけがなかった。

水面に迫ったオレンジの光が一層濃くなると、ポチが「ワン」と一つ高い声で吠えた。

「ああ、帰らないとね」

あんまり遅いと大家さんが心配する。

他の誰でもない。私がお父さんではなく梨花さんを選んだんだ。きっとお父さんと一緒にいても、また違う寂しさが襲ってきたはずだ。目の前の生活を送ることしか、今できることはない。涙を流すと、何かが一つ解決して、「泣いている場合じゃない」と奮い立つようだった。

「よし、行こう」

私が立ちあがると、ポチはまた一つ「ワン」と威勢よく吠えた。

14

十二月中ごろを過ぎてから、ほとんど曇り続きで太陽を見ていない。昼前だというのに、重い灰色の空の下、私は終業式にもらった通知表を見せようと、学校からそのまま大家さんの家へと向かった。

「へえ、優子ちゃん、賢いんだね」

大家さんは通知表に目を通すと、そうほめてくれた。

「そうかな?」

お父さんに最後に見せた通知表。あの時より、よくできましたは五つも減っているし、算数にはがんばりましょうだって付けられた。勉強は自分のためにするものだと、担任の先生は言っているけど、喜んでくれる人が減ればやる気も減少する。

「成績、だんだん下がってるんだけどね」

私がそう言うと、

「こんなの、先生が適当に○付けてるだけだろう、どうってことない」

と大家さんは笑って、所見欄を読み上げた。

「どれどれ、図書係の仕事を一生懸命にし、責任を持ってがんばりました。友達にも優しく、まじめに……。なんか、ありきたりだねえ」

「そうだね」

私は大家さんが淹れてくれた温かいココアを飲みながらうなずいた。

去年までは先生が書いてくれる言葉を単純に喜んでいたけど、五年生になって友達と内容が似ているのに気づき始めた。

今回私に書かれた所見は、さつきちゃんの一学期のとほぼ同じ。図書係と号令係が変わっただけだ。さつきちゃんと私は性格も違うけれど、三十八人も生徒がいたら、同じようなメッセージになるのもしかたないのかもしれない。

「もっとよく見て書いてほしいよねえ。優子ちゃんだったら、そうだな。近所の人に礼儀正しくあいさつをし、母親を助け裏の家の犬の散歩をし、朗らかで明るくて、かわいくて……」

大家さんが言うのに、私は顔が真っ赤になった。

「そんなにほめられたら気持ち悪いよ」

「本当のことなのに。まあ、ちょっと親ばかかな」

私が照れるのを、大家さんは笑った。

「親ばか？」

梨花さんがばかってことだろうか。聞いたことのない言葉に、私はきょとんとした。

「そう。親ばか。自分の子ども可愛さのあまり、必要以上にすばらしいって思っちゃうこと。親ばかって言っても、私は優子ちゃんと血はつながってないけどね」

大家さんはりんごをむきながら言った。

血がつながった人は、お父さんと離れて以来、私の前には現れていない。けれど、それが親ばかなら、梨花さんだってそうとうの親ばかだ。

「あ、おいしい」

私は大家さんのむいてくれたりんごをほおばった。硬めのりんごはしゃりっとして中に甘い蜜が入っている。

「冬に炬燵《こたつ》で果物食べるって贅沢だよね」

大家さんは「あちこち体にがたが来てるけど、歯だけは丈夫で良かったよ」と言いながらりんごをかじると、

「そうそう。私さ、来年になったら施設に入ることになったんだ」

と思い出したように言った。

施設に入るという意味が、いまいちわからなかった私は、食べていたりんごを飲み込んでから、「どういうこと？」と聞いた。

「施設って、ほら、老人ホーム。足がねえ、どんどん動かなくなって、去年骨折した後一度は治ったんだけど。できないことが増えちゃってさ」

老人ホームは小学校から交流会で行ったことがある。お年寄りがたくさんいて、その時は一緒に歌を歌ったり、簡単なゲームをしたりした。

「老人ホームって、通うんじゃないの？」

「いや、もう、住んじゃおうと思ってね。お医者さんも介護してくれる人もいるし、ごはんも出るんだってさ。ここで一人で暮らすよりずっと楽だろう」

大家さんは楽しそうに言った。確かに大家さんの足は悪くなって、杖をつきながらでしか歩けないし、外に出るのはしんどそうだ。でも、料理もおしゃべりも上手だし、まだまだ元気だ。

「そんなところに行かなくたって、時々おばさんが来てくれてるのに。それに、買い物とかなら私に言ってくれたらいつでもするよ」

私が提案すると、大家さんは、

「本当の親子より、施設の人に面倒見てもらうほうが気が楽なんだよね」

と言った。

「そんなの、本当？」

大家さんはうそを言っているようにも無理をしているようにも見えない。それでも、老人ホームに入るほうがいいだなんて、なんだかおかしい気がする。

「本当だよ。老人ホームにはお年寄りのお世話をするプロがいっぱいいるんだから。それに、親子だといらいらすることも、他人となら上手にやっていけたりするんだよね」

「そうなのかな」

親子より他人とのほうがいいことがあるなんて。私には、ピンとこなかった。

「でさ」大家さんは「よっこいしょ」と立ち上がると、タンスの引き出しを開けた。

「これこれ、優子ちゃんに渡さなくちゃいけないんだ」

大家さんはまた、「よっこいしょ」と時間をかけて座ると、私に封筒を差し出した。ずいぶん分厚い封筒だ。

「これ、優子ちゃんに」

「開けていいの？」

「もちろん」

大家さんがうなずくのを見て封筒を開けると、中にはお金が入っていた。しかも、一万円札がぎっしりとだ。

「何これ？」

こんなにたくさんのお札を見たことがない私は、びっくりして大家さんの顔を見た。

「何これって、お金だよお金。二十万円入ってるんだ」

大家さんはなんてことないように言ったけど、その金額に思わず私の声は高くなった。

「二十万？」

「そうだよ」

「どうして、二十万も？　しかも、私に？」

「もらってほしいからだよ。この家出るからにはすっきり片付けたいしさ」

大家さんはお茶を飲みながら言った。

「片付けって、お金は片付けなくてもいいでしょ。っていうか、だめだよ。もらえない」

私は封筒を閉じた。我が家はお金に困っているけれど、とてももらえるような金額ではない。

「老人ホームに入る前の私の頼みなんだから、もらってくれたらいいんだよ」

「だめだよ。お母さんに怒られる」

「もちろん、若作りの母さんにやるんじゃない。母さんには秘密だ。優子ちゃんにやるんだよ」

「そんなの、悪い。絶対だめだよ」

私がどう断っても、大家さんはひかなかった。

「使おうが使うまいが、優子ちゃんの自由だ。ただ、持っててくれたらいいから」

「でも……」

「お金は邪魔になんないんだから」

「じゃあ、大家さんが持ってればいいじゃない」

私が言うのに、大家さんはけらけら笑うと、

「そりゃそうだ。でも、これはもう優子ちゃんのだよ。困ったとき役に立つかもしれないし、どうしようもないとき助けてくれるかもしれない。なんとかしたいことが起きたとき、このお金を使えばいい。まあ、お守りだと思って持っときな」

と封筒を私に押し付け、

「もうこの話は終わり。さっさと封筒を鞄に入れて。それより、冬休みのことなんだけどさ」

と次の話を始めてしまった。

冬休みは大家さんの家の片付けを手伝った。老人ホームは満員のところが多く、大家さんが入るホームはずいぶん遠い場所だという。ポチは大家さんの息子さんにもらわれていくことになった。

本当に強くならなくてはいけない時がやってくる。大家さんの家がきれいになっていくのに従って、私はそう感じた。

三学期はあっという間だ。冬を越え、春を迎える時には、私は六年生になる。パンの耳だって堂々ともらいに行かなくちゃいけないし、梨花さんにもっと計画的に生活するように主張しなくちゃいけない。川を見ながら涙をこぼしている場合ではないのだ。

年が明けてすぐに、息子さん夫婦に連れられ老人ホームに向かう大家さんを、私は見送った。

「優子ちゃん元気で」

「大家さんも……」

たくさん言いたいことがあったのに、言葉はうまく出てこなかった。

「そんな顔しないで」

「だって、もう会えないと思うと」

「もう会えなくたって、まだまだ私は生きてるんだから。生きてれば、優子ちゃんの幸せだって願えるし、こっそり応援もできるんだよ」

大家さんはそう言って、私の手を握った。しわしわでかさかさで、でもすごく温かい手。手を離すことは、なかなかできなかった。

さよならは、実の親とでなくてもつらい。泣いている場合ではないと誓った私の目からは、やっぱり涙がこぼれた。

大家さんにお父さん、おばあちゃんにおじいちゃん。思い出の中でしか会えない人が増えて行く。だけど、いつまでも過去にひたっていちゃだめだ。あんなに年老いた大家さんが、新しい生活を始めるのだ。私だって、返事の来ない父親にいつまでも手紙を書いているわけにはいかない。親子だとしても、離れたら終わり。目の前の暮らし、今一緒にそばにいてくれる人を大事にしよう。大家さんを乗せた車を見送りながら、私はそう心に決めた。

あの時もらった二十万円は、今も使っていない。本当に困ったことは、まだ起きていないのだろうか。

＊

15

「夕飯、何？」

宿題を終えてダイニングに入った私は、すぐさまそう聞いた。にんにくのにおいが部屋中に充満している。

「何って、餃子。にんにくもにらもたっぷり入れたからね」

森宮さんはほくほくした顔で台所から答えた。

「焼きあがったから、優子ちゃんテーブルに運んで」

「週の真ん中に餃子って……。明日も学校なのに」

私は大皿に盛られた餃子を渡され、食卓へと運んだ。カリッと焼けた餃子はおいしそうだけど、においはきつい。

「夏バテが治るまで、餃子を食べまくるよ。ざっと五十個は作ったんだ」

「うそでしょう。っていうか、私ばててないし」

大皿三皿に盛られた餃子を食卓に並べると、

「さあ、あつあつ食べよう」

と森宮さんは手を合わせた。

皿いっぱいに載せられた餃子は、見るだけでお腹がいっぱいになりそうだ。

「にんにくもにらも、通常の倍は入れたからね。これで、夏バテもふっとぶだろう」

森宮さんは餃子を一つ口に入れながら言った。

「そんなににんにく食べたら、臭くなるんじゃないかな……」

「まあ、いいんじゃない？ 野菜も多めにしたから、見た目より軽くて食べやすいよ」

森宮さんが二つ目を口に入れるのに、私も一つ餃子をほおばった。においの割にくどくなく、あっさりと食べやすい味だ。

「おいしいのはおいしいね」

私が言うと、森宮さんは「そうだろう」と大きくうなずいた。

「おいしいし、スタミナ付くし。餃子は最高の食べものだよな。これさえ食べれば、墨田も矢橋も矢守も撃退できるだろ」

「だから、矢守さんは関係ないし。それに、ばててるから文句言われてるわけでもないしね」

私はそう言いながら、生い立ちを教室の中で打ち明けたことを思い出した。みんなの同情や興味に満ちた顔。なんてことないように話したつもりなのに、今までの自分について話すのは、いつも難しい。

「こらこら。そうやってたそがれている暇があったら、さっさと食べて」

森宮さんは考え込んでいる私の皿に餃子を入れた。小ぶりの餃子はいくつでも食べられそうだ。私はぱくりと口にほうり込んだ。

「餃子食べて元気になったところで、解決する問題でもないんだよね」

「でも、だるい体よりは力が満ちあふれてるほうが、勝算はありそうだろ?」

「そりゃ、元気にこしたことはないだろうけど。いや、にんにく臭くてよけいに嫌われるかも。クラス中から避けられたらどうしよう」

私はつまんだ餃子のにおいを嗅いでみた。食欲はそそるけど、にんにくとにらの癖のあるにおいは鼻につんと来る。

「それならそれで、自分がみんなから避けられるのは、生い立ちや性格のせいじゃなくて、このにおいのせいだって思えて気楽じゃん」

「何それ。臭くて避けられるなんて一番いやだよ」

「すべてをにんにくのせいにできるんだぜ。そう考えたら、餃子は力つけてくれる上に、嫌われ役を引き受けてくれる。万能食品だね」

森宮さんは適当なことを言うと、「ああ、こりゃ、飲みたくなるわ。飲んでいい?」と、冷蔵庫へビールを取りに向かった。

森宮さんは、普段はめったにお酒を飲まない。「優子ちゃんに万が一のことが起きて、車を走らせなきゃいけないこともあるだろう？ 夜中に病院に走っていって、開けてください！ 子どもが熱出してるんですって母親がドア叩いてる場面、ドラマとかでよく見るもんなあ」と言っている。

よっぽどの緊急事態なら救急車があるし、もう私は高校生だ。夜中に病院に行かないといけない子どもって、赤ん坊がほとんどだろう。私がそう言っても、森宮さんは「親っていうのは、自分を犠牲にする覚悟がないと務まらないんだよ」とおおげさなことを言う。そのくせ、餃子やおでんなど、アルコールに合うおかずが並ぶと、ガンガンお酒を飲む。身勝手な覚悟なのだ。

「どうぞ。好きに飲んで」

私が言うと、

「じゃ、お言葉に甘えて」

と森宮さんはグラスにビールを注いだ。

「やっぱり、餃子にはビールだよな。あ、優子ちゃんも飲む？」

「そんなわけないでしょう」

「そうだよな。なんだか俺だけ悪いなあ」

森宮さんはそう言いながらも、ごくごくビールを飲んでは、餃子を口に運んだ。

その勢いに押されて、私も餃子をほおばった。一つ食べたら、何個食べようと一緒だ。

後で牛乳を飲めば、においはなんとかなるだろう。

「餃子でも春巻きでも包む料理って、結局は空気感が大事なんだよな」

餃子は三皿目に突入した。もう三十個は食べてるだろうか。森宮さんはそれでもまだおいしそうに餃子を口にしながら話し出した。

「餃子の空気感って、何それ。酔ってるの？」

「まさか。娘がにんにく臭くてみんなから避けられる事態が起きようとしてるのに、酔えるわけないだろう。餃子でも春巻きでも、ぎっしり中身を入れて作るより、ちょっと隙間があるほうが空気が含まれて食べやすいってこと」

「そうなんだ」

酔っていてもいなくても、森宮さんは食べ物についてなんだかんだと語りだす。餃子を食べるのに、空気感を考えなきゃいけないなんて面倒くさい。私はまたかと思いながらもうなずいた。

「隙間がこのカリッとした軽さになるんだよなあ」

「へえ、すごいねえ」

餃子の具はキャベツもにらも細かく切られていて、口の中に何も残らず、すんなり喉へ滑り込んでいく。野菜の水切りもしっかりされているから、少し冷めてもべちゃっとならずにおいしい。空気感はさておき、手間暇かけて作った味だ。そう言おうかと思ったけれど、森宮さんの話がさらに長くなるのも困るからやめにした。

「小さいからけっこう食べちゃった」

私は最後の一つをつまんだ。においのことなどいつの間にか忘れていたようだ。

「五十個を二人でたいらげるなんて相当だよな」

森宮さんも満足そうにビールを飲み干した。

「餃子だけなのに、お腹いっぱい」

「だろ？　これで明日は楽勝だな」

「だといいけど」

「ま、焦らなくても、明日も学校でごたごたしたら、また餃子作るしさ。明日の分の材料も買ってあるからね」

森宮さんはにこりと笑った。

餃子はおいしかったけど、二日続けてはきつい。明日は他の物が食べられるように、少しはクラスの雰囲気も好転しててほしいな。私はそう願いながら、牛乳をたっぷりグラスに注いだ。

翌日、教室に入るや否や、林さんと水野さんが、

「ねね、超かっこいいんだってー？」

と声をかけてきた。

「何が？」

「森宮さんのお父さんだよ。漫画みたいだよね」

「昨日の放課後、私たちその話で盛り上がってたんだよ」

突然なんだろう。普段あまり一緒にいる機会のない二人から話しかけられ、私は戸惑いながら自分の席に向かった。

「お父さん、料理もしてくれるんでしょう？」

「友達にも気を遣ってくれる紳士だって聞いたよ」

まさか森宮さんのことだろうか。いったいどこからの情報だろうと思っていると、

「こないだ優子の家に行った話、したんだ」

と、史奈が離れた席から言った。

「そういうことか。でも、全然かっこよくないよ」

私は肩をすくめた。

「本当に？　だけど、いいよねー。義理の父親が若くて優しいって」

水野さんは勝手に想像を広げているようで、うっとりした声で言った。

「うちの父親は、どこかずれてて無神経でのんきで。現実は漫画みたいにすてきじゃないよ。で、その父親が昨日おびただしい量の餃子作って、私いっぱい食べちゃったんだ。臭いと思うから、近寄らないほうが……。牛乳は飲んだんだけど」

私が正直に打ち明けるのに、林さんは「そんなこと言うなんて、森宮さんもどこかずれてるよ。一緒に住んでると似るんじゃない」と笑った。

「似てない、似てない。似るわけがない」

森宮さんと一緒にされては困る。私が必死で否定していると、墨田さんと矢橋さんが教室に入って来た。二人が加わるだけで、教室の空気は変わる。

「じゃあ……」「またね」

さっきまで笑っていたのに、林さんも水野さんもそそくさと自分の席へと戻っていった。

餃子を食べただけですべてが解決するほど、高校生活は平和じゃない。寝る前と朝にも牛乳を飲んだおかげで、臭いと逃げられなかっただけいいとしよう。

その日は、矢橋さんや墨田さんがいない時に、私の生い立ちに興味を持った子たちが何度か話を聞きに来たり、「案外苦労してるんだ」などと同情してくれたりした。萌絵も「史奈は会ったのにずるい。私もお父さんに会わせて」と声をかけてきた。昼ごはんも一人だったし、一人で家へと帰った。でも、ほんの少し空気がほどけたのは確かだ。私の生い立ちは、ごくたまにいい効果をもたらしてくれることもあるみたいだ。

16

「本当に今日の夕飯も餃子なの？」

またしても食卓に並んだ大量の餃子に、私は悲鳴にも近い声を上げた。

「そうだよ。昨日言ったじゃん。まだまだ優子ちゃん、パワー付けないといけないからな」

森宮さんは食卓をてきぱき整えながら、当然だという顔をした。

「えー。さすがに二日連続餃子はきついな」

「優子ちゃん、餃子が続くだけでへこたれててどうするの？　そんなことじゃ、何一つ、乗り越えられないよ」

「はいはい。食べるけどさ」

餃子でえらくおおげさだ。私はこれ以上森宮さんの話が大きくならないうちに、さっさと席に着いた。

「よし、いただきます」

「いただきます。……、あれ？　中身、餃子じゃない」

餃子をほおばった私は、首をかしげた。今日はにんにくとにらのにおいもしないと思っていたら、中からはしそとチーズとささみが出てきた。

「そう。今日はさっぱり餃子にしてみたんだ」

森宮さんは得意げに言った。

「なるほど。あ、これはポテトサラダだ」

私は二つ目の餃子をかじって中を見てみた。

「楽しいだろ？　三種類あるんだ。もう一つは海老とほうれん草」

「道理で今日は台所が臭くなかったんだね。でも、ささみに海老にポテトサラダが具って、これって餃子になるの？」

私は次に海老の餃子を口にした。プリッとした海老はおいしいけど、昨日の餃子みたいにパンチは利いていない。

「餃子の皮で包んでるんだから、餃子だよ」

「へえ。だけど、にんにくが入ってなくてもスタミナ付くのかな」

まさかにんにくを食べたいわけではないけれど、単純に疑問に思って私は聞いた。

「付くよ。見た目が餃子なんだもん。食べ物も人も、見た目が九割だから」

森宮さんはそう言いながら、餃子を口に入れた。ただ、本物の餃子じゃないからか、今日はビールを飲みたくはなさそうだ。

「ふうん。もしかして、森宮さん、会社でにんにく臭いって言われたんでしょう？」

海老やささみの餃子もおいしいけれど、定番の餃子の食欲をそそる感じにはかなわない。二日目にして森宮さんが餃子をやめるだなんて、どうもおかしい。私がそう聞くと、

「ばれた？」

と森宮さんは首をすくめた。

「私にはスタミナが必要だとか、偉そうなこと言って、森宮さんはすぐにダメージ受けるんだね」

みんなに臭いと言われ、慌てふためいている森宮さんの姿は想像できる。そのくせ、

餃子を作ると私に宣言した手前、アレンジ餃子で乗り切ろうとする姑息さがいかにも森宮さんらしい。

「優子ちゃんは学校でみんなに避けられなかったの？」

「だから、今私はそもそも避けられてるんだって」

私が嫌味っぽく言うのに、森宮さんは、

「そうだった。いいよなあ、周りにひかれてる人は。俺は仕事ができるスマートな人って思われてるだろう？　それが突然にんにく臭くなっちゃったもんだから、みんなに驚かれてさあ」

とひょうひょうと言った。

えっと、紳士的で優しい義理の父親ってこの人のことだっけ。あまりに突っ込みどころが多すぎて、私はただ「あっそう」とだけ言っておいた。

「で、少しは餃子の効果出た？」

「別に出てないよ」

私は海老の餃子を皿に取った。ポテトサラダはもごもごするし、ささみは味気なくて飽きてしまう。アレンジ餃子では海老が一番おいしい。

「そっかー。じゃあ、明日はスタミナ餃子を復活させるしかないな」

「そんなことしたら、また森宮さん会社でひかれるよ。ほら、なんだっけ、スマートで仕事できるのにね」

私が言うと、

「しかたないよ。娘のためなら自分の好感度なんてどうだっていいんだ」

と森宮さんは真顔で言った。

「森宮さんの好感度には興味ないけど、一日おきににんにく臭かったら、私だってもっと嫌われる」

「でも、事態が好転しないなら、スタミナをつけ続けるしかないだろ。他に方法あるの？」

「方法はないけど、こういうのって時間が解決するのを待つしかないよ」

だいたい学校で起こるもめ事はどう動いたところで、解決が早まることはない。クラスの雰囲気が動くのを待つしかないのだ。

「じゃあ、ひそかにパワーを蓄えながら、時が来るのを待つとしよう」

「そのひそかな努力は必要ないよ。それに、今日は少し友達とも話せたし」

「そうなの？」

「まあね」

私が小さくうなずくと、森宮さんは、

「ほら、出た！　餃子効果」と、喜んだ。

「餃子はちっとも関係ないけどね」

事態が変わったのは、私にパワーが付いたからじゃない。みんながだんだん私を避けることに飽きてきただけだ。萌絵も私への怒りはなくなっているし、墨田さんたちも私の生い立ちを知って、文句を言いにくくなっている。

「十日もすれば、もとどおりになるんじゃないかな」

「そうなんだ」

「だから、もう餃子は必要ないから」

「本当に？　餃子食べたらその十日を三日に短縮できるけど？」

「いいよ」

そうだ。別に急がなくてもいい。一人で休み時間を過ごし、一人で家へと帰る。それはそんなに苦痛なことでも、寂しいことでもない。この状況がいいわけではないとわかっているけど、一人になってみると、意外と気持ちが落ち着いた。学校で友達と過ごし、家族とは言え、家に帰っても他人と共にいる。今回、完全に一人になってみて、頭や心、すべての重みが抜けていくような感覚を味わった。ほっとするってこういうことをいうのかもしれない。そんなことを考えていると、

「ねえ、ポテトサラダの優子ちゃん食べてよ」

と、森宮さんが私の皿に、同じ形の餃子ばかりを入れてきた。

「どうしてよ」

「なんか、ポテトサラダって餃子に合わないんだよな。もごもごするし、温かくなったサラダって俺苦手なんだ」

森宮さんは顔をしかめて見せた。

「それ、私もだよ」

「でも、女子ってポテトサラダ好きだろう。よろしく」

どんな勝手な言い分だ。親子であっても、ここまでずうずうしくなれるなんて、うらやましい。

「はいはい。わかりました」

私はもはや反論する気力もなくなって、お茶を飲みながら、ポテトサラダの餃子を食べきった。


その後、無臭にんにくを入れた餃子を食べ、土曜だからとにんにくたっぷりの餃子を食べ、胃が重たくなってきたと餃子の皮で野菜やチーズを包んだものを食べた。そうこうしている間に、墨田さんに大学生の彼氏ができ、矢橋さんたちはその話でもちきりになって、みんなの私への関心も薄れていった。そして、九月も終わろうとするころ、萌絵と史奈が「帰ろう」と声をかけてきた。

「なんか、大事《おおごと》になっちゃってごめん」

校舎から出ると、萌絵はそう言った。

「別に萌絵が悪いわけじゃないよ」

私は本当のことを言った。同年代が集まる中では、時々、誰も悪くなくても、たいした理由もなくいざこざが起こってしまう。

それから、少しぎくしゃくしながらも三人であれこれ話して駅へと向かった。久しぶりに友達と帰るのは楽しかった。どうしてだろう。とるにたらない話でも、友達とだと盛り上がる。自分のことも次々話したくなって、二人の話もいろいろ聞きたくなる。きっと、餃子を食べなくたって、こうやって解決していた。だいたいのことは、どう動こうと関係なく、ただぼんやりと収束していくのだ。

とにかく、もう餃子から解放してもらわないとな。今では、森宮さんは私にスタミナを付けるという本来の目的をすっかり忘れ、餃子の皮に何を包むとおいしいかと試行錯誤している。さすがに本来の餃子にもアレンジ餃子にも飽きてきた。


その翌日。

萌絵と史奈と駅まで帰り、バスから降りて家へと向かうと、マンションの前に浜坂君がいた。

「どうしてここに？　浜坂君の家、この辺り？」

私が使うバスに同じ高校の生徒も数名いるけど、みんな途中で降りてしまう。ここまで乗るのは私だけだ。不思議に思いながら聞くと、浜坂君は、

「俺、学校のすぐそばに住んでる。ここまでは自転車飛ばしてきたんだ」

とエントランス横の植え込みに立てかけられた自転車を指差した。

「自転車、速いんだね。私が帰るより前に着くなんて」

「まあな。駅前の渋滞も抜けられるし、バスみたいにいちいち停まらないし、遠回りもしないからさ」

「へえ。すごいんだね、自転車って。……で、どうしてここに？」

「ちょっと、話せないかと思って」

浜坂君はそう言ってから、「全然たいした話じゃないんだけどな」と付け加えた。

「そうなんだ……。あ、それなら、そこの郵便局の裏に、小さい公園があるんだ。ベンチぐらいならあったはずだし、そこ行こう。立ってるとしんどいし」

高校の生徒は誰も通らないだろうけど、ここだと森宮さんに出くわしてしまう。森宮さんは、浜坂君と私を見かけたら、にやにやしながら的外れなことを言うに決まってる。それは厄介だから、私はそう提案した。

六時を迎えようとしている公園は子どもたちの姿もなく、しんとしていた。ついこないだまではこの時間でも明るかったのに、日の光もひっそりとしている。秋に踏み入ると、冬に向けての加速は早い。

「人がいない公園って、本当静かだな」

浜坂君は木の古いベンチの上を手で払って腰かけた。

「そうだね」

私も横に座る。何の話だろう。まさか告白ではないだろうし、見当はつかない。

「あのさ、三宅から聞いたんだけど、俺が原因だって」

「原因？」

何のことかわからず、私はそのまま聞き返した。

「ほら、なんていうか、墨田とかが森宮にからんでたのとか、田所ともめてたのとか」

「あ、ああ、あれか。それならもう大丈夫だよ」

「大丈夫って、どうしてそうなったの？」

「どうしてって……」

「俺が原因だって言われると、気になってさ」

もう解決したことなのに、掘り返すようで気乗りしなかったけれど、浜坂君に「教えてほしい」と何度も言われ、私は萌絵に仲を取り持ってほしいと頼まれた一件を話した。

今口にすると、ここまでこじれたのがおかしくなるほど、たわいないことに思える。

「なんだ、美術室前に呼び出されたのってそういうことだったんだ」

浜坂君はいろいろと腑に落ちたようで、「なるほどな」とか「ああ、そういうことか」などと相槌を打った。

「でも、萌絵にはもう彼氏がいるし、私たちの仲ももとどおりになったし。終わったことだから」

私がそう言うと、

「田所に頼まれたこと、俺に言ってくれたらよかったじゃん。どうして隠してたの？」

と浜坂君が不思議そうな顔をした。あれ？　こういうことって、本人に伝えたほうがよかったのだろうか。

「きっと付き合わないかなって思ったし……。なんか、気悪くしないかなって、浜坂君」

「付き合わないけど、誰かに好意を持たれて気悪くするわけないじゃん」

「そっか、そうだよね」

そう言われればそうだ。友達が好きだと言ってると伝えることは、何もひどいことじゃない。

「それにさ、俺に言ってくれたら、ちゃんと田所に話せたのに」

「そうだね……」

私は間違ったことをしてしまったのだろうか。浜坂君に失礼だと言いながら、萌絵が気持ちを伝える機会も、浜坂君が萌絵の気持ちを知る機会も、奪ってしまったのかもしれない。

「あ、文句言ってるんじゃないよ。ほら、森宮、ごたごたしてたいへんそうだと思ってたら、俺が原因だと聞いてびっくりしただけでさ」

考え込んでいる私に、浜坂君が言った。

「浜坂君が原因じゃないよ」

「だといいけど。俺に教えてくれたら解決できたとか偉そうに言って、俺、よけいごたごたさせてたかもしれないしな」

「そんなことない。私、一人でややこしくしちゃってたんだね」

「まあ、森宮って立ち回るのへただからな」

「え？　私、世渡りは上手なほうだけど……」

私の言葉に、

「うそだろう？」

と浜坂君は眉をひそめた。

「うそじゃないよ。ほら、親もころころ替わったから、その場をしのぐのはうまいと思うんだけど」

「どこがだよ。全然じゃん」

浜坂君はけらけらと笑った。もう太陽の光が残っていない公園の静けさに、笑い声はすっと吸い込まれていく。

「おかしいな。いつも、誰とでもうまくやってきたのに」

梨花さんに泉ヶ原さんに森宮さん。私はどの親とだって、それなりに関係を築いてきた。こういうの、世渡り上手って言うんじゃないのだろうか。

「まあ、よくわかんないけど、そのころころ替わるどの親にも大事にされてたんだろう？」

「まあ、それはそうだけど」

「だから、世渡りがへたでもやってこれたんだよ。たくさん親がいるのも、いいじゃんね」

「そうかな?」

そんなことをうらやましがられたことは、今まで一度もない。血がつながった両親がいる。それが一番じゃないのだろうか。

「俺、そろそろ帰るわ。今ごろ、おふくろが夕飯作りながら塾に遅れると騒いでるだろうから」

「あ、うん」

浜坂君が立ち上がるのに合わせて、私も腰を上げた。

「わざわざごめんな。こんなことで呼びだして」

「ううん。来てくれてありがとう。じゃあ、また、学校で」

「うん。明日な」

公園を出ると、浜坂君は自転車にまたがった。

「気をつけて。って、森宮、家すぐそこか」

「そうだね。浜坂君こそ気をつけて」

自転車が走っていくのを眺めてから、私も家へと急いだ。我が家では、森宮さんがまた餃子を作っているはずだ。昨日、「もう大丈夫だから終了にしよう」と言ったのに、森宮さんは「まだまだ餃子の可能性を追求するんだ」とはりきっていた。

ところが、家に入ると、餃子ではなくカレーの香ばしいかおりが漂っていた。

「あれ？　餃子じゃないの？」

台所では、森宮さんが野菜やひき肉を炒めている。

「うん、ドライカレーだよ」

「どうして？」

餃子から解放されてほっとはしたけれど、あんなにはまっていた森宮さんが違うメニューを作っているなんて驚きだ。

「どうしてって、もうできるよ。早く、手洗いしてうがいして着替えして、食卓を整えて」

森宮さんはフライパンを持ち上げながら、慌ただしく言った。

「はいはい。言われなくても、全部するから」

なんてうるさいんだ。私は顔をしかめて洗面所に向かった。

夕飯はトマトと玉ねぎがたっぷり入ったドライカレーだった。カレーとは少し違う、あっさりとした香辛料のにおいに食欲がそそられる。

「ドライカレーって煮込まなくていいのがいいよね。さあ、どうぞ」

食卓に着くと森宮さんが言った。

「そうなんだ。じゃあ、いただきます」

久しぶりの皮に包まれていない料理を、私はすぐさまほおばった。中身が何か考えずに口に入れられるのはいい。

「あ、おいしい。なんかあっさりしてるようで複雑な味がする」

「だろ。ケチャップにカレー粉にウスターソースにコンソメに醤油。ガンガン入れたからな」

森宮さんもおいしそうに口にしている。

「もう餃子の可能性は追求しなくていいの？」

「まあな。こんなにも優子ちゃん元気なのに、餃子食べるのもどうかと思って。パワーが有り余ると、若者は何するかわからないからな」

「有り余りはしないけど。でも、気分はどこも重くなくなったかな」

友達と共にいると、高校生活はずいぶん楽しくなる。以前の学校生活が戻ってきたせいか、久しぶりの餃子以外の献立のせいか、私はお腹が本当にすいて、ドライカレーを次々と口に入れた。

「もう五年は餃子いらないな。あ、でもまた優子ちゃんがばててたらちゃんと作るからね」

私だってもう餃子はこりごりだ。五年は言い過ぎだけど、半年は見たくない。

「もう、大丈夫だよ」

しばらく餃子を食べなくても済むように、私はしっかりと言った。

「だろうな。優子ちゃん、晴れ晴れした顔してるもん」

「そう？」

「まあ、それは餃子から解放されたからだろうけど」

森宮さんがそう笑うのに、「それは違うよ」と私は夕方浜坂君と話したことを打ち明けた。餃子にうんざりしたのも本当だけど、餃子を作ってくれたことがありがたかったのも本当だ。

「へえ。浜坂ってなかなか好青年だな」

森宮さんは私の話を聞き終えると、そう感想を述べた。

「まあ、そうだね」

「浜坂の言うとおり、さっさと本人に話してれば、こんなことにならなかったのにな」

「本当。勝手に浜坂君が困ると思ってて、きっとうまくいかないって予想して。そんなの、私が決めることじゃなかったね」

私は浜坂君の話を思い出しながら言った。二人のことなのだ。権限を当事者に渡すべきだった。

「そうそう。優子ちゃんって、傲慢《ごうまん》なところあるからな」

森宮さんが相槌を打つのに、私は「何よ、それ」と声を上げた。傲慢だなんて、そんなこと言われたことはない。

「優子ちゃん、どこか自分が正しいって思い込んでるとこあるだろ」

「ないよ、そんなの。っていうか、森宮さんに言われたくない」

私が反論すると、

「こういう嫌なことって、親しか言えないからなー。俺が言うしかないんだよ」

と森宮さんはえらぶった。

「私のどこが傲慢なの？」

「ほら、洗濯洗剤だって俺入れるだけで済むからカプセルになってるの使いたいのに、優子ちゃん安上がりだって粉の買うじゃん。米も洗うの面倒だから無洗米買いたいのに、高いって普通の買うだろう？」

森宮さんは「どうだ」という顔であれこれ並べた。

「それのどこが傲慢なのよ。節約だよ」

「お金に困ってるわけじゃないんだから、それくらいの贅沢したっていいじゃん。便利なものは使わなきゃ。無駄遣いしちゃだめだ。手間を惜しんじゃだめだ。節約が正しいことだって、優子ちゃんは決めつけてるんだよな。ああ、傲慢、傲慢」

森宮さんは愉快そうに傲慢と口にしながら、カレーを食べた。そのくせ、

「じゃあ、無洗米買えばいいよ」

と私が投げやりに言うと、

「買わないよ。無洗米より研いだお米のほうがおいしいし」

とすました顔をした。

「なんなのよそれ」

「ただ、優子ちゃんは無駄遣いは悪いことだと思ってるけど、俺は手間をお金で買えるならいいと思ってるってこと。そういうのもありだろ？」

「まあ、そうだけど」

私は節約こそすべてだと思っているわけではないし、こんなの傲慢っていうほどひどいことじゃないはずだ。でも、森宮さんの言うこともなんとなくわかる。

優先順位の一位は友達じゃない。何が一番かわからないのなら、正しいことを優先すればいい。だけど、何が正しいかを決められるほど、私は立派ではない。

「じゃあ、次はカプセルになってる洗剤、買ってみよう」

私がそう言うと、

「やった。あれ使いたかったんだ。洗濯機にポンと入れるだけでいいって最高だよな」

と、洗濯をするのはほとんど私なのに、森宮さんはうれしそうに言った。

「そりゃ、よかったね」

調子いい森宮さんの発言を聞き流しながら、私はドライカレーを食べた。

程よい辛さのドライカレー。中には、玉ねぎだけじゃなく、しいたけににんじんにほうれん草にピーマンになす。細かく刻まれたたくさんの野菜が入っている。

「森宮さん、手間暇かけるの好きなのにね」

私が言うと、「どういうこと？」と森宮さんはきょとんとした。

「このカレー、すごくおいしいってこと」

「だろう。餃子は空気感が大事だけど、逆にドライカレーはいかに具同士が密着しているかっていう……」

また始まった。餃子だけじゃなくカレーでも語るんだ。森宮さんの理屈を聞きながら、私はカレーを口いっぱいにほおばった。カレーは辛いのに、玉ねぎもにんじんも甘くておいしい。きっとしっかり炒めたからだ。塞いでいるときも元気なときも、ごはんを作ってくれる人がいる。それは、どんな献立よりも力を与えてくれることかもしれない。

17

十月も中旬を過ぎると、秋は一気に深まっていく。暑さなどどこにも残らなくなって、冬服でも肌寒い。

一年の終わりに向かう速度は去年より早い気がする。卒業だとか、受験だとかが待っているからだろうか。いつもより寒く暗い冬に落ちていくようだ。そんな中でも、学校では着々と行事が行われ、二学期の最後には合唱祭がある。

中学校の時から、合唱祭は不思議なくらい盛り上がる。特に最高学年になると、毎年最優秀賞をかけて、どのクラスも必死になる。

人前で歌うのなんて恥ずかしいし、音楽の授業なんていい加減に受けている人も多い。それなのに、どうして合唱となるとみんな打ち込むのだろう。一緒に歌う気持ちよさは、思春期のややこしい感情をも上回ってしまうのだろうか。

「ピアノは、森宮さんでいいよね」

学級委員の田原《たはら》さんが終わりのホームルームで言うのに、ぱらぱらと拍手が聞こえた。高校生にもなると、伴奏者はだいたい決まってくる。合唱の伴奏は意外と難しく、高校生が歌う曲を弾ける人は少ないようで、同じメンバーがいつも選出された。

私は中学三年生から、合唱祭ではピアノを担当してきた。ピアノを習ったのは中学生になってからの三年間。遅いスタートだけど、あのころは毎日ピアノを弾いていた。そのせいか、自分でも知らないうちに力がついていたようで、習い始めて半年で、中学の合唱用の伴奏くらいはなんなく弾けるようになっていた。今、家にあるのは電子ピアノだけだ。軽いタッチに慣れてしまっているから、音楽室のピアノで練習しないとな。

「放課後、菊池《きくち》先生と伴奏者で打ち合わせがあるから、この後音楽室に行くように」

ホームルームが終わると、向井先生が楽譜を渡してくれた。

私がいる二組が歌うのは「ひとつの朝」。去年の三年生も歌っていたから耳にしたことがある。緩やかに始まってだんだん力強くなっていく合唱らしい壮大な曲だ。

ああ、早く弾きたい。楽譜を見ると、頭にメロディが流れてその音を奏でたいと心がはやる。

「大丈夫？　受験も近くなっていろいろ忙しいけど」

「はい。がんばります」

合唱祭は十一月二十日だから一ヶ月はある。それぐらいあれば弾けるようになるだろう。

「そう。くれぐれも勉強がおろそかにならないようにね」

向井先生は釘を刺すようにそう言った。

放課後、音楽室に三年生各クラスの伴奏者が集められた。合唱祭まで音楽の菊池先生に何度かピアノを指導してもらえる。最初は合唱のほうもパート練習が主で、ピアノと合わせることもないから、それぞれで練習するのだ。

集められたメンバーは、一組は久保田さん、三組は島西君、四組は多田さん、六組は河合さん。クラス替えがあったとはいえ、去年と同じ顔ぶれだ。

「五組、早瀬《はやせ》君に決まったって聞いたけど、まだかな？」

菊池先生が私たちに尋ねた。

早瀬君。聞いたことのない名前だった。去年はここに宮古《みやこ》さんが加わったのだけど、今年は違うのだろうか。

数分待っても早瀬君が現れないのに、しびれを切らした菊池先生が、

「おかしいな。誰か呼びに行ってくれる？」

と言うと、

「帰ったと思います」

と三組の島西君がぼそぼそと答えた。

「あれ？　連絡行ってなかったのかな」

「いや、たぶん、今日早瀬ピアノの日だから」

「ああ、習い事優先しちゃったのね。まあ、いいか。今日は練習の説明だけだから」

菊池先生はあっさりと言うと、私たちにプリントを配った。合唱祭まで放課後にもピアノ練習がある。次回全員練習の後は、二人ずつ実施するようで、私の名前も三、四日に一度書かれていた。

「とりあえず、三日後に再度全員で集まるから、弾けるところまで練習してきてね」

菊池先生がそう言って、解散となった。


「ちょっと！」

突然真横から聞こえた声に顔を上げると、森宮さんが立っていた。

「うわ、びっくりした」

家に帰ってから自分の部屋でピアノを練習していた私は、慌ててヘッドホンを外した。

「三百回は呼んだのに。夕飯できたよ。そして、冷めたよ」

森宮さんは顔をしかめながら言った。

「ごめん、ごめん」

おおげさだなと時計を見ると、もう八時前だ。森宮さんが帰ってきたのも、夕飯ができたのも気づかず、ずっとピアノを弾いていたようだ。

「また、悪夢の合唱祭シーズンだね」

食卓に着くと、森宮さんが言った。

「まあまあ、そう言わないで。あ、おいしそう」

夕飯はきのこご飯と鮭のホイル焼きと味噌汁だ。秋の食材はいい香りがするものが多い。私は大きく息を吸ってから、「いただきます」と手を合わせた。

「合唱祭、いつまで続くの？ 優子ちゃんは部屋にこもりがちになるし、ノックしても返事しないし。早く終わらないかな」

森宮さんはきのこご飯に細かく刻んだねぎを振りかけながら言った。

「合唱祭は十一月二十日だから、一ヶ月練習するだけだよ」

「うわあ、長いねー。三十日間も、暗黒の日々が続くんだ。あ、優子ちゃんもねぎかけたら？」

「ああ、うん。そんな言い方しなくたって。森宮さんだって高校生の時、合唱祭盛り上がったでしょう？」

私はねぎが入った器を受け取りながら言った。森宮さんは何にでも薬味をかけるのが好きで、我が家には小口切りにしたねぎが常備されている。

「合唱祭か。三年生なんて、みんな適当にやってたんじゃないかな。受験前だし」

「本当？ 森宮さんが気づかないだけで、みんなははりきってたはずだよ」

森宮さんのことだ。高校時代も周りから浮いていた気がする。私がそう言うと、

「別にいいけど。俺、歌うの好きじゃないし」

と森宮さんは平然と言った。

「なんか、かわいそう……」

「ちょっと、本気で憐《あわ》れみの目を向けないでくれる？」

森宮さんは顔をしかめると、またきのこご飯にねぎを載せた。

きのことあげとひじきが入ったご飯。具材全部に優しいだしの味が染みて、米粒からもきのこの香りが漂う。そんな中にねぎのシャキシャキとした新鮮な歯触りが、いいアクセントになっている。私もねぎをたっぷりとご飯に載せた。

「ねぎをかけると、いくらでもご飯食べられそう。よし。さっさと食べて、寝る前にもう少しピアノ練習しよっと」

合唱祭がやってくる。音楽室でグランドピアノを弾けるし、最後にはみんなの歌と合わせられる。そう思うだけで、わくわくする。

私が勢いよくご飯を口に入れるのに、森宮さんは「やれやれ」と大きなため息をついた。

三日後の伴奏練習には、早瀬君もやってきて六人全員そろった。

久保田さんから、昔からピアノをやっていて音大を目指していると聞いていたから、

ピアノにのめり込んでいる繊細でひたむきなイメージを勝手に抱いていた。だけど、目の前に現れた早瀬君は、大柄でがっちりしていて手足も大きく、水泳やバスケットでもやっていそうな、はつらつとした雰囲気の男子だった。宮古さんが指を骨折して、初めて合唱の伴奏を引き受けることになったらしい。あの太いしっかりとした指は、どんな音を奏でるのだろう。私は早瀬君の指先をじっと見つめた。

「今日はみんながどんな感じのピアノを弾くのかも知りたいし、失敗してもいいから思いっきり弾いてね。お互いの演奏を聴くのもいい勉強になるから。じゃあ、一組、久保田さん弾いてくれる？」

菊池先生に指名され、久保田さんがピアノの前に座った。

一組の合唱曲は「虹」。軽やかで繊細なメロディが久保田さんの細い指から丁寧に紡がれる。小学一年生からピアノを習っているという久保田さんはさすがの腕前で、三日の練習で一切間違わず完璧に弾きあげていた。

「少し線が細い感じだけど、よく仕上がってるね。えっと、次は、森宮さん」

久保田さんの演奏が終わり拍手をしていると、菊池先生に呼ばれた。ひととおり弾けるようにはしてきたけれど、久保田さんの後では聴き劣りするだろうな。そんな引け目も手伝ってか、私はなんとなくお辞儀をしてから弾き始めた。

電子ピアノとピアノの鍵盤とはまるで違って、いつものように弾いていては指が上滑りしそうになる。「ひとつの朝」は転調が多く、曲調が何度も変わる曲だけど、正確に鍵盤を押すことに必死になってしまい、感情の切り替えまで気が回らない。何より電子ピアノの軽いタッチに慣れているせいで鍵盤が深く押せず、弱くなってしまった音がいくつかあった。

弾き終わると、「いいのよ。まだ三日目だもん」

菊池先生はそう言った。

久保田さんの時は「よく仕上がっている」と言っていたから、だめだということだ。もっと練習しなくちゃな。私は「すみません」と頭を下げた。

私の次に弾いた島西君は、もう暗譜をしていて完全に弾きこなしていた。強弱も緩急もついていて、曲が自分のものになっている。四組はゴスペルに挑戦するから、多田さんはリズムが取りにくいようで苦戦していた。それでも、ピアノの基本がしっかりしているから安心して聴くことができる。ああ、みんなさすがだなと感心していると、「次は、早瀬君」という声が聞こえた。彼はいったいどんなピアノを弾くのだろう。耳を澄まして待っていると、早瀬君は楽譜も持たずピアノの前に座り、椅子が高すぎるのか腰をかがめたまま突然弾き始めた。

五組の合唱曲は「大地讃頌《さんしょう》」。

早瀬君が鳴らした最初の音で、私は音楽室の空気が変わるのを感じた。早瀬君は鍵盤を悠々と叩いていく。その音は一つ一つが際立っていて、小さな音であっても、部屋中に響き渡る。太く長い指が鍵盤を押すたびに、みずみずしい音が放たれていく。私は一小節目から、演奏に引き込まれていた。

ピアノの独奏だ。それなのに、オーケストラで奏でているような、もうすでに合唱を聴いているような、重厚な響き。その響きは、胸に直接入り込むようで圧倒される。なんてすばらしいのだろう。音の中に体ごと沈んでいくような感覚。こんなピアノは聴いたことがない。

「うわ、すごい！ すごいよね」

どこかのホールで一曲聴き終えたような錯覚に陥って、私は演奏が終わると、思わず拍手をして隣に座る久保田さんに言っていた。

その後、六組の河合さんが弾いていたけど、もう音は入ってこなかった。私の耳には、早瀬君のピアノの響きだけが残っていた。

「明日からは二人ずつ、ここで練習するね。プリントに書いてある日程で集まって。都合の悪い日はお互いにチェンジしあっていいし。みんな、まだまだうまくなるはずだからがんばって」

菊池先生は最後にそう言った。

まだまだうまくなる。早瀬君のピアノは、あれでもまだ完成されていないのだろうか。もっとすごくなるはずのピアノは、どうしたって聴いてみたかった。

「早瀬君、ピアノすごく上手なんだね」

学校から駅までの帰り道、久保田さんと歩きながら私は言った。

「そうだね」

「知らないだけで、ピアノうまい人って、まだまだいるんだね」

十一月目前の空は、五時前なのに静かに夕焼けが迫っている。日のぬくもりを含まない空気が広がり始め、私は冷たくなった手をポケットに入れた。

「早瀬君、今までは自分の練習したくて、合唱祭の伴奏に参加してなかっただけだよ。今年は宮古さんが指骨折したからって渋々出てきたみたい」

久保田さんが言った。

「そうなんだ」

「中二まで私、同じ音楽教室だったけど、早瀬君、途中で先生よりうまくなっちゃって、やめちゃったんだよね。今は他の教室に通ってるよ。電車で一時間かけて」

「へえ。すごいね」

「森宮さんのほうがすごいじゃん」

「何が？」

久保田さんに言われて、私は首をかしげた。

「ピアノ習ってないんでしょう？　しかも電子ピアノしか持ってないのに伴奏弾けるって早瀬君よりすごいと思うけど」

「中学校の時は習ってたし、楽譜もらってからはその電子ピアノで練習してるから。父に嫌な顔されるくらいね」

私がそう言うと、久保田さんはきれいに伸ばした髪を揺らしながら、「練習してるのに嫌な顔するって、変なお父さん」と笑った。

昨日も森宮さんは「ああ、うるさくって耳がおかしくなりそうだ」と膨れていた。ヘッドホンをして弾いているから聴こえるわけないのに、言いがかりもいいところだ。どうやら私がピアノに夢中で他のことをさっさと済ませるのが気に入らないらしい。今日は久しぶりに私が夕飯作らないとな。

「スーパーに寄って帰るから」と、私は駅前で久保田さんに手を振って別れた。

どうして私がピアノを弾けるのか。久保田さんだけでなく、みんな不思議がる。ピアノは裕福な家庭の子が弾く楽器というイメージが強いのだろうか。何度か親が替わり、月末にはパンの耳をもらいに行っていたような私からは、縁遠い楽器なのかもしれない。

でも、中学一年生から三年生まで、私はまさにピアノ漬けの日々を送っていた。

18

小学六年生になると、ピアノを習う友達が増えてきた。奏ちゃんは家まで先生が教えに来てくれて、みなちゃんはヤマハ音楽教室に通っていると言っていた。みなちゃんの家で、二人がピアノを弾くのを聴いたことがある。ピアニカとは全然違う重く響くきれいな音。高い音から低い音まで鳴らせて、指を動かすだけでいろんな曲が奏でられる。私も弾いてみたいと思わずにはいられなかった。

「ピアノ、習いたいな」

ピアノは高価なものだとは知っていたけど、そこまで深く考えていなかった私は、梨花さんと夕飯を食べながらそう言った。まだ八月に入ったところで、スープにハンバーグと贅沢な夕飯を食べていたから、気も大きくなっていたのかもしれない。

「ピアノ？」

梨花さんはスープをすくっていたスプーンを止めて聴き返した。

「うん。みなちゃんも奏ちゃんも習ってるんだ。二人が弾くの聴いたらすごくて。私も弾いてみたくなった」

「へえ。ピアノか……」

梨花さんはしばらく考えていたかと思うと、

「でも、この家じゃ無理だね」と言った。

「どうして？」

「ピアノって重いし、このアパートには置けないよ。それに音うるさいから、防音設備のあるマンションとか一軒家じゃないと」

「そうなんだ」

ただピアノを買って終わりというわけではないようだ。引っ越さないと買えないようなものじゃ、あきらめるしかない。思ったよりもずっと手に入りにくいものだと知って、私はそれ以来ピアノのことは忘れていた。

ところが、一ヶ月ほど経ったころ、梨花さんが、

「ピアノ、なんとかするね」

と言いだした。

「なんとかって？」と驚く私に、

「ピアノ、弾けるようにしてあげる」

と、梨花さんはしっかりとした口調で言った。どうやら冗談ではなさそうだ。

「だって、引っ越さないとだめなんでしょう。それに、ピアノ高いし……」

「安くてアパートでも弾ける電子ピアノもあるけど、本物に触れたほうがいいもんね。絶対弾けるようにするよ」

「そんなの、いい」

きっとずいぶん無理をさせるのだ。そこまでして、ピアノは弾かなきゃいけないものじゃない。私は首を横に振った。

「遠慮なんてしないでよ。優子ちゃんピアノ弾きたいんでしょう」

「いい、私ピアニカ持ってるし」

「ちょっと、どこの誰がピアニカをピアノの代わりにするのよ。時間はかかるけど、私

に任せて」

梨花さんは私がいらないと言うのも聞かず、そう宣言をした。

ピアノに、ピアノを弾ける家。簡単に買えそうにはないそれらを、梨花さんはいったいどうするのだろう。毎日食べるのにもぎりぎりの暮らしなのに、方法は思いつかなかった。

けれど、その日から、度々梨花さんは「ピアノ、もう少しだから」「ピアノ待っててね」などと口にした。

それから半年ほど経った、小学校の卒業式の日。夕飯後にケーキを食べながら、梨花さんは、

「卒業おめでとう。遅くなったけど、ピアノをお祝いにするね」

と言った。

「ピアノ？」

周りを見回しても、ピアノはどこにもない。何を言っているのだろうかと不思議がる私に、

「ここにはないよ。ピアノを弾ける大きい家と一緒にプレゼントするから」

と梨花さんは笑った。

「家？　引っ越すってこと？」

「そう。でも、ここから車だと十分もかからない場所なんだ。中学校の学区内だし安心

して」

ピアノに家に引越し？　いったいどういうことだろう。私が戸惑っている横で、

「明日、さっそく引越しだからね」

と梨花さんは意気揚々と言った。

翌日、朝からアパートに、四人もの引越し作業員の人が来た。前回は手伝いに来てくれた梨花さんの知り合いのおじさんと三人だけで引っ越したのに、今回はずいぶん大掛かりだ。

中には女の人までいて、食器や衣類まで丁寧に箱に詰めてくれる。みんなあまりにてきぱきしていて、私はおろおろとするしかなかった。

狭い部屋は私が何もしないうちに片付き、荷物を載せたトラックが去った後、タクシーがやってきた。このタクシーで、私たちは引越し先に行くという。

突然の引越し。たくさんの作業員にタクシーでの移動。何もかもが唐突で、私はピアノのことなど忘れていた。みんなと同じ中学校に行けるのなら、引越しは悲しくはない。古い殺風景な家は二年暮らして慣れはしたけれど、大家さんもいなくなった今、愛着はなかった。それにしても、引越しができるなんて、梨花さんはこっそりお金を貯めていたのだろうか。そんな様子は一度も感じたことはない。いったいどうなっているのか不思議だけど、梨花さんが大胆で突拍子もないのは知っている。梨花さんのことだ。こう

いうこともあるのかもしれないと、私はたくさんの疑問を抱きながらもタクシーに乗った。

車は十分ほど山手のほうへと走っていった。閑静な住宅街とみんなが言っている地域だ。この辺りにアパートでも借りたのだろうか。新しい住まいになるのはいいけど、その代わりに食事や日々の生活を切り詰めるのはいやだなと思っていると、大きな家が並ぶ中でも、ひときわどっしりと風格のある家の前に車は停まった。

「さあ、着いたよ。降りて」

「降りてって、ここ?」

「そう。ここ。この家とピアノと、後、中学入学に向けて新しい父親も一緒に手に入ったんだ」

車から降りると、梨花さんは私の耳元でささやいた。

ピアノと家と……。え? 父親? どういうことだ、それは。新しい父親も手に入るってなんなんだ?

頭をこんがらかせている私の横で、梨花さんは躊躇なく、家の中に入っていく。置いていかれたら迷子になりそうで、私はとりあえず梨花さんについて歩いた。

駐車場には大きな車が二台。庭はだだっ広く砂利が敷かれていて、立派な木が植えられている。塀で囲まれた家は、門をくぐってしまうと、外は見えなくなる。こんなところに私が住むのだろうか。何一つ理解できず、私は辺りを何度も見渡した。庭を抜け玄関の扉を開けると、上品なおばさんが出迎えてくれ、リビングまで案内してくれた。アパートの部屋全部が入ってしまうくらいの広いリビング。シンプルなものだけど、照明やカーテン、置かれた観葉植物や飾ってある絵。どれもいい物だというのが私にもわかった。

「ようこそ。優子ちゃん」

リビングの大きな革張りのソファに座っていたおじさんが、私を見ると、そう言って立ち上がった。白髪混じりの髪に銀の縁取りの眼鏡。四角い顔に肩幅のあるがっちりした体。ベージュのカーディガンを着たおじさんは、五十過ぎだろうか。当時の私にはずいぶん年を取って見えた。

この人が父親となる人だというのは、わかった。だけど、どういうことなのか、何がどうしてこうなっているのか、理解できるわけがなかった。

私が不安でいっぱいのまま梨花さんのほうを見ると、

「泉ヶ原茂雄《しげお》さん。先週、籍を入れたんだ。結婚したってことね。つまり、優子ちゃんのお父さんになるかな」

と梨花さんは簡単に説明し、「あー、引越しって疲れる」とソファにどっかと腰をかけた。

「優子ちゃんも座って。今、紅茶淹れてもらうね」

泉ヶ原さんに手で座るように示され、私は梨花さんの横にそっと座った。濃い茶色のソファは大きく柔らかく、腰をかけると何かに飲み込まれるように体が沈んでいった。

しばらくすると、さっき案内してくれたおばさんが、紅茶を持ってやってきた。花が描かれた華奢なカップ。お皿にはクッキーが載っている。

「この人は、吉見《よしみ》さん。料理や掃除やいろんなことをしてくれるんだ。とても親切な人だから、優子ちゃんもなんでも頼んでね」

おばさんが紅茶を私たちの前に置いている間に、泉ヶ原さんがそう紹介をした。

お手伝いさんという人だろうか。だけど、吉見さんは昔読んだ童話に出てくるようなお手伝いさんではなく、ただのおばさんに見える。細くてこぎれいなおばさん。泉ヶ原さんよりも少し年をとっていそうなおばさんに、中学生の私が家事をさせるなんてとんでもないことのように思える。

紅茶を飲みながら、梨花さんは引越しの話や、私の中学校はここから歩いて十五分ほどだということを話し、泉ヶ原さんは静かに相槌を打って聞いていた。私は、どういう事態なのか、何が起こっているのかを一刻も早く確かめたかった。けれど、ここで聞くのはよくない気がして、梨花さんと二人きりになるのをただ待っていた。

話をした後、家の中を泉ヶ原さんが案内してくれた。二階には、泉ヶ原さんの寝室と、たくさんの本が置かれた部屋があり、「自分の部屋として使うように」と、私を一番奥の部屋に通してくれた。部屋には、すでに机とベッドが設置してあり、窓には小さなピンクの花柄のカーテンがかけられていた。

「優子ちゃんの好みに合うといいんだけど」

　泉ヶ原さんはそう言った。

　私はまだこの家に住むことも、このおじさんが父親だということも納得していない。それなのに、部屋まで用意されている。次々いろんなことが決まっていくようで、喜ぶべきことなのか拒むべきことなのかすら、わからなかった。

　一階はリビングの横が台所とダイニングで、廊下を挟んで和室があり、その隣にどっしりとしたドアの部屋があった。

「ここにピアノを置いてあるんだ」

　泉ヶ原さんはそう言いながら、ドアを開けた。

「防音設備をしてあるから、優子ちゃん、自由に弾いていいよ。好きな時間にね」

　部屋の真ん中には深いワイン色のグランドピアノが置かれていた。ピアノは堂々として、つやつやと光を放っている。その姿は、いろんな不安や疑問を、ひとまず忘れさせてくれる力があった。

「うわあ……」

　私が歓声を上げると、

「弾いてみる？」

　と泉ヶ原さんはピアノのふたを開けてくれた。

「何も弾けないんだけど」

私はそう言いながらも、そっと鍵盤に触れた。ピアニカとは違う重い鍵盤は下まで沈むと、澄んだ音を響かせた。自分の指先が鳴らすピアノの音は、想像していたよりも、すてきだった。

「ねねね。どういうこと、どういうこと、どういうこと？」

ひととおり家の中を案内され、私のだと用意された部屋に梨花さんと入った私はさっそく聞いた。

「ははは。びっくりさせちゃった？」

梨花さんはベッドの上に座ると、いたずらっぽく笑った。

「びっくりどころじゃない。何が起こってるかわからないよ」

どうしたって自分の部屋に思えるわけもなく、私は隅っこに座りながら言った。

「ピアノ、毎日弾けるようになったってことだよ」

「ピアノ？」

「そう。優子ちゃん弾きたがってたでしょう？」

梨花さんはけろりとした顔で言った。梨花さんはピアノとは比べものにはならない、大きな変化が起こっていることがわかってないのだろうか。

「ピアノじゃなくて、あの人、泉ヶ原さんって誰？　結婚って何？　どうしてここに住むことになったの？」

私はあれこれ質問した。小学校を卒業したと思ったら、怒濤のように出来事が起こっているのだから落ち着いていられるわけがない。

「もう、そんな次々言わないでよ。えっと、泉ヶ原さんは、私が働いてる保険会社のお得意さん。小さいけど、不動産会社の社長なんだって。で、ピアノも持ってるって話をしてて……。穏やかで優しい人だし、まあ、いいかなって結婚したんだ。式は挙げてはないけど、籍は先週に入れたの」

梨花さんはテレビで見たドラマの話でもするかのように軽々と話した。

「結婚って、梨花さんと泉ヶ原さん、恋人だったの？」

泉ヶ原さんは私が思ったよりは若く四十九歳だということだけど、三十二歳になったばかりの梨花さんとは年が離れているし、どう見たって夫婦に見えなかった。

「まあ、恋人っていえば恋人だけどね。でも、世の中にはお見合いもあるし、恋人同士だけが結婚するってわけじゃないんだよ」

「じゃあ、あの人のこと梨花さんは好きだってこと？」

お見合い結婚があるのは私だって知っている。だけど、梨花さんはつい昨日まで、誰かと付き合っている素振りすらなかった。それが今じゃ結婚してるだなんて。しかも、あのおじさんと。そんなの、どうしたって理解できるわけがない。

「好きっていうか、悪い人ではないよ」

梨花さんが言うのに、「悪い人じゃないってだけで結婚するの？」と声を上げずにはいられなかった。

「もう、なんなのよ。いい人なんだから結婚したっていいでしょう？　そんな、やいやい言わないでよ。私は優子ちゃんにピアノをプレゼントしたい一心だったのに」

梨花さんはそう膨れた。

「ピアノ？」

「そうだよ。ピアノ。優子ちゃん欲しかったんでしょう」

確かに私はピアノが欲しかった。けれど、それはここまでして手に入れるべきものだったのだろうか。生活を変えてまで、新しい父親を迎えてまで、手にしたかったものなのだろうか。

「欲しいとは言ってたけど……。でも、結婚してまでってことじゃないのに」

「結婚ぐらいたいしたことじゃないよ。洋服買っても靴買ってもちっとも喜ばない優子ちゃんが、ピアノは自分から欲しいって言うんだもん。どうしたってかなえなきゃって思うじゃない」

梨花さんはそう言うと、

「もうつまらないことはおいとこうよ。とにかく、優子ちゃんに早くピアノを弾かせてあげたかったんだ。ね、明日から好きなだけ弾いて。私にも聴かせてよね」

と満足そうに微笑んだ。

梨花さんが私の母親になったのは、半年かけて仲良くなってからだった。それが、今回は会ったこともない人が父親になったのだ。どうやって納得しろというのだろう。こんな大きな変化をどうやって受け入れろというのだろう。

だけど、私はまだ子どもなのだ。お父さんと日本で暮らすことがかなわなかったように、ただ受け入れるしかない。親が決めたことに従うしかない。子どもというのはそういうものなのだ。それを思い知った気がした。


一変する、というのはこういうことだ。

泉ヶ原さんの家に引っ越した翌日から、生活はがらりと変わった。今までは、朝はパンを焼いて適当に食べていたのに、みんなで食卓を囲み、吉見さんが作ってくれた、ご飯に味噌汁に焼き魚にお浸しなどの、バランスのいい食事をとるようになった。ばたばたと洗濯物を干していたのだって、吉見さんが家事はすべてしてくれるから、しなくたっていい。

仕事を辞めた梨花さんはすることがなくなり、私も手伝うことがゼロになった。いつだって部屋はきちんと掃除され、洗濯されたものがベッドの上に置かれ、食事は配膳までしてもらえる。夕飯の片付けを済ませてから、吉見さんは帰っていく。

ここまでしてもらうのは申し訳がなくて、私は時々食べ終えたものを台所に運んだり、食卓を拭いたりしようとしたけれど、「これが私の仕事なので、座っていてくださいね」と吉見さんにやんわりと断られた。

二週間ほど経って、ようやく手伝おうと動くことは吉見さんの邪魔になると気づき、私はじっと座っているようになった。でも、どこかで「こんな生活に慣れたらだめだ」とも思った。

あまりに前の生活と違い過ぎて、ただ戸惑っているままで毎日が過ぎていった。ここでの暮らしはとても恵まれてる。だけど、梨花さんと二人の暮らしにあった自由さはなかった。誰かが厳しいことを言うわけでもないのに、なぜか堅苦しい。そして、そんな戸惑いや窮屈さを消してくれるのがピアノだった。

私が来た翌日には、泉ヶ原さんはピアノの先生が家に教えに来るようにしてくれた。週に二度、先生に習う。そうなると、毎日練習しないとついていけなかったし、梨花さんが自分の生活を変えてまで手に入れてくれたピアノだ。必死で弾かないわけにはいかなかった。そうやって、懸命にピアノに向かっている時は、釈然としない気持ちも忘れられた。

泉ヶ原さんは梨花さんの言うとおり、いい人だということはすぐにわかった。時々、「ここには慣れた？」と聞いてくるだけで、父親ぶることもなかったし、私が「おじさん」と呼ぶこともおおらかに受け止めてくれていた。

朝食は一緒に食べたけれど、泉ヶ原さんは仕事が忙しく、夜は私が寝てから帰宅しているようだったし、土日も仕事で家を空けることが多かった。共に過ごす時間が少ないせいか、泉ヶ原さんとの関係は何日経っても、大きな変化はなかった。

父親である人は穏やかで優しい。食べ物に困ることもない裕福な暮らし。ピアノだって弾ける。突然現れた父親や住まいが変わったことに抵抗があっただけで、不満を持つような状態ではない。私はそう自分を納得させた。そのうちに、どこか親戚の家ででも暮らしているように、決してしっくりくるわけではないけど、これが私の生活なんだと、体や頭も慣れていった。

新しい生活も三ヶ月が過ぎた、夏前のことだ。夜中に目が覚め、台所で水を飲もうと一階に行くと、ピアノの部屋から光が漏れているのが見えた。電気を消し忘れてしまったのかと部屋の前に行くと、少し開いたドアからピアノの音がする。なんだろうとドアを開けると、中には泉ヶ原さんがいて、ピアノの屋根の中をのぞき込んでいた。

「おじさん何してるの？」

私の声に、泉ヶ原さんは「おお」と驚き、照れくさそうな顔を向けた。

「何って……。ちょっと調律」

「調律？」

「ああ、まあ少しね」

ピアノは屋根が大きく開けられ、中が見えている。

「おじさん、調律ができるってすごい」

調律は専門家に頼むものだと思っていた私は、素直に感心した。

「いやいや、素人が見よう見まねでやってるだけだよ。修理とかこういう、こまごましたことが好きで……。このピアノ、前の妻が子どもの時から使ってた古いものだから、音が時々狂うんじゃないかなと」

泉ヶ原さんは自分のピアノなのに、悪いことでも見つかったかのように、そそくさと道具を片付けながら言った。

「おじさんもピアノできるの？」

「いや、全然。妻が亡くなってからは誰も弾く人がいなかったから、優子ちゃんが弾いてくれてピアノも喜んでる」

泉ヶ原さんがずいぶん昔に奥さんを病気で亡くしたということは、梨花さんから聞いていた。でも、こうして泉ヶ原さんの口から奥さんのことを聞くのは初めてで、私がどう答えようかと迷っていると、

「ああ、ごめん。亡くなった人のピアノって聞いたら、あんまり気分よくないよな」

と泉ヶ原さんは頭を下げた。

「そんなことないよ。大事なピアノを私が弾いていいのかなって思っただけで……」

「もちろん。弾いてくれてありがたい」

「だといいんだけど。でも、おじさん、ピアノ聴いたら、奥さんのこと思い出して、悲しくなったりしない？」

「ああ。もう、十年以上前のことだから」

泉ヶ原さんは穏やかな口調で言った。

私の母が亡くなったのは十年前だ。記憶にすらない母親のことを、思い出すことはない。だけど、実の母親とは会うことがかなわないのだという事実を、苦しく思うことは今でもある。

「十年経ったら忘れられるの?」

「いや、忘れることはないかな。身近な人の死より悲しいものはないからね。けれど、時が経てば、こうして新しい生活がやってきてくれる。そう思うとまあ、なんていうか生きていられるというか……。よし、今日はもうおしまい」

泉ヶ原さんはそう言いながらピアノの屋根を閉じた。

おじさんの奥さんはどんな人だったのか。私が来てどう思っているのか。もう少し話してみたい。そう思ったのに、泉ヶ原さんに、

「さ、遅いし、寝ないとな。明日も学校だろう」と言われ、それ以上は聞けないまま私は部屋を後にした。

梨花さんは、ここに来て初めの一ヶ月ほどは、「天国のようだ」と言っていたけれど、三ヶ月も経つと、「息苦しい」「窮屈だ」と言うようになった。

「あーあー。退屈過ぎて死にそう」

九月真ん中の日曜日の午後。リビングのソファの上でクッキーをかじりながら、梨花さんが言った。

「退屈で死ぬ人なんているのかな」

吉見さんが淹れてくれたアイスティーを一口飲んでから私が言うと、

「ここまでやることないとありえるんじゃない？　私毎日こんなふうに座って紅茶飲んでるだけだもん。優子ちゃんは学校行ってるからいいよねー」

と梨花さんは顔をしかめた。

「趣味でも見つけたら？　習い事するとか」

「それは違うんだよなあ」

梨花さんはそう言うと、「ね。二人で逃げない？」と声を潜めてささやいた。

「何よ、それ。泉ヶ原さんと別れるの？」

「うーん。それもいいかな」

「ピアノはどうするの？　あんなに弾かせたいって梨花さん言ってくれてたのに」

「そんなの、泉ヶ原さんお金持ちなんだから、別れたってピアノ買うお金くらい、くれるんじゃないかな」

「めちゃくちゃだよ」

梨花さんは時々とんでもないことを言う。私は眉をひそめて見せた。

「でも、優子ちゃん、泉ヶ原さんのこと好きなわけでもないんでしょう？　離れたって寂しくないじゃん」

梨花さんはソファの上で胡坐《あぐら》をかいた。いつも梨花さんは、「こんなふかふかのソファ、座りにくくてしかたない」と座り始めて五分も経たないうちに胡坐をかく。

「好きでも嫌いでもないけど。だけど、泉ヶ原さんはいい人だと思うよ」

突然できた父親に持つ感情は、好きとか嫌いとかで分けられるものではなかった。ただ、悪い人ではない。前に梨花さんが言ったように、泉ヶ原さんについての気持ちはそれがすべてだった。

「まあね。でも、ここにいると、だめになりそう」

「だったら、ここでだめにならない方法を探せばいいのに」

それができないのが梨花さんだと思いつつも、私は提案した。

「なんか、優子ちゃん説教くさいな。こんな生活してるせいじゃない？　一緒に出てまた二人で暮らそう。そのほうがきっと楽しい。うん、そうしよう」

梨花さんはいいことを思いついたみたいに、手をパチンと鳴らした。

「いやだよ」

「どうして？　また貧乏になるのがいやなの？」

「貧乏はどうでもいいけど。でも、私、この家のあのピアノが好きなんだ。うん。やっぱりここでピアノを弾いていたい」

私がそう言うと、梨花さんは「どこのピアノだって一緒なのに」とふてくされたようにため息をついた。

その日の夕飯。

アジフライにソースをかけた梨花さんに、

「あ、フライ、そのままで食べてくださいね」

と吉見さんが言った。

梨花さんは聞こえなかったかのように、ソースをたっぷりかけると、「やっぱりだめだわ」とぼそりとつぶやいた。

次の日、学校から帰ると、梨花さんはいなくなっていた。

まさか本当に出て行くなんてと驚いたし、どうしようと不安にもなった。けれど、どこかで私はこうなることを覚悟していた気がする。思い立ったら動かずにいられない梨花さんが、不満を抱えたまま暮らしていけるはずはなかった。きっと月末に食べることに困るのとはまた違うしんどさが、この家にはあったのだ。それに、実の父親から私を引きとった梨花さんだ。しばらくしてすっきりしたら、私のもとへちゃんと戻ってきてくれる。そう信じていた。

「優子ちゃん、申し訳ない」

梨花さんがいなくなった翌朝、泉ヶ原さんは私に静かに頭を下げた。

「困ったことやしてほしいこと、なんでも言ってほしい」

「大丈夫です」

私は小さく答えた。

「じゃあ、ここにいてくれるね」

泉ヶ原さんが心配そうな目を向けるのに、私はうなずくしかなかった。


出て行った翌日から、毎日のように梨花さんは夕方に訪ねてきた。

何度も「一緒に行こうよ」「優子ちゃんがいないとだめだよ」と私を誘い、私が「じゃあ、梨花さんが戻ってきてよ」と言うと、「それはできない」と渋い顔をした。出て行ったと言っても、ほぼ毎日梨花さんがやってくるのだ。朝や夜にいないだけで、夕方には梨花さんがやってきてあれこれしゃべる。寂しさは感じなかったし、生活は何も変わっていない気がした。

ただ、梨花さんがいなくなってから、泉ヶ原さんは早く帰るようになって、休みの日も家にいることが増えた。といっても、私と接触することが増えたわけではない。何か話をすることもなければ、一緒に出掛けようと誘われることもなかった。

梨花さんは、私が欲しいものを必死に与えてくれ、私が大事だと態度で言葉で示してくれる。でも、その愛情は、強ければ強い分、どこかもろくはかなく感じるのも事実だ。

最上の状態のピアノを、隣の部屋でそっと耳を澄まして聴いてくれる人がいるこの家で弾くこと。

それが、その時の私を、平穏でいさせてくれる唯一のものだった気がする。

19

合唱祭の伴奏練習は二人ずつで組まれていたけど、私と早瀬君がペアになっている日はなかった。それでも、もう一度あのピアノが聴きたいという欲望は抑えきれず、多田さんに練習日を代わってほしいと申し出ると、「早瀬君と弾くと差が出ちゃって嫌だったんだよね」とすんなりと了承してくれた。

みんなで弾きあってから二日後の伴奏練習。私が行くと、もう早瀬君は音楽室にいて練習をするでも楽譜を見るでもなく、壁に貼られた作曲家の肖像画を眺めていた。

「こんにちは」

私が近づいていくと、「ああ」と早瀬君は一瞬こちらを向いただけで、すぐに肖像画に目を戻してしまった。

ピアノはいつから弾いてるの？　普段はどんな練習をしてるの？　好きな曲は何？　聞いてみたいことは次々頭を巡ったけれど、早瀬君は真剣に肖像画を眺めていて、どれも口にできなかった。

「うーん。なんとか、ロッシーニだけじゃない？」

ひととおり肖像画を眺め終え、早瀬君が言った。

「何が？」

ロッシーニ。音楽の授業で有名なオペラの作曲をした人物だということは習った。その人がどうしたのだろう。

「ほら、肖像画みんな怖いじゃん。ベートーベンは不機嫌そうだし、バッハやヘンデルはやたら威厳を振りかざしている感じだし。とにかくみんなむっつりしてるだろ？」

「まあ、そうかな」

何の話が始まったのだろうと私が首をかしげていると、

「でも、ほら、これ。ロッシーニだけ若干笑って見えない？　口元にも目元にもうっすら笑みがある」

と早瀬君はふっくらしたロッシーニの顔を指さした。

「ほんとだ」

小学生の時は夜になると肖像画の目が動くとみんなで噂していたくらい、どの顔も怖く見えた。だけど、よく見てみると、確かにロッシーニは気のよさそうなのんきな顔をしている。

「俺、この人好きなんだよな」

早瀬君はそう言った。

ロッシーニが好きだということは、早瀬君はオペラも弾くのだろうか。そう聞こうとする前に、

「ごめん、ごめん。ホームルーム長引いて。さ、やろうか」

と菊池先生が入ってきて、話はそこで途切れてしまった。

「じゃあ、二組、森宮さんから」

「はい」

私はピアノの前に座ると、譜面台に楽譜を立てた。鍵盤を端から順に眺めてから小さく息を吐く。よし弾ける。そう自分に言い聞かせてから、指を動かした。

「ひとつの朝」はゆったり始まり、だんだん勢いづいていく曲だ。激しくなりすぎないように音が走りすぎないように、歌声をイメージしながら弾いていく。最初弾いた時とは違い、指が滑ることはなくなったけれど、曲調の変化に合わせるのは難しい。それでも、気持ちを乗せながら、最後までなんとか弾き切った。

「だいぶ弾きこなせるようになってきたね」

弾き終わると、菊池先生がそばに来てそう言った。

「ありがとうございます」

「ミスタッチはなくなってきたけど、後はどうしても音が軽くなるところがあるから、そこを丁寧に押さえて」

「はい」

「それと転調のあと出遅れるのが気になるかな。ここの小節で……」

菊池先生のアドバイスを聞きながら、私はそっと早瀬君のほうを見やった。

私のピアノ、どう思っただろうか。へた過ぎて聴いてられないと感じただろうか。早瀬君は何食わぬ顔でぼんやりと窓の外を見ていて、どう思っているのかはわからなかった。

「じゃあ、次は早瀬君」

先生に言われピアノの前に座ると、前と同じく早瀬君はすぐさま弾き始めた。息を整えることも肩の力を抜くこともない。座って、鍵盤に指を置いたら曲が始まる。

早瀬君のピアノは最初から最後まで、圧巻だった。ミスタッチがないどころか、ぶれる音も流れてしまう音もない。一つ一つの音が生き生きと響いている。もう完成していると思っていたのに、二日前に聴いた時よりももっとダイナミックで繊細で、私は体中がぞくぞくするのを感じながら聴きこんでいた。

「すごいね、早瀬君のピアノ」

音楽室を出ると、私はそう言った。早瀬君の演奏には、感動を伝えずにはいられない力がある。

「えっと、君も」

「森宮って言います。二組の」

「森宮さんも上手だよ」

どこがだ。早瀬君と比べたら、私のピアノなんて初心者もいいところだ。私は首を横に振った。

「よく言うよ。まだまだ練習しないとだめなのに」

「そうかな。最初みんなで弾いただろう？　あの時も一番いいと思った」

お世辞にしてもありえない早瀬君の言葉に、私は思わず笑ってしまった。

「あの時ミスしてたの、私だけだったけど」

「ミスタッチとかはおいといてさ。自分のピアノじゃないのに、すんなりと音楽室のピアノになじんでて最初の音から柔らかかった」

「なじんでた？」

並んで歩くと、早瀬君の背はずいぶん高いのがわかる。私は少し見上げながら、聞き返した。

「そう。普通は普段弾いてるピアノと違うと、やりにくいだろう」

「さあ……」

それはきっと我が家のピアノが電子ピアノだからだ。まるで違うから、音楽室のピアノに抵抗がなかったのかもしれない。

「俺は好きだけど。森宮さんのピアノ」

「え？」

「森宮さんが弾くピアノ、俺は好きだよ」

早瀬君がさらりとそう言うのに、私の顔は一気に赤くなった。誰かに告白されたときなど比べ物にならないほど、心臓は高鳴っていた。

もし私が電子ピアノじゃなく、ピアノで練習をしていたら、どうなるだろう。夕飯中も私は早瀬君の言ったことを思い浮かべていた。本物のピアノを毎日弾き込んでいたら、もっと上手になっているだろうか。もっと早瀬君が好きだと言ってくれるような音が奏でられるのだろうか。そんなことを考えていると、

「ああ、ピアノ欲しいなあ」

と思わずつぶやいていた。

「ピアノ？」

「そう。ピアノ」

「ああ、本物のね。俺の稼ぎが良かったらピアノの三つや四つ買ってあげられるんだけどね」

向いの席から森宮さんが言うのに、私ははっとした。なんて失礼なことを言ったのだろう。

「いやいやいや。違う違う、電子ピアノで十分。うん、あのピアノ好きだし」

私が慌てて否定するのに、

「またまた、ピアノと電子ピアノは音が格段に違うんだろ？　やっぱり本物がいいよな」

と森宮さんは味噌汁を飲み干してから言った。

「音なんてほとんど一緒だよ。それに電子ピアノには電子ピアノの良さがあるし。軽いタッチだから疲れないし、ヘッドホンつければ、夜中だって弾ける」

「どうしてそんなに電子ピアノの肩持つの？　優子ちゃん、ピアノ欲しいくせに」

「そんなことないよ。電子ピアノ買ってもらっただけで本当感謝してる。ただ合唱祭前でピアノ聴く機会が多いから、ふと思っただけ。ピアノは場所もとって邪魔だし、音も大きくて近所迷惑だし……」

　私がせっせと言い訳を並べるのに、森宮さんは、

「もう十分わかったけど」

と大きなため息をついた。

「ああ、ごめん。よけい嫌な感じだったかな……」

「優子ちゃん、どうして欲しいものを口にしただけで、そんなに必死で繕おうとするの？」

　森宮さんは静かに言った。

「だって……。今だって森宮さんに十分なことしてもらってるのに……」

「十分なことって何？」

「家もあるし、ごはんも食べてるし、私何も苦労してないっていうか……」

「当然だろ？　子どもが苦労せず暮らせるようにするのって親の義務じゃん。そういうこと言われるなんて不本意だけど」

森宮さんの言葉にうつむくしかなかった。遠慮をしているわけでも、本当の親子じゃないと牽制しているわけでもない。けれど、知り合って三年の人に、何不自由ない暮らしを与えてもらっていることを、何も思わず受け入れられるほど私は幼くはない。

「ごめん、ああ、俺、嫌な言い方したよな……。泣かないで優子ちゃん」

森宮さんに言われて、自分が泣いていたことに気づいた。

悲しいわけではない。ただ、私たちは本質に触れずうまく暮らしているだけなのかもしれないということが、何かの瞬間に明るみに出るとき、私はどうしようもない気持ちになる。

「全然大丈夫」

そう言おうとしたけど、言葉を発するともっと涙が出てきそうで、私は首を振ることしかできなかった。


翌朝、私がダイニングに入るとすぐ、「おはよ。パン焼けたよ」と森宮さんはいつもより軽い口調で言った。

「ありがとう。うわ、おいしそう」

私はそう言って席に着いたものの、おいしそうって昨日と同じ食パンなのにうそくさかったかなと後悔したりした。

朝食が始まると、沈黙が訪れるのが良くないことかのように、森宮さんはなんだかんだとしゃべった。「いい天気だ。いや、やっぱり寒いかな」とか、「駅前のスーパーで北海道フェアをやってるよ」とか。私も「そうなんだ」「楽しそう」などとすぐさま相槌を打った。

「もう十一月か。一年ってあっという間だよな」

「本当に」

「なんか年々時が経つの早くなるよな」

「そうだよね。驚いちゃうね」

「合唱祭も近いな。楽しみだよな」

森宮さんはそう言ってから、肩をすくめた。

「楽しみだなんてよく言うよ。ピアノがうるさいって文句ばかり言ってるくせに」といつもの私なら言うだろう。でも、そうは言えずに、「うん。もうすぐだね」とうなずいた。

お互いに気遣っているんだと明らかになってしまうと、軽口や冗談がとたんに成り立たなくなる。場の空気を固まらせないような会話を選ぶのは、難しい。まずは早く朝食を切り上げて、身支度をしよう。私はこんなに飲み込みにくかったっけと思いながらも、急いでパンを口に入れた。

「どうしたのよ。ぼんやりしちゃって」

昼休み、史奈に言われた。

「そう？」

「そうそう。英語の授業中、当てられてるの気づかなかったじゃん」

萌絵もおにぎりで口をいっぱいにしながら言った。

「ああ、森宮さんと少しもめてるっていうか、ぎくしゃくしてるからかな」

私は正直に答えた。

授業中、何度か昨日の夜のことを思い出した。あの時ピアノを欲しいだなんて言わなければ、不穏な空気は流れなかったのにと悔やんだり、でも、それって表面的にうまくいってるだけでいいこととはいえないのだろうかと思ったり、考えが頭の中を巡っていた。

「森宮さんって、お父さんだよね？」

史奈に聞き返され、「そう。父と気まずい感じになってるってこと」と私が答えると、史奈も萌絵も顔を見合わせふきだした。

「やっぱりおかしいよね。高校生にもなって父親ともめるなんて」

二人の様子に私は小さくため息をついた。

実の父親なら十八年間一緒にいるのだ。今さら関係がこじれることなど、ありえないだろう。それに確固たる結びつきがあれば、ちょっとやそっとで気まずくなんてなることはない。

「いやいやいや、逆だから」

萌絵は笑いながら言った。

「逆？」

「父親ともめて気にするのがおかしいってこと。うちの場合気持ち悪くて、父親と口すらきいてない」

萌絵が顔をしかめながら言って、

「うちも必要最小限しかしゃべらないな。あの人と話すと、理屈っぽくなって話が長くなって、あーやだやだ」

と史奈も身震いするまねをした。

「何それ。本当のお父さんでしょう？」

「そうだよ。実の父親って、ただただ不潔で厄介なんだって」

萌絵が私に舌を出して見せた。

「不潔で厄介？」

そんな人が家にいたら困る。私が「うそでしょう？」と聞くと、

「不潔とまでは言わないけど、厄介は事実だよね。父親には会わないように、夜はなるべく自分の部屋で過ごすのが得策」

と史奈も言った。

「お父さんたちかわいそう……」

娘にそんなこと陰で言われたんじゃたまらないだろうなと、私がつぶやくと、

「優子はいいよね。森宮さん、清潔だし頑固じゃないし、ついでに若いし」

と史奈が言って、

「本当だよ。そうだ、一ヶ月だけでもうちの親と替えてくれない？」

と萌絵も同意した。

「まさか。本気で言ってるの？」

「本気だよ。うちだって、替えてほしい。私、高校卒業したら家を出るからさ、あの人、今のうちにとぐちぐち暑苦しいこと語ってばっかなんだもん」

「史奈のとこはまだいいじゃん。うちのは寒いのに風呂上がりにパンツ一枚でうろつくんだよ。変態だよね」

「わかる。あの人たち、自分がおっさんだってわかってないのかな。周りのこと考えてほしい」

散々悪口を言って盛り上がる二人に、お父さんたちが気の毒になった。そして、それ以上に、これだけ陰口を叩いても共に暮らせるのだと、血のつながりの深さを思い知らされた気がした。

それから一週間が経ったけれど、私たちはいまいちしっくりこない時間を過ごしていた。

空気は幾分ほどけてはいるものの、私は少しでも盛り上がる話はないかと夕飯の話題を探し、森宮さんは二人の時間が少しでも穏やかになるよう画策している。そして、お互いにその気遣いをどこか変だと思っていた。

合唱祭が二週間後に迫った夕飯後、森宮さんが買ってきてくれたシュークリームを食べ終え紅茶を飲んでいると、

「優子ちゃん、ピアノ練習したいのに、そんなに長々ここに座ってなくていいんだよ」

と森宮さんが言った。

「無理やりいるわけじゃないよ。もうだいぶ弾けるようになったから、ちょっと余裕があるんだ」

「だといいけどさ」

「森宮さんだって、わざわざお菓子買ってきてくれなくていいのに」

「たまたま出先で売ってたから、買っただけだよ」

「そう? 昨日はロールケーキを、一昨日はプリンを買ってくれたけど……」

私はそう言ってから、無理して買わなくていいと伝えたかったのに、なんだか嫌味だったかなと少し心配になった。

森宮さんは、「気づかなかったけど、最近ケーキ屋近くでの仕事が多いのかな」とうっすら笑っただけだった。

ああ、なんだろう。この感じ。森宮さんと暮らし始めたころのぎこちなさとはまた違

う不安定さ。解決法は何だろう。クラスの女子から無視された時のように、時間の流れに頼れそうにはない。この家には森宮さんと私しかいない。一対一の空間で自然に何もなかったことになるわけはない気がする。それなら、すべてを打ち明けて、親子とは何かと話すのがいいのだろうか。いや、それは怖い。そんなことを言いだしたら一緒にいられなくなりそうだし、そもそも親子とは何かだなんて二人とも答えを知らない。決定的な亀裂ではない、小さなほころびが広げた重苦しさ。それはいつどんな形で消えていくのだろうか。それとも、実の親子でない私たちは、どこかでこの重みを抱えたまま生活していかなくてはいけないのだろうか。

紅茶を飲み終え部屋に戻ると、私は「ひとつの朝」を弾き始めた。

曇った心地のままでも、ピアノは音を奏でてくれる。沈んだ気持ちだろうが、鍵盤を押せば正しいメロディをつむいでくれる。

合唱祭練習も中盤に入り、三日前から合唱とピアノを合わせ始めた。私のピアノに乗せられたみんなの歌声は、指を止めて聴きたくなるくらい美しかった。それぞれパート練習をしっかりと行っていたのだろう。各パートの音がぶれることなく重なり合っていた。

「うわあ、優子、ピアノめっちゃきれいじゃん」

「ピアノと合わせると、CDと違って歌いがいあるよな」

みんなは私のつたないピアノを、そうほめてくれた。

楽器は心の動きまで映して音を出すというけれど、そんな微かな違いを聴き取れる人などいないのかもしれない。正しく楽譜どおりに弾ければ、みんなも納得してくれる。とにかく練習しよう。ミスタッチだけは絶対にないように、指が完全に覚えこむくらいにしなくては。

私は自分にそう言い聞かせると、繰りかえし「ひとつの朝」を弾いた。

合唱祭十日前、五度目になる伴奏練習に行くと、島西君とペアだったはずなのに音楽室には早瀬君がいた。

「あれ？　早瀬君、今日だっけ？」

「ああ、島西に代わってって言われたんだ」

私が聞くのに、早瀬君は申し訳なさそうに言った。

「そうなんだ」

「嫌だった？」

「まさか。そんなことないよ」

私は首を横に振った。早瀬君のピアノが聴けるのだ。嫌なわけがない。

「だといいけど。俺、他の伴奏者に嫌われてるみたいだから」

「どうして？」

「俺と伴奏練習になると、みんな誰かに代わってもらおうとしてる気がするんだよなあ」

それはきっと、早瀬君のピアノがうますぎるからだ。他の伴奏者は私と違って、本格的にピアノをやっている人がほとんどだ。並べて弾かされたんじゃ、たまらないんだと思う。

「考えすぎだよ。嫌われてなんかないって」

「そうかな？ 俺以外はみんな、一年生からずっと合唱の伴奏してきただろ？ 三年生から入った俺なんか、素人同然だもんな。ピアノは小さいころからやってきたけど、伴奏となるとやっぱ違うんだね」

早瀬君はどうやら本気でそう思っているようだ。鋭く迫力に満ちたピアノを弾くのに、早瀬君の心はまったくとがっていない。大人びた彫りの深い顔のせいか、どこか近づきにくい雰囲気があるけれど、そばに寄ってみると早瀬君には何の敷居も感じなかった。

「さあ、弾こうか。もう練習も最終段階だね」

菊池先生は入ってくるとそう言った。

この間と反対で、今日は早瀬君からの演奏となった。相変わらずのピアノ。早瀬君の奏でるピアノはどうしてこんなにも心に響くのだろう。「大地讃頌」はダイナミックでありながら、穏やかな光が満ちあふれている曲だ。そばで聴いていると、その光に自分も包みこまれていく心地がする。

その一方で、私は演奏になかなか集中できなかった。曲に入り込もうとしても、よけいな考えが頭によぎる。ピアノを前にすると、どうしてもあの夜の森宮さんとのやり取りが浮かんでしまう。不安定な思いは、追い払おうとすればするほどまとわりついて、演奏が終わるまで出て行ってくれなかった。

「ミスは全然ないけど、どこかたどたどしいかな」

菊池先生はそう評しつつも、私が自信を無くさないようにだろう、「でも、歌と合わせると十分だと思う」と付け加えてくれた。

音楽室を出ると、早瀬君に、

「珍しい。森宮さんのピアノ乱れてたな」

と言われた。

「そうかな」

「心ここにあらずって言葉たまに聞くけど、こういうのを言うんだと初めて見た気がする」

早瀬君が感心したように言うのに、私は「そんなにひどかったんだ」とがくりとした。

「全然ひどくはないけど。でも、どうしたの？」

「いや、まあ、そのただ、ちょっと父ともめてるというか……」

「お父さんともめたからって落ち着かなくなるの？」

早瀬君はよっぽど驚いたのか、低い声を校舎に響かせた。史奈や萌絵にも笑われたけど、父親ともめるのを気に病むのは、高校生にとってずいぶんおかしなことのようだ。

「やっぱり変かな？」

「変だよ変。親ともめるなんて日常茶飯事だろ？ 俺なんか毎日母親といがみあってるのに」

北校舎にある音楽室から西校舎の三年の教室に戻るには一つ校舎を抜けないといけないから、けっこう距離がある。あちこちの教室から流れてくる歌声を聞きながら、私たちは歩いた。

「それは、その、お母さんと早瀬君は本当のとこでは信頼しあってるっていうか、絶対的に受け入れ合ってるからこそでしょう」

「どうだろう。とにかく俺、母親のことは苦手かな」

「親が苦手って、そんな人いるの？」

今度は私が驚く声が階段に響いた。

「親が苦手なやつなんて、いっぱいいるだろう」

「本当に？ 早瀬君のお母さんって、本当のお母さん？」

失礼かなと思いつつ私が聞くと、早瀬君は「なんだよそれ。本当に決まってる」とげらげら笑った。

「血もつながってるし、顔も俺にそっくりだけど、どうも合わなくて。母親は自分がいつも一番正しいって思っているから、一緒にいると疲れるんだ」

早瀬君はそう言って、私に眉をひそめてみせた。

史奈や萌絵のように、平気で親の文句を言えるのは、そこにはお互いを好きだという当然の感情があるからこそだと思っていた。だけど、例外もあるのだろうか。

「親子って、だいたいどこでもけんかしつつも基本は仲がいいものかと思ってた」

「森宮さんって、すごく大事に育てられてるんだね。そんなことを信じられるなんて」

「そう、かな？」

「そうだろう。父親ともめたぐらいで気に病むような高校生、初めて見た。そもそも、いったいどうしてけんかしたの？」

「なんていうか、うちにあるのは電子ピアノなんだけど、本当のピアノが欲しいって言って、そしたら、変な空気になって……」

早瀬君に、森宮さんと血がつながっていないことを説明するのは気が引けたから、私はいざこざの発端だけを話した。

「森宮さんって、電子ピアノ弾いてるの？」

「ああ、まあ、そう」

早瀬君からしたら、電子ピアノなど楽器と認めていないかもしれない。私はまずいことがばれたように、「えへへ」と小さく笑った。

「俺、最初ピアノ聴いた時、森宮さん、家ですごいいいピアノ弾いてるんだろうと思ってた。音楽室のグランドピアノにすんなり入っていって、きれいな音響かせて。普段からいい楽器を使っている人の出す音だなって」

「はあ……」

早瀬君がほめてくれるのにどう言っていいかわからず、私はあいまいに相槌を打った。

「俺、電子ピアノって弾いたことないけど、実はすごい楽器だったんだな」

「どうだろう……」

「どうだろうって、森宮さんいつも弾いてるんだよね」

「うん。そうだね」

実際に電子ピアノを弾いたら、早瀬君はおもちゃみたいだと思うだろう。私はまた「えへへ」と笑うしかなかった。


合唱祭も四日後に迫った昼休み、向井先生に呼び出された。

察しはついた。昨日の英語の小テストは六十点だったし、今日の社会の単元テストも五十点に満たなかった。最近の小さなテストはそろって点数が悪い。家でのどことなくしっくりいかない空気のせいか、何においても身が入らない日々は続いていた。

「森宮さん、小テストとは言え、ひどすぎない？」

進路指導室に入ると、先生はすぐさまそう言った。

「はあ……すみません」

私は椅子に腰かけながら謝った。英語の小テストは復習だから、みんな八割は取れるような内容だ。私自身も八十点を下回ったことは一度もない。勉強しないと、どんなテストでも点が取れないということを思い知らされた。

「ついでに授業も上の空だしね」

「そう……ですか？」

注意されてもしかたがないところはあるけれど、上の空と言うほどひどかったのかと自分に苦笑した。

「伴奏練習のせい？」

「いや、それは関係ないです」

私はきっぱりと否定した。むしろ、ピアノを弾いている時間があって救われている。伴奏練習がなければ、もっと家の中で落ち着かなかっただろう。

「じゃあ、何？　今は友達ともうまくいっているみたいだし、クラスメートともよく話してるようだけど」

案外、教室での様子を先生は知ってるもんなんだなと感心していると、

「これだけひどい点数取って、原因がないわけはないでしょう？」

と先生は鋭い声で言った。

「原因っていうか……」

私はどう言っていいものか考えながら、進路指導室の棚に目をやった。参考書や入学案内などがぎっしりと並んでいる。合唱祭が終われば、入試が待っているのだ。成績を下げている場合じゃない。

「勉強がおろそかになるなんて、かなり深刻よね」

「はあ……」

「いったい、なんなの？」

「あの、まあ、その、父と少しぎくしゃくしてるだけで」

追及から逃れられそうにないと私が正直に答えると、向井先生は神妙な顔をした。

「ぎくしゃく？　お父さんと？」

「ええ、ああ、違うんです。そういうんじゃなくて」

義理の父との奥深い問題だと勘違いされないように、私は森宮さんとの一件を説明した。

「なるほど。お父さんもいろいろ気を遣ってくれているのね。でも、変よね。森宮さん、友達とけんかしても平気だったのに」

「そうですよね。……なんだか、家族みたいになるって、案外難しくて。どうしてもお互い変に気を回しちゃって」

「だけど、森宮さんはお父さんのこと森宮さんって呼んでるんでしょう？」

「ええ、まあ、森宮さん、父親って感じでもないですし」

泉ヶ原さんも森宮さんも、「お父さんと呼ぶように」と私に強制することはなかった。ある程度大きくなってしまって、突然身内でもない人を「お父さん」と呼ぶのはとんでもない違和感がある。父親と認める認めないは別にして、「お父さん」とたやすく呼べるのは幼い時間を一緒に過ごした人だけの気がする。

「じゃあ、何が普通かはわからないけど、よくあるような親子関係なんて目指さなくたっていいんじゃないの？」

向井先生は私の成績不振の原因がわかったからか、さっぱりした口調で言った。

「はあ……」

「一緒に住んでる相手と気遣い合うのは当然のことだし、それは、遠慮してるからだけじゃなく、お互いに大事にしあってるからでしょう」

「そう、ですよね」

「きっと、こういうことの繰りかえしよ。家族だって、友達と同じように、時々ぶつかったり自分の思いを漏らしてはぎくしゃくして、作られていくんじゃないの？」

「そうでしょうか」

「森宮さん、いつもどこか一歩引いているところがあるけど、何かを真剣に考えたり、誰かと真剣に付き合ったりしたら、ごたごたするのはつきものよ。いつでもなんでも平気だなんて、つまらないでしょう」

去年の進路面談で、先生に進路については真剣に考えたのねと言われたことを思い出した。今の私は、家族について、少し踏み込んだということだろうか。

「それにしても、クラスでのいざこざは平気だったのに、お父さんともめただけで勉強に手がつかなくなるなんて、よっぽど普段の家での居心地がいいのね」

向井先生はそう静かに笑った。

「どうでしょう……。クラスでもめてた時は、毎日餃子食べさせられてたんで」

「餃子？」

「ええ。うちの父、私にあれこれ食べさせるのが好きで。元気がないと餃子で、始業式ってだけでかつ丼。夏前には毎日ゼリー作ってたし。……あれ？　そういうとき、私が無理やり我慢して食べてても、気を遣うなって怒らなかったのに。まさか、森宮さん私が好き好んで餃子食べてるって思ってたのかな」

私の言葉に先生はふきだした。

「おもしろい親子ね」

「いえ、まあ」

なんだか私も笑えてきた。私たちの毎日は振り返ってみると愉快だ。

「そんなお父さんがいるんだったら、なおさら成績下げてる場合じゃないわよね」

さっきまで笑っていたのに、もう先生はいつもの厳しい顔に戻っている。

「とにかく、もっと勉強するように。受験は待ってくれないのよ」

「わかりました」

私はしっかりとうなずいた。

その日の夜、夕飯を食べ終わって食卓を片付けていると、森宮さんが「優子ちゃん座ってよ」と言った。

「何？」

またケーキでもあるのかと席に着くと、

「これ」

と改まった顔をして、森宮さんが何やら私に差し出した。

「何、これ？」

受け取ったのは、銀行の通帳だ。なんでこんなものを渡すのだろう。

「開けてみて」

森宮さんは私の向かいの席に座ると、そう言った。

「開けてみてって、いいの？」

「うん」

人の通帳など開いたことはない。悪いことをしている気になりながらも、そっとページを開いた私は思わず大きな声が出た。その貯金額にびっくりしたのだ。

「千八百九十六万円⁈　森宮さん、お金持ちだったの？」

「そう。俺、一流大学出て一流企業に就職してバリバリ仕事してるから」

森宮さんはへへへと笑った。

「すごいんだね」

「すごいだろ」

「でも、どうして突然？」

お金を持ってるのはわかったけれど、どうしてそれを披露しだしたのだろう。私が通帳を返しながら聞くと、

「どうしてって、これでピアノ買おうと思ってさ。ついでに、防音設備のしっかりしてるマンションに引っ越そう」

と森宮さんは言った。

「何それ？」

「何それって、ピアノとマンション買うってこと」

「うそでしょう？」

「本当だよ。梨花はお金もないのに、優子ちゃんにピアノを与えるために必死だっただろう。俺はお金あるし、ピアノくらい買うのが当たり前だよな」

「当たり前じゃないよ」

お金があるからと言って、欲しいものを与えるのはちがう。私が「引っ越すなんて嫌だし、ピアノはいらない」と主張すると、森宮さんは、

「でも、このままだと、俺、一番劣ってると思わない？」

と小さな声で言った。

「劣ってるって、何が？」

「優子ちゃんの親としてだよ。他の親たちと比べると、俺ひけを取ってるだろう」

「何それ」

通帳を出してきたかと思うと次は何の話をしだすのだ。私がいぶかしがるのをほうって、森宮さんは話を進めた。

「水戸さんは優子ちゃんと血がつながってるから、そもそものポイントが高いし、顔だって似てる。しかも、おむつ替えたりごはん食べさせたり、抱っこしたり言葉教えたり。水戸さんが一番手をかけて優子ちゃんの面倒見ただろう」

「そりゃ、私小さかったもん」

「で、梨花はさ、行動力があるから優子ちゃんのためならなんだってするじゃん。血がつながってないのに父親を差し置いて引き受けたり、必要だと思ったら金持ちと結婚したりさ。すべてを投げ捨てられるあの情熱は、親として高得点だよな。そもそも女は母性があるってだけで持ち点高いし」

「持ち点ってなんなのよ」

私が突っ込むのも気にせず、森宮さんは次々おかしな理屈を並べていく。

「泉ヶ原さんは、お金があるだろう。金なんてって言いたいけれど、教育ってお金がかかるもんな。お金で満たせる部分は大きい。しかも、威厳ありまくるあの風貌。ああいう厳格そうな人って、ちょっと優しくしただけですごいプラスに見てもらえるんだよな」

「だから、いったい何の審査？」

「優子ちゃんの親選手権があったとしての話だよ。それなのにさ、俺が親になった時にはもう優子ちゃん高校生で、手はかからないし、なんなら家事を半分してもらってるぐらいで、俺の親としての才能を生かす場がないんだもん。俺が父親らしい人間じゃないってのはわかってるけど、そもそも力を発揮する場がないって不利だと思わない？」

「だから、何言ってるの？」

森宮さんがまじめに話しているから我慢していたけれど、私はさすがに笑うのを止められなくなった。

「おかしすぎるよ。親選手権って何？」

「選手権って言うか、比較するだろ？　父親としては水戸さんが一番良かったなとか、泉ヶ原優子だった時は楽しかったとか」

「するかな？」

「するよ。普通する。俺だって、大学の時の彼女はかわいかったけど、性格は就職してからできた彼女が一番良かったとかって考えるもん」

「森宮さんの彼女のことは知らないけど、親なんてそれぞれだから比べようないよ。泉ヶ原さんは静かに見守ってくれたけど一緒にいる時間は少なかったし。梨花さんは必死で私にピアノを与えてくれたけど、私を置いて出て行っちゃったでしょう？　愛情の示し方や種類ってみんな違うから」

私が言うと、森宮さんは「なるほど」と小さくうなずいてから、

「じゃあ、一位とかは決まってないんだ？」

と聞いた。

「まさか。順位なんてあるわけない」

私はきっぱりと言った。今までそんなことを考えたこともない。目の前にいる親である人との暮らしを作って行くことに必死だったし、パパとママどちらが好きかと聞かれて困る子どもと同じ。実の親じゃなくても、親の中で誰がいいかなんて決められることではない。

「そっかー。ならよかった」

森宮さんはほっとしたのかすっきりした笑顔を見せると、「紅茶でも淹れよう。今日はアップルパイ買ってきたんだよな」と台所へ向かった。

「まさか、そんなこと気にしてたの？」

「するよ。いつ父親の座を追われるか、ひやひやしてる」

森宮さんは紅茶を淹れながら答えた。

「そんなの、私に主導権なんてないのに。いつも勝手に親が替わっちゃうだけだよ」

「そう言われれば、そうだよな」

森宮さんはアップルパイの載ったお皿を私の前に置いた。つやつや光るパイ生地から香ばしいバターの香りが漂っている。

「ってことは、たいしたことない親だったとしても、俺が出て行きでもしない限り、父親の座は安泰ってことか」

森宮さんは席に着くと、さっそくアップルパイをほおばった。

「まあ、そうなのかな」

「なんだ。じゃあ、気楽にしてよ」

血もつながらない子どもと暮らすのは、お金もかかるし自分の時間も制約されるし、負担ばかりで、いいことなんてあまりない気がする。そんな立場を守っていたいだなんて、やっぱり森宮さんは変わっている。

「だから、ピアノ、買ってくれなくていいよ。私、あの電子ピアノ気に入ってるし」

私もアップルパイを口に入れた。しっとりと煮詰められたりんごの優しい甘みが口の中に広がる。

「いや。ピアノは買おう。通帳まで見せた手前、引っ込めるのはさすがに父親の威厳に傷が付く。俺も本物のピアノの音聴いてみたいし」

森宮さんはアップルパイのりんごだけを口に入れながら言った。一緒に食べるほうがおいしいのに、森宮さんはフルーツケーキは果物だけ先に食べてしまう。

「ピアノは本当にいいんだ。引っ越すの嫌だし。そうだ、じゃあさ」

「じゃあ、何？」

「コート買って」

「コート？」

「うん。今の茶色のコート子どもっぽいし、グレーのコートが欲しい」

私がそう言うと、森宮さんは眉をひそめた。

「ピアノは健全な感じがするけど、コートをねだられるのは何か違う気がする」

「どうして？ ピアノより格段に安いのに？」

「だめだめ。なんでも与えればいいってもんじゃないから」

「えーけち」

「けちじゃないよ。時に厳しいのが親なんだ」

森宮さんは得意げな顔で言った。

「千八百万も持ってるのに？」

「だから、お金じゃないんだよなー。買ってあげたいけど、甘やかすのは子どものためにならないからね。優子ちゃんのために、心を鬼にして言ってるんだよ」

森宮さんの勝ち誇った顔ったらない。萌絵や史奈の言うとおり。父親ってうっとうしい。私はもう一度「けち」とつぶやいて、アップルパイをほおばった。

合唱祭の前日は、どのクラスも体育館の使用が割り当てられていて、本番さながらに緊張感のある練習となった。

「男女の声がよく合って、伴奏も含めて一体感がある」

二組の合唱を聴いて、菊池先生はそうほめてくれた。

「ひとつの朝」は力強い歌詞と優雅なメロディが特徴で、低い声と高い声、両方が合わさって完成する曲だ。高校三年生ともなると、男子の声には深みが出るし、女子の声ものびやかになる。体育館で聴く歌声は、ピアノを弾く私の耳にも豊かに響いた。合唱祭の伴奏を何年かやってきたけれど、今までで一番聞きごたえのある歌だった。

「優子のピアノもいいよね」

合唱が終わると、林さんが言った。

「ありがとう」

「そうそう。ちょっと前はどこかピンときてないとこもあったけど、今はすごく歌いやすい」

三宅君が言って、「つうか、お前わかるのかよ」と他の男子たちが笑った。

「あ、でも、わかる。ここ二日ほど、森宮さんのピアノの響きすごくいいもん。本当歌いやすい」

ヴァイオリンを習っている豊内さんが三宅君に同意して、みんな「そう言えばそうかな」とうなずいた。

ピアノの微妙な音の違いなど、誰も気づかないと思っていた。けれど、ピアノをやっていてもいなくても、伝わる部分はあるんだ。心ここにあらずで演奏しちゃだめだな。ちゃんとすべてをピアノに向けられるような状態でいなくては。

「聴こえてたよ、ピアノ」

体育館から出ると、次は五組の練習時間らしく、早瀬君が声をかけてきた。

「すごい迫力ついたね」

「そうかな？　まあ、電子ピアノ弾きこんでるから」

私が笑うと、

「だよな。俺もこの前楽器屋で電子ピアノ触ってみたんだけど、無駄な力みを流してくれていい楽器だと思った」

と早瀬君は言った。

「本当？」

「うん。大学行ったら、俺バイトして電子ピアノ買うつもり」

早瀬君は本気らしく、はっきりとした口調で言った。

電子ピアノは、軽くてどこか人工的で、ピアノに比べると安っぽい音しか出ないかもしれない。でも、心地いい音を鳴らしてくれる楽器であることは事実だ。

「明日だろう？　合唱祭」

夕食後、部屋でピアノの練習をしていると、森宮さんが入ってきた。

「うん」

私はヘッドホンを外して、うなずいた。

「もう伴奏は大丈夫？」

「なんとかね。あとは本番緊張しなければいいんだけど」

私が言うと、森宮さんは「よし。俺、歌ってやるよ」と姿勢を正した。

「え？」

「歌あったほうが伴奏練習、しやすいだろ？」

「そうだけど。でも、知ってるの？　私たちが歌う歌」

「知ってるよ。まあ、弾いて」

「ひとつの朝って曲だけど」

「ああ。わかってる」

「わかってるって、ひとつの朝だよ」

私は曲名を繰りかえした。合唱曲は普段あまり耳にする機会がない。普通に生活をしていて聴くことはまずないはずだ。そう不思議に思っている私の横で、森宮さんは大きく息を吐いて呼吸を整えている。どうやら本気で歌う気らしい。森宮さんが歌えるかは不明だけど、弾くだけ弾いてみるか。

私はヘッドホンのコードを抜いて音量を下げてから、伴奏を弾き始めた。三連符から始まるピアノ。リズムを崩さないように丁寧に前奏を盛り上げていく。歌いだしにつながる和音を弾くと森宮さんの息を吸う音が聞こえた。

今　目の前にひとつの朝　まぶしい光の洪水に世界が沈まないうちに　さあ　箱船に

のって　旅立とう

「ひとつの朝」は出だしから、力強い言葉が重ねられるダイナミックな歌だ。森宮さんは躊躇なく、大きな声を響かせている。どうせ歌えないだろうと思っていたのに、歌声は伴奏を引っ張っていくような勢いがある。

歌は盛り上がった直後、しっとりとした曲調に変わる。私は指先を柔らかく動かしてピアノを奏でた。

たとえば　涙に　別れること　たとえば　勇気と　知り合うこと　たとえば　愛を語ること　ときには　孤独と　向きあうこと　旅立ちは　旅立ちは　旅立ちは　いくつもの出会い

森宮さんは男性パートではなく、主旋律で歌っている。穏やかに、言葉一つ一つが流れないようにしっかりと。普段話しているときは気づかなかったけど、森宮さんはいい声をしている。低いわけではないのに、浮ついたところのない落ち着いた声。どんな言葉も耳にすんなりと入ってくる。

はばたけ　明日へ　まだ見ぬ　大地へ　新しい大地へ　まだ見ぬ　新しい大地へ　生

きる喜びを　生きる喜びを　広がる　自由を求めて　広がる　自由を求めて

最後になるに従い、歌も演奏も壮大に深まっていく。今まで重ねてきた歌詞やメロディの力で曲は広がり、解き放たれたように歌が終わる。

最後の三連符を弾き終わり、私が鍵盤から指を離すと、森宮さんは「おお」と感嘆の声を上げた。

「一人で歌っているときは、旅立ってばっかでえらくおおげさな歌だと思ってたけど、ピアノと合わせるといいよな。うっかり羽ばたきそうになってしまうくらい」

「だね。っていうより、私、びっくりしたんだけど」

「何が？」

「何がって。森宮さん歌、すごく上手。しかも、こんなに歌いこなせるなんて。それに、どうしてこの歌知ってるの？」

私が疑問に思ったことを並べると、森宮さんは「いやあ」と照れくさそうに笑った。

「森宮さんも合唱で、ひとつの朝歌ったことあるの？」

「そうじゃないけど」

「だったら、どうして？　この歌、聴くことなんてあんまりないと思うけど？」

「その、まあネットで曲を調べて、練習したんだ」

森宮さんはまずいことでも見つかったかのように肩をすくめた。

「へえ……って、どうして？　どうして練習を？」

森宮さんは歌詞を見ていなかった。それに、曲調が何度も変わるこの歌を、完全に歌いこなしていた。歌がうまいだけでは歌えない曲だ。

「なんていうか、父親なら娘が合唱祭で歌う曲くらい歌えて当然だろう？」

森宮さんはえへへと笑った。

「まさか。そんな父親いないと思うけど」

「やっぱり、そうだったか。練習しながらうすうす勘付いてはいたけど。……でもこの曲歌ってると、必要以上にやる気が出たよ。通勤電車の中で、広がる自由を求めてってうっかり口ずさんでしまった時は、みんなに白い目で見られたけどな」

「だろうね」

「まあ、やっぱ俺ってどこかずれてるんだよな」

どこかどころか、すごくずれている。だけど、森宮さんが歌う「ひとつの朝」はとても良かった。

「そうだ、本当は合唱祭が終わってから弾こうと思ってたんだけど、森宮さんが高校の合唱祭で歌った曲、歌おうよ」

私は机の引き出しから楽譜を取りだして、譜面台に立てた。

「え？」

「森宮さんが高校三年生で歌った歌だよ」

私はそう言うと、前奏を奏でた。

ゆったりとした情感があふれるメロディ。「ひとつの朝」の壮大さとは違う、どこか懐かしい響きの曲。

森宮さんは前奏の間、「いったい何？」「え？ うそだろう。なんで知ってるの？」と言っていたものの、メロディが始まると、ぼそぼそと歌詞をたどるように歌い始めた。

なぜ めぐり逢うのかを 私たちは なにも知らない いつ めぐり逢うのかを 私たちは いつも知らない どこにいたの 生きてきたの 遠い空の下 ふたつの物語

通帳を見せられた翌日、森宮さんが通っていた高校に電話をかけた。結婚式で父に感謝の意を示すため、父が合唱祭で歌った曲をサプライズで歌いたい。だから、曲名を教えてほしいと。二十年前の高校三年生。何組かは知らなかったから、一番賢いクラス、たぶん特進とかだと思う。と言うと、サプライズに感動した先生が調べてくれた。

森宮さんが高校三年生で歌ったのは、中島みゆきの「糸」だった。楽譜は楽器店ですぐに手に入った。耳にしたことがある優しい旋律。何度か弾くだけで、指先がメロディを覚えてくれた。

縦の糸はあなた　横の糸は私　織りなす布は　いつか誰かの　傷をかばうかもしれない
縦の糸はあなた　横の糸は私　逢うべき糸に　出逢えることを　人は仕合わせと呼びます

たどたどしく歌詞を追っていた森宮さんも、すぐにはっきりと歌いだした。耳だけじゃなく、皮膚からも浸透していくような優しい深い歌声。「糸」は結婚式でよく歌われる歌だと楽譜に書いてあった。でも、会うべき人に出会えるのが幸せなのは、夫婦や恋人だけじゃない。この曲を聴くと、それがよくわかる。

「父親が合唱祭で歌った曲の伴奏を練習する娘なんて、いないだろう」

歌い終わると、森宮さんはそう笑った。

そして、私が森宮さんの母校に連絡して曲名を知ったと聞くと、「優子ちゃんって、行動力あるんだ」と驚き、

「二十年前高校三年生で、今結婚しようとしてる娘の父親って……。娘も俺もいくらなんでも結婚早すぎない？　俺、とんでもないヤンキーと思われてないだろうか」

と慌てふためいた。

「大丈夫だよ。二十年前ならもう森宮さんのこと知ってる先生は残ってないだろうし、

電話に出てくれた先生も深いこと考えずにささっと教えてくれたから」

「本当？」

「本当だって。でも、森宮さん、合唱嫌いとか言いつつ、ちゃんと歌ってたんだね。すごくうまくて驚きだよ」

私が正直にほめると、森宮さんはうれしそうに笑った。

「まあな。俺、中島みゆき好きだもん。なんか歌いたくなってきた。優子ちゃん、麦の唄弾いてよ。ほら、中島みゆきの新しい曲」

「麦の唄？　知らないなあ」

「えー？　うそだろう。朝ドラの主題歌になってたのに？」

森宮さんは心底がっかりしたように眉をひそめた。

「私、朝ドラ見てないし」

「じゃあ、中島みゆきの曲、何が弾けるの？」

「聞いたことある曲はあるけど、弾けるほど中島みゆきを知らないし。楽譜があればいいんだけど……」

と言って思い出した。音楽の教科書に「時代」が載っていた。確か、中島みゆきの曲だと書いてあった気がする。

「そうだ、時代なら弾けるはず」

「よし、それ行こう」

私が音楽の教科書を開くと、森宮さんは「あーあーあー」と発声練習を始めた。大いに歌う気だ。

「私、明日合唱祭なんだけどな。ひとつの朝、練習しなくて大丈夫かなあ。だけど、森宮さんはりきってるし」

私が大きな声でつぶやいてみると、森宮さんも、

「俺、明日朝一番で会議なんだけどな。資料目を通しておかなくて大丈夫かなあ。でも、優子ちゃんの練習に付き合わないとな」

とこぼした。そして、

「さ、歌おう。こういうときは歌っておけばいいんだって。歌ってそういうものだ」

と言ってのけた。

合唱なんて好きじゃないって言っていたくせにと、私はふきだしてしまった。けれど、私もまだまだピアノを弾きたかった。ヘッドホンをつけて練習するんじゃなく、こんなふうに誰かの歌と一緒に。

「そうかもね。じゃあ、弾くよ」

「よし、来い」

「ちょっと、歌うのに変な掛け声やめてよ」

それから私たちは聞き覚えのある曲をお互いに言い合っては、何度も歌った。ピアノを弾くのは、いつだって楽しい。合唱祭を前にして、私の中の不安はなりをひそめて、

ただ胸が高鳴っていた。

「緊張するね」

「あー声出るかな」

一組の合唱が終わり、私たち二組は互いに声をかけ合いながら舞台へと向かった。合唱リーダーの林さんは何度も深呼吸をしているし、指揮者の三宅君の腕はかすかに震えている。あの墨田さんや矢橋さんも緊張してるのだろう。歩く姿がぎこちない。最後の合唱祭に、みんな気合が入っているのだ。

「大丈夫？」

ピアノの前に座った私に、舞台の端に立っている史奈が口だけ動かして聞いてきた。私は「もちろん」とうなずいて答えた。昨日、最後の仕上げに、さんざん中島みゆきの曲を弾きまくったのだから、うまくいくに決まっている。

「次は二組の合唱です。曲目は……」

司会者の声が聞こえ、みんなが歌の姿勢をとる。私はそっと鍵盤を見つめた。今日弾くのは体育館のピアノ。大きなグランドピアノは年季が入って風格がある。

一緒に暮らしはじめてすぐのころ、私がピアノを弾いていたと知った森宮さんが、電子ピアノのパンフレットをどっさり持ってきた。

「父親と認めてほしいっていうのは、年齢的にも俺の性格的にも少し無理があるだろうけど。でも、やっぱり優子ちゃんに気に入られたいし」

素直にそう言ってのける森宮さんに、気が抜けたっけ。

一緒に暮らすんだ。恋人じゃなく、友達じゃなく、家族という名のもとに。気に入られようとして何が悪いのだろう。気を遣って、どこがおかしいのだろう。あの時、森宮さんの言葉に私もどこかで開き直れた気がする。

泉ヶ原さんが念入りに手入れを施してくれたピアノ。森宮さんがあれこれ選んで買ってくれた電子ピアノ。私はいつも最高の状態のピアノを弾いてきた。どんなピアノを前にしたって怖気《おじけ》づくことはない。

さあ、合唱が始まる。私は指にふっと息を吹きかけた。

20

「クリスマスに大みそかに楽しいこと続きなのに、優子は受験だし、萌絵は彼氏と旅行だってつれないしさ」

冬休みに入って最初の日曜日、我が家に遊びに来た史奈がため息をついた。

「史奈はさっさと指定校推薦で受験終わっちゃったもんねえ。あ、森宮さんいいって」

リビングでくつろいでいる私たちのところに、森宮さんは大きなお盆を抱えてやってくると、いそいそと史奈の前にお菓子と飲み物を置いた。

「どうぞ。ケーキに紅茶に、最中とほうじ茶です」

「あ、すみません。うわ、なんかたくさん」

「ごめんね。日曜出勤だって言ってたのに中止になっちゃったんだって」

私は史奈に手を合わせた。史奈に会おうよと声をかけられ、外は寒いし森宮さんがいないならと家に呼んだのに、これじゃ居心地が悪い。

「そんなことないよ。お父さんがいるとお菓子もらえるし、得した気分です」

史奈の社交辞令に、森宮さんは「はりきって和菓子と洋菓子を朝から買いに行ったんですよ。佐伯さんがどちらを好きでもいいように」

とぬけぬけと言うと、そのままリビングの床に座り込んでしまった。

「ちょっと、部屋戻らないの？」

「戻るけどさ、少しは話聞きたいじゃん。娘の友達が来てるんだから。ね」

森宮さんはちゃっかり用意した自分の分のお茶を飲むと、勝手に聞き耳を立てていたらしく、

「で、萌絵さんだっけ、旅行って彼氏と？」

とさっそく史奈に聞いた。

「そう、ですね。まあ……」

あんまり大っぴらにするような話じゃないから、史奈はあいまいにうなずいた。

「よくないよなあ。彼氏と旅行って高校生で。ねー」

森宮さんが言うのに、私は顔をしかめてみせた。

「言うと思ったよ。で、何？　何が言いたいの？」

「別に。意見言っただけだけど」

「ここで言わなくていいのに。さ、森宮さんは部屋戻ってよ」

「お茶だけ出してすぐに消えたら、佐伯さんにウェイターだと間違われるだろ」

「そんなわけないから。勝手に話に入ってこないで」

「心配なんですよね」

私たちが言い合うのに、史奈がくすくす笑った。

「森宮さん、脇田《わきた》君のこと、気にしてるんですよね」

「いや、そんなことないんだけど」

史奈に指摘されて、森宮さんは照れくさそうに頭をかいた。

「そんなことおおありだよ。最近ずっとこうなんだもん。脇田君と付き合いだしてから、森宮さん帰りが遅いってしょっちゅう言うし、何も変わらないのに派手になったってうるさいし、毎日夕飯のたびに、脇田ってどういうやつだって。もううんざり」

私は史奈に愚痴った。

「そんなの当たり前だよ。っていうか、父親に彼氏ができたって言うのが悪いよ。私は西野君のこと一度もお父さんに言ったことない。お父さん、私に彼氏なんかいないって信じてる」

「そうなの？」

史奈は二年生の初めから西野君と付き合っている。今までよく隠し通せたものだ。

「言ったってうるさく言われるだけだもん。いいことなしだよ」

「よくばれないね」

「父親なんてばかだから絶対気づかないよ。そもそも、彼氏がいるの、父親に話すほうが珍しいんじゃない？」

史奈は最中の包みを開けながら言った。

「そうなんだ……。森宮さんが実の親じゃないから、油断してた」

合唱祭の帰り、伴奏者の久保田さんと多田さんと打ち上げだと称して、ケーキを食べに行った。

「合唱祭が終わってほっとしたら、後は受験だね」

多田さんはミルフィーユを前に重々しい声を出した。

「多田さんは大学ではピアノやらないの？」

私が聞くと、

「音楽科のある大学を考えたこともあるけど、将来音楽関係の仕事に就きたいわけでもないからね。周りで音大行くのなんて、早瀬君くらいじゃないかな」

と多田さんは答えた。

早瀬君。名前が挙がっただけで、私は心臓がどきどきした。

合唱祭、二組は準優勝で、優勝は早瀬君のクラスだった。本番の早瀬君のピアノは圧巻で、体育館が前奏だけでしんと静まり返り、一気にみんなが演奏に引き込まれていった。

合唱祭は終わってしまったけど、もっと早瀬君のピアノが聴きたい。早瀬君といろんなことを話してみたい。私はそう思っていた。

「早瀬君、彼女も音大だもんね」

「え？」

久保田さんが情報をつけたすのに、私の耳はきゅっと澄まされた。

「早瀬君、今大学二年生の彼女がいるんだよ」

久保田さんがそう言うと、

「あ、知ってる。いかにも芸術家って感じの人でしょう。ピアノの発表会で見たことある」

と多田さんも言った。

「あ、ああそうなんだ……」

その後の話はぼんやりと流れていって、何も頭に入ってこなかった。早瀬君に告白したわけではないけど、そう決心する前にふられてしまったようなものだ。もう少し近づけたらいいなという淡い思いは打ちのめされ、失恋でもしたかのようなやるせなさが胸に広がった。

その二日後。ピアノを弾ける女子は何割り増しかかわいく見えるというのは本当らしく、合唱祭で伴奏をしたおかげか、三組の脇田君から告白された。

脇田君は隣のクラスだし、私の周りの女子で好きだという話は聞いたことがない。誰にも文句を言われずに付き合えそうだ。それに、誰かと一緒にいれば、取り残されたかのようなこの寂しさが薄れるかもしれない。そんな感情で私は脇田君の告白に応えていた。

始まりはおざなりだったかもしれない。でも、脇田君と付き合うのは、悪くなかった。萌絵や史奈といる時とは違う、沸き立つような気持ち。好きだと言ってくれる人がいる安心感。脇田君と一緒にいる時はそういったものを感じることができた。

「君たち、俺が目の前にいるのに悪口言い過ぎだし」

黙って聞いていた森宮さんが眉をひそめた。

「ははは。すみません。だけど、森宮さん、高校三年生になって彼氏がいないのもどうかと思いません？　共学なのに恋人ができないってなったら、反対に何か優子に問題があるのかって心配になりますよ」

史奈がなだめるように言うのに、森宮さんは、

「あれ、でも、俺は高校生の時恋人いなかったなあ……」

とつぶやいた。

「えっと、それはまあ、時代が違いますもんね。昔はみんなそうだったのかも」

「いや、周りはほとんど彼女がいたような。俺、何か問題あったのかな」

史奈が繕う横で、森宮さんは不安そうな顔をした。

「ねねね。どうして？　どうして、梨花さんは森宮さんと結婚したの？」

史奈は森宮さんが部屋から出て行くと、声を潜めてそう聞いた。

「どうしてって……」

「梨花さんって派手な感じでもてそうだし、なんていうか、森宮さんとは違うっていうか」

史奈には、梨花さんの写真を見せたことがあるし、泉ヶ原さんや最初の父親との結婚のことも話してある。

「そう言われればそうだよね。確かに森宮さんを選んだのは不思議だな」

幼いころの記憶しかないけれど、最初の父親は、さわやかでこまめに気を配るみんなに好かれる人だった。泉ヶ原さんはお金持ちだというのもあるけれど、男らしく余裕のある人だ。それに比べて森宮さんは、しょっちゅうおろおろしてるし、たびたび利己的になるし、つかみどころがない。

「森宮さんって、見た目は悪くないし清潔感はあるけど、決してもてそうではないよね」

史奈が言うのに、

「確かに」

と私はしっかりうなずいた。

21

泉ヶ原さんの家から出て行って一年以上が過ぎても、梨花さんはたびたび私の元を訪れた。

「はあー。疲れた」

私が学校から帰るころに梨花さんはやってきて、住んでいた時と同じようにリビングのソファにどっかと腰かける。吉見さんも変わらず、梨花さんに紅茶を淹れお菓子を出す。だから、いつまで経っても梨花さんが出て行ったという実感はなかった。

「仕事、たいへん?」

私は梨花さんの横で紅茶を飲みながら聞いた。濃く出した紅茶に氷を入れて作ったアイスティー。ここに来るまで紅茶なんてめったに飲まなかったけど、ゆっくり葉からにじみ出た香りが心地いい飲み物だ。

「前ほど慌ただしくなく、ほどよく仕事してる感じだから、快適だよ」

「そうなんだ」

「私、実は働くの好きだったみたい。この家でじっとしてた時よりずっと気分がいい」

梨花さんは吉見さんに聞こえないようにか、声を小さくしてそう言った。

何もやることがないここでの暮らしのしんどさは、私も感じていた。夕飯を作ることもなければ、食器も洗わなくていい。家に帰れば、きれいに洗濯された服が掃除の行き届いた部屋に置いてある。何度か家事をしようと試みたこともあるけど、そのたびに、

「私の仕事がなくなるので」

と吉見さんに言われた。

楽であることは認める。でも家のことを何一つしない生活は、ここで住む気兼ねを一向にとっぱらってはくれなかった。

「あれ、少し痩せた？」

私は梨花さんに聞いた。梨花さんはもともと華奢で小柄だけれど、グラスを持つ手首は以前よりほっそりしている。

「わかる？」

梨花さんはにっこり笑った。

「まあ、なんとなくだけど。ちゃんと食べられてるの？」

梨花さん一人だから私の分の生活費はかからないにしても、ここでのんきに暮らして

いるよりはハードな毎日だろう。それに計画性のない梨花さんだ。月末には食費にも困っているにちがいない。

「まさか。ダイエットしてるんだよね。私、離婚したんだよ。新しい彼氏探さないとさ」

「そっか。そうだね」

梨花さんらしい。もう泉ヶ原さんに対する思いは何もないようだ。そう思うと、なんだか泉ヶ原さんが気の毒になる。

「ね、一緒に行かない?」

必ず梨花さんは帰る時にそう声をかけてくれたけれど、私はいつも首を横に振った。

「優子ちゃん、ここでの生活に慣れちゃった? もう苦労はしたくない?」

「そうじゃないけど」

梨花さんと二人で暮らしていた日々を、苦労だなんて思っていない。けれど、泉ヶ原さんの前から梨花さんだけでなく私まで去っていくのは、ひどいことのような気がした。朝食と、土日の夕飯を一緒に食べるぐらいで、たいして言葉を交わすわけでもない。それでも、泉ヶ原さんが私や梨花さんを受け止めてくれていることは十分にわかっていた。

それに、梨花さんは自分の思い描いたように進んでいく人だ。これくらいの距離で会って、お互いの様子を確かめて、好きなように話す。きっとそれが合っている。実の親はどこにいるかわからず、母親である梨花さんとも離れている今の暮らし。不自然なのかもしれないけれど、私にはちょうどいい生活のように思えた。

そんな日々は私が中学三年生になっても続いた。ただ、梨花さんは仕事が忙しくなってきたのか、頻繁に会いに来ることもあれば、一ヶ月以上来ないこともあった。

「昨日、梨花さんが来たよ」

私は梨花さんが来ると、泉ヶ原さんに報告した。泉ヶ原さんは嫌な顔をするどころか、梨花さんの様子を私にいろいろ聞きたがった。

「そう。元気そうだった？」

「うん。ここに来たらおいしいお菓子があるってクッキーをがつがつ食べて帰っていった」

私がそんなことを話すと、泉ヶ原さんは本当に楽しそうに笑ってくれた。

「梨花とどんな話したの？」

「そうだな。仕事の話とか」

「うまくいってるんだね」

「うん。なんか仕事楽しいみたい」

「そりゃよかった。他は？」

きっと泉ヶ原さんはまだ梨花さんが好きなのだ。直接会わなくても、梨花さんがここに来ているだけでうれしいのだと思う。

「あとは私の学校の話かな」

「そっか。もう高校受験だもんな。僕は高卒だから偉そうに言えないけど、塾とか行ったほうがいいんじゃないのかな」

「大丈夫。行きたい高校は合格圏内だって先生にも言われてるし」

「そうだといいけど、必要なものがあれば何でも教えてな」

泉ヶ原さんはしょっちゅう私にそう言った。申し付けられているのだろう。吉見さんも、筆記用具はそろってるのか、参考書はいらないのか、などとよく聞いてくれた。

「ピアノ習ってるし、塾まで行くとなると忙しいもんね。勉強は自分でする」

「ああ、優子ちゃん、ピアノだいぶ上達したもんな」

「私、あのピアノ、本当に好きなんだ」

私がそう言うと、泉ヶ原さんは恥ずかしそうに顔を赤くして笑った。

中学三年生の三学期に入ってすぐ、いつものように夕方にやってきた梨花さんは、私に一枚の写真を見せた。

「この人、どう思う？」

「どうって……」

写真には男の人が写っていた。背は高くてすっとしている。でも、目も細くて鼻も小

さくて唇も薄くてピンとこない顔だ。私が写真を眺めながら「まあ、こぎれいな人だね」と答えると、

「彼、東大卒で今超一流企業で働いてるんだ」

と梨花さんは自慢げに言った。

「彼？」

「えへへ。まあね」

「この人と付き合ってるの？」

梨花さんの好みとは全然違う男の人に、私は驚いた。

「そう、森宮君。中学の同級生でね。前、同窓会で話聞いたら、大出世してて。で、声をかけて現在に至るってわけ」

東大卒だろうと、一流企業だろうと、こんな見た目が地味な人に梨花さんが惹かれるなんて不思議だった。

「どこを好きになったの？」

私が聞くと、

「頭もいいし、仕事もきちんとしてるし、常識もあるし」

と梨花さんはもっともらしい理由を並べた。

「そんなので好きに？」

「それに、優しいっていえば優しいしね」

「へえ……。意外……」

梨花さんとは正反対な人だ。納得できないまま私がつぶやくと、

「でさ、その人と結婚しようと思って」

と梨花さんが言った。

「うそでしょう？」

「本気、本気」

「ちゃんと考えたの？」

「もちろん。三度目の正直で、今度はうまくいきそうな気がするんだ」

梨花さんは陽気に言った。

梨花さんにかかると、結婚がずいぶんたやすいものになってしまう。それでも、梨花さんと写真の人との不似合いさはぬぐえなかった。

「あれ？　優子ちゃん気に入らないの？」

「そうじゃないけど……」

「水戸さんはかっこよかった。泉ヶ原さんは裕福だった。次求めるとしたら、頭でしょう？　やっぱり賢い人が一番だよ」

「梨花さんが好きならそれでいいけど」

私がどう言ったところで、梨花さんの決心が変わるわけでもない。梨花さんは結婚しても時々はここに会いに来てくれるだろうし、私の生活は変わらないはずだ。それなら

まあいいかと思っていた。

ところが、中学を卒業した春休み。梨花さんが泉ヶ原さんのいる時にやってきて、私と泉ヶ原さんを前に、森宮さんと籍を入れたこと、そして、私を引き取りたいことをものすごく簡潔に話した。梨花さんが私を連れていくつもりだったとは思いもしなかった私は、ただ唖然とした。けれど、何より驚いたのは、泉ヶ原さんがまったく動じることもなく、「わかった」とうなずいたことだった。

梨花さんが帰った後、私は泉ヶ原さんに尋ねた。

「知ってたの?」

泉ヶ原さんがどれだけ冷静な人であったとしても、梨花さんが再婚することや私を連れていくことを瞬時に納得できるわけがない。

「まあ、話はちょくちょく聞いてたから……」

泉ヶ原さんは申し訳なさそうに言った。

私にだけ会いに来ていると思っていたけれど、梨花さんは泉ヶ原さんとも話をしていたのだ。考えてみたら、こんな重要なことを泉ヶ原さんに相談しないわけはない。大人はいつも子どもの知らないところで、動いている。

「優子ちゃんに最適な暮らしがなんなのか、僕にはわからない」

泉ヶ原さんはぼそりと言った。

「私もだよ」

ここでの暮らしが最適だとは言いきれない。どこか馴染めない空気がいまだに漂っているのも、私の身の丈には合わない生活であることも事実だ。だけど、ここを出て行きたいわけではない。

「優子ちゃんが僕と暮らしたのは、わずか三年だ。それに比べて、梨花とは長く一緒にいるよね」

泉ヶ原さんはそう言うと、すっかり冷めているお茶を一口飲んだ。

「それはそうだけど……」

「梨花は優子ちゃんの本当のお父さんも知ってるし、幼かった優子ちゃんも知ってる」

それがなんなのだろう。子どもも時代を知っていることが、一緒に暮らすうえで重要なことだろうか。私は何も言わず、ただ泉ヶ原さんの言葉を聞いていた。

「優子ちゃんのことは大事に思う。幸せになってほしいと願ってる。一緒にいた時間は短くたって、優子ちゃんは実の子どものようにかけがえのない存在だ。だからこそ、僕には自信がない。梨花よりもいい親だと言いきる自信がないんだ」

泉ヶ原さんは静かに丁寧に言葉を並べた。自信。親になるのに、そんなもの必要なのだろうか。自信に満ち溢れた親なんか私は見たことがない。

母親は亡くなって、父親は海外に行き、梨花さんはここから出て行った。泉ヶ原さんはちゃんと目の前にいる。それなのに、父親じゃなくなってしまうのだろうか。小学四年生の時には選択権は私にあったのに、十五歳の私は決める立場にはないようだ。

「優子ちゃんはどうしたい？」

泉ヶ原さんはそう聞いてくれた。ここにいたいと言えば、泉ヶ原さんは私をこの家に住まわせて、変わらず大事にしてくれるだろう。でも、それがいいことなのか私にはわからなかった。

「もう決まってるんでしょう」

私が言うと、泉ヶ原さんは「そうだね」と静かにうなずいた。

梨花さんが訪ねてこなくなったとしたらここでの暮らしは窮屈だ。けれど、ここを出て行ったら、きっと泉ヶ原さんにはもう会えない。過ごした時間や交わした言葉や一緒に積み上げた経験は少ない。だけど、泉ヶ原さんの懐の深さを私は知っている。泉ヶ原さんが不器用であればあるほど、私を見守ってくれているのは伝わっていた。

誰が親だといいのか。そんなのわかるわけがない。ただ、私を受け入れてくれた人と、共に暮らした人と、離れたくない。同じ経験を何度したって、別れを耐えられるようにはならない。

「どっちでもいいよ」

私はそう言った。

何がいいのか、どうしたいのか、考えたらおかしくなりそうだった。私の家族ってなんなのだろう。そんなことに目を向けたら、自分の中の何かが壊れてしまいそうだった。どうでもいい。どこで暮らそうが誰と暮らそうが一緒だ。そう投げやりにならないと、生きていけない。そう思った。

22

「受験勉強、進んでる?」

一月二日。一緒に神社で参拝を済ませてすぐそばの食堂に入ると、脇田君が言った。

「まあまあね」

私は温かいお茶を飲んでからうなずいた。小さな神社とは言え、人が多く参拝の列に並んでいた間に体は冷えていた。

「森宮さんなら推薦でいけただろうに」

「そうかな。まあ、急がなくても大丈夫かなと思って」

「そっか。そうだね」

推薦入試で受験を終えている脇田君はそう言うと、カレーライスを注文した。

「昨日も今朝もおせちだったから、濃いもの食べたくなるんだよな。森宮さんは?」

「私はそうだな……。おにぎりにする。今日は朝食にお餅を大量に食べてきたからお腹がいっぱいで」

まだお腹がすいていない私は、梅干しのおにぎりを一つ注文した。

今朝も森宮さんは、

「へえ、最近の若い人って、恋人同士で初詣に行くんだ。良識ある人は家族で行くようだけどね。日本も変わったもんだね。神様が驚かないといいけど」

とわけのわからないことをぐちぐち言いながら、朝食にたくさんの餅を用意してくれた。

「お餅？」

「五個は食べたかな」

「森宮さんって、意外によく食べるんだ」

「そう。父がどんどんお餅を運んできて……。きっと私のお腹を膨らまして脇田君とおいしいもの食べないようにという姑息な魂胆だと思う」

私はそう言いながらも、甘辛い磯辺焼きのにおいにつられ、次々食べてしまった自分の食欲を恨んだ。

「娘に彼氏ができるのって、どこの親でもなかなか許さないんだね」

脇田君の言葉に、うちは本当の親じゃないんだけどねと言いそうになって、口をつぐんだ。隠しているわけじゃないけど、私の生い立ちについてはまだ話していなかった。

脇田君が、「森宮さんってきちんとしてるね。育ちがよさそう」と時々言ってくれるのに、なんとなく言いそびれている。わざわざ告白しなくたって、学校でも知っている人はいるし、いずれ脇田君の耳にも入るだろう。その時に話せばいいはずだ。

「カレーって、どう作ってもおいしくできるはずなのに、これはないなあ」

脇田君は運ばれてきたカレーライスを一口食べると、そう顔をしかめた。

「そうなの？」

「味は薄いし肉は固いし、そのくせご飯はべったりしてるしさ」

「まあ、お正月だからばたばた作ったんじゃない？」

私はそう言いながらおにぎりをかじった。確かにご飯は柔らかめだから、カレーには合わなそうだ。

「まあな。そうそう、四組の小野田の話聞いた？」

脇田君はにやにや笑った。

「小野田君？　聞いてないけど」

「小野田、卒業までには絶対彼女が欲しいって、冬休みに入ってから告白しまくってるらしい」

「へえ……」

私は小野田君とそれほど親しいわけではないから、適当に相槌を打った。

「終業式に一組の時田さんに、クリスマスには二年の佐藤さんに、大みそかは誰だっけ？　とにかくすでに三人に告白して、全員にふられたんだって」

脇田君はそう言って笑った。

「そうなんだ」

「あ、そうだ。こないだテレビで見たんだけどさ、海苔を消化できるのって世界で日本人だけだって」

「へえ……」

「あんまり興味ない？」

「いやいや、すごいって感心して……」

脇田君はいつも楽しませようと、いろんな話を用意してくれている。その気持ちはうれしいけど、半分以上残ったまま横に押しやられたカレーライスが気になって、話に乗りきれなかった。

森宮さんは、「まずい」だの、「味が濃い」だの文句を言いながらも、なんだっておいしそうに食べる。辛すぎるものや甘すぎるものだって、きちんとたいらげる。あの食べっぷりは一種の才能だったんだな。そんなことを考えていた。

身をかがめないと外を歩けないような寒さの厳しい日、三学期が始まった。最終学期だというのに、高校生活はまるで勢いがない。自宅で勉強に専念するために休んでいる生徒もちらほらいるし、先に指定校や推薦入試で進路が決まった生徒は周りを気遣っておとなしく過ごしていた。

「何より体調管理が大事だから。勉強も大切だけど、睡眠と栄養もしっかりとるように」

向井先生もみんなの状況がわかっているのか、ホームルームでもいつも以上に言葉少なく、要点のみを話す。先生が話している中、隠れて参考書の問題を解いている生徒もいるし、うつらうつら眠っている生徒もいる。団結だ協力だと言いながら、高校生活の終わりがこんな感じになるのはなんとなく寂しい。早く入試が終わって、この空気から脱したい。誰もがそう思っていることだけは確かだった。

「はい。うどん」

夜、部屋で勉強をしていると、ノックをして森宮さんが入ってきた。

「うわ。お腹すいてないんだけどな」

「受験まであと十日。しっかり栄養とって、がんばってもらわないと」

森宮さんは勉強机の上を勝手に片付けると、うどんとお茶の載ったお盆を置いた。どんぶりからは湯気があがっている。

「さっき夕飯食べたところなのに」

まだ十時前だから、夕飯を食べ終えてから二時間も経っていない。お腹はいっぱいだし、温かいものを食べたら眠くなってしまいそうだ。

「夜食は別腹だろう？」

「それ、甘いものでしょう。だいたい、受験生って、本当に夜食なんか食べてるのかな？」

「そりゃ食べてるよ。うどんを勉強部屋に運んでいる母親の姿を、テレビや漫画で俺は何度も見た気がする」

森宮さんはそう言って、床のクッションの上に座った。

「森宮さんも受験前、夜食、食べてたの？」

「いや、俺は食べてもカロリーメイトとかバナナくらいかな。親が勉強は自分の力でやるものだって厳しかったからさ」

「私もそんなのでいいんだけど」

森宮さんは、昨日はおにぎりを、その前は風邪を引いたわけでもないのに雑炊を用意してくれた。一月に入ってからというもの、毎晩何かしら、勉強をしている私に食事を運んでくれている。

「俺はまめな親だからそうはいかない」

「でも、私、十二時過ぎには寝るし、こうやって夜食食べてたらただ太るだけの気がするんだけど……」

「いいじゃん。太ったら太ったで、受験当日、入試に太ってくるとはあいつ余裕だなって周りを圧倒できる」

「園田短大を受験するのは、うちの高校で私だけだよ。もともとの私を知らない人ばっかりだから、太ったってわからないじゃん」

私がそう言うと、森宮さんは、

「さすが優子ちゃん、さえてるね。受験勉強してるから、頭の切れがよくなってる。いや、勉強だけではこんなふうにならないから、やっぱり夜食の効果だな」

とうれしそうに言った。

「どうだろう。だけど、入試科目国語と小論文だけだし、もうあんまり勉強することもないんだよね」

大学の過去問題もすんなり解けるようになったし、小論文も何度か先生に見てもらい、大丈夫だと太鼓判を押してもらっていた。

「優子ちゃん、受験勉強に終わりなんかないんだよ。どんなに容易に入学できる大学だって、最後まで気合入れて勉強しまくらないと」

「まあね」

「こうやってしゃべって勉強時間減らしてる場合じゃないな。じゃあ、俺、明日の夜食何にするか考えてから寝るから。優子ちゃんうどん冷めないうちに食べてね」

森宮さんはそう言って、部屋から出て行った。

「はあ……、いただきます……」

お腹はすいていないけど、作ってくれたものを食べないのは悪い。私は箸を手に取った。だしを一口飲んでから、うどんを口にする。少し柔らかくなった麺はつるっと喉を滑っていく。具はきざんだ油揚げとかまぼことねぎで、あっさりと食べやすい。

「こんなの売ってるんだ」

三枚も浮かべられているかまぼこには、必勝の文字が入っていた。受験を意識した商品がいろいろあるものだ。このかまぼこをスーパーで見つけた時、森宮さんほくほくしただろうな。かまぼこを買う森宮さんの顔を想像すると、思わず笑ってしまった。

「ごちそうさま」

ちゃんと食べきって、私は手を合わせた。不必要な夜食であっても、ごはんを作ってくれる人がいること。それは、とてもありがたいことだ。

23

入試前最後となる日曜日、脇田君と近くのショッピングモールに出かけた。

「森宮さん息抜きも必要だろ？　って、ただ会いたかっただけなんだけど」

私の最寄り駅まで来てくれた脇田君はそう笑った。

「わざわざ迎えに来てくれなくても、向こうで待ち合わせしたのに」

脇田君の家からショッピングモールまでは一駅だ。ずいぶん遠回りをさせてしまっている。

「ここまで来たら森宮さんと電車にも乗れるし、長い時間一緒にいれるから」

脇田君は躊躇なくそういうことを言うけど、私は照れくさくて「まあ、そうだけどね」と小さくうなずくくらいしかできなかった。

寒さが厳しい休日には、ショッピングモールで過ごすのがちょうどいいのだろう。中は冬の殺風景さなどどこにもなく、にぎわっている。脇田君の提案で、私たちはモール内の映画館で「スター・ウォーズ」の最新作を見た。久しぶりに大きなスクリーンで見る映画は迫力があったし、今まで見たことがなかったけれど、スター・ウォーズはドキドキハラハラの連続で、上映されている間ずっと目が離せなかった。

「どうだった？」

映画館を出るとすぐに脇田君が聞いてきた。

「おもしろかったよ。すごく」

私がそう答えると、

「よかった。なんかストーリーが単純すぎたから、森宮さん退屈してないかって心配だったんだ」

と脇田君はほっとしたように笑った。

私はスター・ウォーズのどこが単純なのかわからなかった。壮大でありながら、それぞれの人物の思いがにじみ出ている見ごたえのある作品だ。こんな映画を見て退屈してしまう人なんているだろうか。

「もう一つの邦画とどっち見るか迷ったんだよなー。あの邦画の監督、いい映画作るんだ。撮影の仕方も変わっててさ。でも、大きなスクリーンで見るなら、スター・ウォーズのほうが間違いないかと」

私は「そうなんだ」とうなずきながら、「脇田君、映画詳しいんだ」と言ったほうがよかったなと少し後悔した。

それからは、脇田君の話を聞きながら、ショッピングモールの中を歩いた。脇田君は映画だけじゃなく、音楽や文学にも詳しい。付き合うようになって、いろんなことを知ることができた気はするけど、なかなか話には入り込めない。私って芸術にも文学にも興味が薄かったんだと、自分にがっかりしてしまう。

「あ、ピアノだ」

この辺りでは一番大きなショッピングモールの中には、映画館だけでなくレストランや様々な店がある。大きな楽器店の前を通りがかると、脇田君が指さした。

「本当だ。たくさん置いてるね」

楽器店の入り口付近にはピアノが数台並べられていて、小学生の女の子がキラキラ星を弾いていた。

「森宮さん弾いてみてよ」

脇田君に言われ、私は首を横に振った。外で堂々と弾けるほどうまいわけではないし、子どものように何も気にせず弾ける勇気もない。

「森宮さん、合唱祭のピアノすごいかっこよかったのに」

「どうも。だけど、こんな場で弾けるほどではないんだよね」

私たちはそのまま楽器店の中をぶらぶらと歩いた。

「俺、三組だったけど森宮さんのピアノで歌いたかったな」

「島西君のほうがずっとうまいのに」

「そうかな。あ、ギターだ。俺、大学行ったら、練習しようかな」

脇田君が立てかけてあるギターにそっと触れた。

「ギター弾きながら歌うのって気持ちよさそうだもんね」

「だよな。ジェイソン・ムラーズとか弾いてみたいし」

脇田君がそう言うのに、ジェイソン・ムラーズって誰？　と聞かなくちゃなと思いつつ、なんとなく面倒になって、

「あ、いいよね」

と私はうなずいた。

「だろ」

「うん、まあ」

「アコギかエレキか迷うよな。どっちがいいかな」

「どうだろう……あれ？」

ギターを見ながら話していると、私の耳に聴きなれた音が入ってきた。深く響くピアノの音。

「うわあ、すごい」

横にいた男の子が走っていくのに目をやると、入り口近くに置かれたピアノを誰かが弾いている。一つ一つの音がみずみずしいまま重なっていく和音。周りの空気を取り込むように広がるメロディ。長い手にがっちりした肩。早瀬君だ。もっと近くで演奏を聴きたい。私はピアノのそばまで急いでいた。

「この曲知ってる！」

「本当だ」

ピアノの周りにいた数名の子どもたちは、迫力のある演奏にすっかり興奮している。アレンジはされているけれど、早瀬君が弾いているのはアンパンマンの主題歌だ。私も子どもの時に聴いたことがあるし、今も変わっていないのか、子どもたちは「アンパンマン、アンパンマン」と声を上げている。その声に応えるように、早瀬君は立ったままで体を揺らし楽しそうに弾いている。

明るく弾むメロディに、ピアノの周りには人だかりができていて、じっと耳を傾けている人に、はしゃいでいる子どもたち。みんな顔がほころんでいた。

早瀬君が最後の音を弾き終えると、一帯から拍手が聞こえた。店の中にいた人も通りがかった人もみんなが聴き入っていたようだ。

「どうもどうも」

早瀬君は周りに頭を下げ、

「こんなに弾いたのに、買わないんですす。ごめんなさい」

と店員さんに謝った。

「あいつ、うちの学校の早瀬じゃん」

私の横で、脇田君が言った。

「うん。やっぱりすごいよね」

「森宮さんのピアノのほうがよっぽど上手だと思うけど」

「それはないよ」

本気でそう思っているなら、音楽に関する能力はゼロだ。私はきっぱりと否定した。

「あ、森宮さんと脇田」

早瀬君は私たちに気づくと、まっすぐに前までやってきた。

「おお、早瀬。お前、こんなとこで何してんの？」

「ちょっと試し弾きを。ここ、自由にただでいろんなピアノ弾けるし、ちょくちょく来ちゃうんだよな」

早瀬君はいたずらっぽく笑った。

「すごい上手。どこでも早瀬君のピアノ、すごいね」

本当はもっと的確な感想を言いたいのに、私は「すごい」を連発することしかできなかった。

「こんな感じで気軽に弾くピアノって、ただただ楽しいもんな」

こんな感じで弾くピアノ。いつもどんなふうに弾いてるのだろう。もっと早瀬君のピアノが聴きたい。もっと早瀬君の話が聞きたい。そう思ったけれど、「じゃ、行こうか」と脇田君が言って、早瀬君は「おう、またな」とあっさりと楽器屋の奥へと歩いていってしまった。

偶然に聴けただけでラッキーだ。そう思おうとしたけれど、一度聴いてしまうと響きが強烈に耳に残って、もっと聴きたくなってしまう。早瀬君のピアノにはそんな力があった。

九時前に家に帰ると、森宮さんに「ちょっと優子ちゃん」と呼び止められた。

「何?」

「何って、今週の水曜日には入試だろう」

「そうだけど」

「受験前の最後の日曜日に一日出かけてるってどうかと思う」

森宮さんはそう言いながら温かいお茶を淹れると、食卓の私の席に置いた。

「たぶん、いや、絶対大丈夫だと思うから」

座れということだろうか。私はコートをソファの上に置くと、食卓に着いた。

「園田短大の倍率一・三だし、試験勉強もひととおりやったよ」

「俺もよっぽどのことがない限り、受かると思うよ。でもさ、試験受けるんだから、最後まで必死で勉強して臨むのが当然だろ」

私の向かいに座った森宮さんは渋い顔で言ったけど、東大に行くわけでもないし、受かるとわかっている試験でそこまで詰める必要があるだろうか。

「そうかな」

「試験勉強するのなんて人生において、もう最後に等しいだろう」

「まあ……」

「資格試験とか受けることはあるだろうけど、ああいうのはコツでできるところあるし。がむしゃらに勉強する機会はこの先そうそうないと思うよ」

「そうだね。だけど、十分勉強したよ。普段からやってるし」

ちゃんと受験に備えてきたつもりだ。私は小さく反論をした。

「優子ちゃん、勉強に終わりなんかないよ」

「そうだろうけど。でも……」

「息抜いて、肩の力抜いて。そのうち手まで抜いたんじゃ、どうかと思う。受験は、無理せずほどほどにやるっていうようなことじゃないから」

森宮さんは低い声で言うと、お茶をごくりと飲んだ。

もしかして、私は今、叱られているのだろうか。小さかった時には、おじいちゃんやおばあちゃんには、姿勢や言葉遣いやあいさつ、細かいことまで注意を受けた。実の父親には保育園の出席ノートをなくしてしまったのをごまかして怒られたことはある。けれど、考えてみたら、それ以来、親に叱られた記憶はなかった。それは、私が間違いを起こさず生きてきたからなのだろうか、それとも、血がつながっていない親たちが私に遠慮をしていたからなのだろうか。

私は森宮さんの目をじっと見てみた。森宮さんの目は細くて切れ長で、その中の瞳は深い色をしている。しょっちゅうおろおろしているくせに、森宮さんの瞳はいつも静かに落ち着いている。

＊

「しゅうちゃんとは情熱で一緒になって、泉ヶ原さんは包容力にひかれて。でも、最後は常識的な人に落ち着いたって感じかな。優子ちゃんにとっても、最後の父親は堅実でまともな人が一番だしね」

梨花さんは、森宮さんとの暮らしが始まる時、そう言った。

「あっそう」

「そんな冷めた言い方しないで。優子ちゃんのお父さんになる人なのに」

梨花さんはそう私の肩を小突いたけれど、新しい父親に期待も興味も持てなかった。母親は死んでしまい、お父さんは海外に行き、梨花さんは私を振り回す。みんないい人なのはわかっている。けれど、恨みや怒りが湧いてしまいそうになることもあった。お母さんに会いたい、お父さんに会いたい。おばあちゃんやおじいちゃんはどうしているのだろうか。別れた人がたくさんいるのだ。懐かしさや恋しさは簡単に募った。

だけど、そんなものを抱えていたら、私の心はむなしく澱むだけだ。家族というものを深く考えたってしかたがない。自分が今いる場所で生きていくしかないのだ。期待や不安に心を動かすのはやめだ。住む場所と、一緒にいる人が変わるだけ。家族が新しくなるたび、私の心は少しずつ冷めていった。

「はじめまして。優子ちゃん。話はずっと梨花から聞いてたから、初めてという気はしないんだけどね。えっと、僕は森宮壮介《そうすけ》といいます。梨花とは中学の同級生で、三十五歳です」

森宮さんはそう自己紹介をした後、

「これからよろしくお願いします」

と頭を下げた。

親となる人が、私に深々と頭を下げている。いつも自分が受け入れてもらう側の立場だったような気がしていたから、私は妙な感覚がした。ただ、迷いなくまっすぐに頭を下げてしまえる森宮さんに、突然娘を迎えてどぎまぎしながらもしっかりこちらに向ける目に、この人はとりあえずうそはつかない人だ、そう思ったのだけは覚えている。

＊

「ああ、お腹痛い」

じっと見ていると、突然森宮さんはお腹を押さえだした。

「どうしたの？ 大丈夫？」

「大丈夫。でもお腹だけじゃなく、胃も痛いし吐き気もする」

「それ、全然大丈夫じゃないよ。重病じゃない。救急車呼ぶ？」

そう言えば、顔色もあまりよくない。私がそばに寄って言うのに、森宮さんは「病院に行くほどじゃない」と力なく首を振った。

「無理しないで。何か薬飲んだほうがいいかな。えっと……」

「いい。今の状態に効く薬なんてないから」

「じゃあ、とりあえず横になったほうがいいよ」

「いや、横になっても治らないと思う」

森宮さんは身をかがませて唸《うな》るような声を出している。

「そんなにたいへんなら、病院行かなくちゃ。夜間診察してるところあるはずだし」

「違う、違うんだ」

「違うって、無理しないで」

少しでも気分がよくなるように、私は森宮さんの背中をさすった。薬飲んでも寝ても楽にならないんじゃ、重症だ。この家には私と森宮さんしかいないのだ。倒れられたら困る。

「腹痛に吐き気……風邪じゃないよね。なんだろう。胃腸炎とかかな」

「いや……大丈夫だから。うん、もう収まってきた」

森宮さんはそう言って姿勢を直した。

「収まったって、今ましになってるだけだよ。ちゃんと診てもらわないと」

「いや、だから、違うんだ……」

「違うって？」

「だから、病気じゃなくてさ……」

「病気じゃないわけないよ」

病気でもないのに、胃とお腹が痛くなって吐き気が起こることなどない。私は慎重に森宮さんの背中をさすった。

「いや、本当、違うんだ。今日さ、優子ちゃん遊びに出ちゃっただろ」

森宮さんは深く息をしてお茶をゆっくりと飲んでからそう言った。

「うん、それで？」

「その後ずっとさ……」

「ずっとどうしたの？」

森宮さんがぼそぼそと話すのを、私はゆっくりと聞いた。

「これはまずいって。絶対よくないって思って」

「まさか、その時からしんどかったの？」

「いや。そうじゃなくて、試験直前に優子ちゃんふざけてる。注意しなくちゃって思ってたんだ」

腹痛と吐き気とどう関係があるのか不思議に思いながらも、私はじっと聞いた。

「でも、やだなって。注意したら優子ちゃんむっとするだろう？　俺、不機嫌な顔されるの苦手だし。だけど、ほっておくのはずるい気もして。それじゃ、親の仕事放棄してるから」

「はあ」

「人生って厳しいのに、このまま優子ちゃんが物事に本腰入れないこと覚えたら厄介だって思ったり、俺が注意したって嫌がるだけで意味ないって思ったり」

「もしかして、それでお腹痛くなったの？」

私は背中をさすっていた手を止めた。

「うん。陰では文句言うけど、俺、部下にすら指摘できないもん。それなのに、無理して優子ちゃんを叱責したら胃がきりきりした」

森宮さんは胃のあたりをぎゅっと押さえた。

「何それ。本当に何それだよ」

「胃もお腹も尋常じゃなく痛かったんだって。ストレスは万病のもとって本当だな」

森宮さんは打ち明けてすっきりしたのか、大きなのびをした。

「ストレスって、おおげさだなあ。まあ、お茶、淹れ直すよ」

理由はちゃめちゃだけど、胃が痛かったのは本当らしい。私がカップを持って台所へ向かうと、「あ、紅茶にして」と森宮さんが言った。

「紅茶？」

「そう。で、優子ちゃんが買ってきたチーズケーキ食べよう」

「もう胃痛くないんだ。っていうか、お土産買ったの知ってたの？」

「うん。優子ちゃんを叱りつけながらも、ケーキ屋の袋がちらちらと気になってた」

「あっそう」

ちゃっかりしてるんだと言いたいのをこらえ、私は皿にケーキを載せ、紅茶を運んだ。

「あれ？」

チーズケーキをテーブルに置いた私は、首をかしげた。

胃痛も吐き気も腹痛も収まったようで、森宮さんはおいしそうに紅茶を飲んでいる。

「どうしたの？」

「どうして、お土産、チーズケーキだってわかったの？　他のケーキかもしれないのに」

「そんなの簡単。どうせ、甘ったるい生クリームがべたべたのケーキは脇田とかいうやつと食っただろう？　でも、出かけといて手ぶらで帰るのは気が引ける。で、家にはあっさりしたケーキを選ぶだろうと推測したんだ」

「なるほど」

「ほら図星だろう。俺、探偵になろうかな」

森宮さんはそう言って、うれしそうにチーズケーキをほおばった。

「おいしいな。これなら俺、八個は食べられそう」

「確かに食べやすいね。森宮さんの予想どおり、私さっきチョコケーキ食べたけど、すんなりお腹に入る」

ほのかにチーズの香りがするスフレは、すっと口の中で溶けていく。軽い甘さは夜にぴったりだ。

「俺もたらふくチーズ食べたのにおいしい」

「チーズ？」

「そう。まさか試験直前にのんきに優子ちゃん出かけるなんて思ってないから、夕飯の材料二人分用意してさ。俺、大量にドリア作って一人で食べたんだよね。チーズを山ほど載せたやつ」

「そうだったんだ」

「エビもホタテも鮭もきのこもたくさん入れた濃厚なホワイトソースの豪華なドリアだったんだぜ」

森宮さんは自慢げに言っているけど、チーズの食べすぎで胃が痛くなったんじゃないだろうか。

「優子ちゃんも脇田とかいうやつとふらふら出かけず、殊勝に家で勉強に励んでいたら、ドリア食べられたのにな。あ、そうだ、明日作ってあげよっか」

「いや、また今度ね。うん、受験が終わってからがいいや」

チーズは好きだけど、このケーキのようにそっと風味がするくらいがいい。チーズたっぷりの濃厚なドリアは受験前には重すぎる。

「よし、試験の打ち上げはドリアだな」

森宮さんはそうはりきると、チーズケーキをたいらげた。


一月二十二日。受験当日は、暖房をつけてもなかなか効かない寒い朝となった。制服に腕を通すと、いつもと同じ服装なのに寒さのせいか意気込みのせいか、体がきゅっと引き締まる。

身支度を整えダイニングに行くと、

「おはよう。朝ごはんちょうどできたよ」

と、森宮さんが味噌汁のお椀を運びながら言った。

「おはよう……。あれ？」

私は食卓を見て、首をひねった。

「どうしたの？」

「かつ丼じゃないんだ」

始業式に出てくるくらいだから、受験当日は当然かつ丼を食べる羽目になると思っていた。

「まさか。今日、入試だろう？ そんなの食べたら胃もたれするよ。体が温まるように生姜ご飯と、具だくさんの味噌汁にりんご。満腹になりすぎると、ぼんやりするからこれでいいだろう？」

「うん。いい、いい。いただきます」

油ものが入ってくるとかまえていた胃がほっとしている。私は席に座ると、さっそく箸を取った。

「あ、おいしい」

ピリッとした生姜は、だしと一緒になるとじんわり優しい味になる。ほのかな風味が付いた生姜ご飯は目覚めたばかりの胃に静かに収まっていく。

「優子ちゃん、普段どおりの実力出せば絶対大丈夫だから」

「うん」

「落ち着いてな」

「わかってるよ。でも、なんでだろう、余裕があると思ってたのにちょっと緊張してる」

森宮さんが和ませようと声をかけてくれるのに、私は微笑んで見せた。

「当たり前だよ。入試の朝なんだから」

「そっか」

「真剣に勉強したんだから、緊張ぐらいしないとな。まあ、あっという間に終わるよ」

「そうだね」

油揚げに白菜にかぶらににんじんにほうれん草。たくさんの食材が入った味噌汁はほんのり甘くて、体に野菜の力がめぐっていくようだ。

「よし。がんばってくる」

私が「ごちそうさま」と手を合わせると、森宮さんはバス停まで送ると、自分も準備をし始めた。

「いいよ。森宮さん、会社遅れるよ。大丈夫だから心配しないで」

見送られたところで、入試の出来は変わらない。私が断ると、森宮さんは、

「いいんだ。一時間休み取ってあるから」

と言った。

「うそでしょう？」

「本当だよ」

「森宮さん、すぐに有休使うよね。クビになったりしないでよ」

「大丈夫、大丈夫。子どもがいる人って、子どもが熱だ幼稚園の行事だって、休んだりするだろう？ そんなに目立ったことじゃないから」

「だといいけど」

それは、きっと小さい子どもがいる人だ。高校生の親がたびたび有休を使うなんて過保護もいいところだ。

「さあ、行こう！」

勝手に用意を済ませると、大はりきりで森宮さんは言った。

「遠足じゃないんだけど」

「特別な場所へ行くんだから、似たようなものだ」

「なるほど」

私はクリスマスに森宮さんが買ってくれたグレーのコートを制服の上に着ると、重いマンションのドアを開けた。新鮮な冬の冷たい空気に鼻がつんとなる。

「寒いとさ、普段以上に力が出せる気がするよな」

「そうかな」

「そうそう」

森宮さんは一人やる気に満ち溢れているようで、マンションの外へ出るまで意気揚々と話していた。

「寒いけど晴れって、まさに入試日和だな」

エントランスから出ると、森宮さんは空を見上げた。七時を過ぎたばかりの空からは、まだ薄い光が注いでいる。

「そうだね。……あれ？」

バス停が見えてきて私は足を止めた。バス停のベンチには脇田君がいた。

「おはよ」

脇田君は私が近づくと、ゆっくりと立ち上がった。

「おはよう。って、どうしたの？」

「今日、試験だしさ。がんばってだけ言おうと思って」

「そう、なんだ」

「よけいプレッシャーになっちゃった？」

脇田君がそう言うのに、

「そんなことない。すごくうれしい」

と私は首を横に振った。

わざわざ朝からここまで来てくれたんだ。それは何よりもありがたいことのように思える。

「ならよかった」

「うん。ありがとう」

私たちが話していると、「おい。君たち」

と後ろで森宮さんの声が聞こえた。

「ああ、忘れてた。えっと、父です。で、脇田君」

私が簡単に紹介しあうと、二人は互いに頭を下げた。

「娘がいつもお世話になっているようで」

「いえ。こちらこそ」

「わざわざ来てもらって悪いね」

「いえ。そんなこと」

二人がぎくしゃくと会話をしている間に、バスがやってきた。

「ああ、私、行かなきゃ」

このまま二人を置いていくのは不安だけど、試験に遅れるわけにはいかない。

「がんばって」

脇田君は小さくガッツポーズを作って私に見せた。

「うん。ありがとう」

私がバスのステップに足をかけてから「あ、森宮さんも。ありがとう」と慌てて振り返ると、森宮さんは大きくうなずいた。

バスの窓から見える二人の様子は、なんだか笑える。森宮さんおかしなこと言わないといいけど。私は見えなくなるまで二人の姿をじっと見ていた。

24

一週間後、学校から帰ると、郵便受けに大学の名前が書かれた封筒が入っていた。

「来た来た」

私は封筒を握って部屋へと急いだ。

合格だろうと思っているのに、はさみを入れると、どきどきする。万が一のことがあればどうしよう。他の進路は何も考えていない。まさかな、大丈夫なはずだと息を吐いてから、中の紙を取り出すと、そこには「あなたは合格と決定しました」とだけ書かれていた。

「えっと、受かったってことだよね」

あまりのそっけなさに、そうつぶやかずにはいられなかった。封筒には他にも何枚かプリントが入っていて、入学までの手続きや、購入するもの、オリエンテーションの日時などが記されている。いくつかの書類に目を通していると、ようやく受かったと実感してきた。四月には短大生になれるのだ。

本当によかった。たいそうな入試ではなかったとはいえ、解放感は大きい。目の前に審査されるものがないというのは、こんなにも自由なのだ。

そうだ、脇田君に報告しなくちゃ。試験日の朝にわざわざ来てくれたし、応援だってしてくれた。昨日も「合格通知はまだ？」と聞いてくれていたから、早く伝えたほうがいい。そう思い、鞄から携帯を取り出して、はたと手が止まった。

脇田君は優しいし大事にしてくれる。一緒にいるだけで、他では感じることができない満たされた心地にもなる。うれしいことは伝えたいし、脇田君に何かあれば教えてほしい。

だけど、受験に関して一番に応援してくれたのは、脇田君ではない。毎晩いらないのに夜食を作って、腹痛や吐き気を伴いながら勉強するよう促してくれたのは、森宮さんだ。面倒だけど、森宮さんに最初に伝えるのが礼儀のような気がする。

「一応、父親だししかたないか」

私は合格通知を封筒に入れ直すと、出かける支度をした。

試験の前日、森宮さんが作ってくれた夜食はオムライスだった。

「洋食は夜食には重いけど、森宮さんの卵料理って大好き」

と机の上に置かれたオムライスを見た私は、「何これ」とぎょっとした。

オムライスには、ケチャップで「今日はよく寝て、本番に備えよう。合格できると信じてリラックスしながらがんばって！」と長々とメッセージが書かれていたのだ。

「ちょっと怖いんだけど」

「どうして？　オムライスの上にケチャップで言葉書くのって定番じゃないの」

森宮さんはきょとんとした。

「それって、大好きとか名前とかせいぜい三文字程度でしょう？　こんな小さい字でオムライス全面に言葉を書かれたんじゃ、赤だけにダイイングメッセージみたいでただただ怖い」

「そっか。道理でたいへんだったんだな。つまようじを駆使して描いたから、三十分はかかったよ」

そう言う森宮さんに、私は笑いが止まらなくなった。

森宮さんの会社まで電車で三十分。オフィス街で、降りるのは初めての駅だ。インターネットで調べた地図を片手に、私はビルを見上げながら歩いた。同じようなビルばかりが続き、どこを歩いているのか迷いそうになる。森宮さんの会社の名前を探しながら五分ほど行くと、大きなビルが出てきた。一流企業だと森宮さんが豪語しているだけあって、きれいな建物だ。こんなちゃんとした場所で仕事をしているんだ。普段、とぼけた姿ばかり見ているせいか、意外な感じがした。

出てくる人の邪魔にならないように、私は入り口横の塀にもたれて森宮さんを待つことにした。一月も終わりを迎える夕方の空は、薄暗い。ここに来るまでは夢中で歩いていたから感じなかったけど、じっと立っていると体の芯まで冷えそうな寒さだ。

今日はノー残業デーだと森宮さんが言っていたように、五時を過ぎるとぞろぞろと人が出てきた。スーツを着たサラリーマンやＯＬさんがにぎやかにしゃべりながら歩いていく。「これからごはんでも食べよう」「新しくできた店、飲みに行く？」などと話すみんなの顔は、仕事を終えた後だからか、くつろいでにこやかだ。

会社に入っても楽しそう。華やいだ格好の女性や、笑い声をあげているサラリーマンを見ると、そう思う。自分で使えるお金を自分で稼いで、帰る時間を気にせずどこでも行ける。社会が厳しいのはわかってはいても、そういう暮らしには憧れる。いつもまっすぐに家に帰ってくるけど、森宮さんにも、せめて夕飯を一緒に食べるくらいの仲間がいたらいいのにな。

そんなことを考えながら見渡していると、五人ほどのグループが歩いてくるのが見えた。三十代ぐらいだろうか。仲良さそうだなとみんなが笑っている姿を見て、目を見張った。真ん中にいるのは、森宮さんだ。

「あ、優子ちゃん」

友達といるなら悪いと隠れようとする前に、森宮さんが駆け寄ってきた。

「あ、ああどうも」

「どうしたの？　会社に来るなんて」

森宮さんはそう言いながら、みんなに「じゃあ、明日」と手を振った。

「いや、まあ……。森宮さん、友達いたんだ」

私が言うのに、

「友達というか、同僚だけど。まさか、俺、いつなんどきでも一人ぼっちだと思ったの？」

と森宮さんが笑った。

「まあ、そうかなと」

「なんかすごいイメージだな。で、どうしたの？」

森宮さんは「歩こうか」と足を進めた。

「そう、あの、これ……」

一人寂しく出てくる森宮さんの姿を想像していた私は、なんとなく見せづらくなった封筒を鞄から取り出した。

「あ、合格通知だ」

森宮さんは封筒を開ける前にそう言った。

「まあね」

「わざわざ見せに来てくれたんだ」

「そう。一応ね」

「そっか。俺、父親だもんな」

森宮さんは封筒の中から合格通知を取り出すと、

「やったね。おめでとう。でもさ、これしけてるよな。合格と決定しましたって、時間かけて勉強してるんだから、ねぎらいの言葉くらい書いてもいいのにと思わない?」

と眉をひそめた。

「確かに。だけど、ごちゃごちゃ書いてると、わかりにくいからね」

「そっか。それにしても、優子ちゃん、会社まで見せに来てくれるなんて」

「まあ、お世話になったし、ついでにお小遣いで夕飯ごちそうしようかと」

私がそう提案すると、森宮さんは「やった」と手を上げた。

「何、ごちそうしてくれるの?」

森宮さんはすっかりわくわくしているようで、足が弾んでいる。

「森宮さん食べたいものある？」

「そうだな。優子ちゃんがおごってくれるなら、なんでもいい」

「じゃあ、ラーメンとか」

「ラーメン？」

「そう。森宮さん、いつだったか、ラーメンは一人でしか食べたことがないって言ってたから」

私が言うと、「合格祝いがラーメンか」と森宮さんは首をかしげた。

「おかしい？」

「いや、いいんじゃない。確かに俺、誰かとラーメン食べたことないし」

森宮さんがそう言って、私たちはラーメン屋を探しながら歩いた。駅へと続く道は飲食店がいくつかある。あちこちの店からおいしそうなにおいが漂って、私たちのお腹もすいてきた。

「あ、あそこは？」

森宮さんは少し先の黄色い暖簾《のれん》がなびく店を指した。

「どうだろう、おいしいかな？」

「ちょっと、俺、見てくる」

森宮さんは小走りで店に近づいて中をのぞくと、腕で丸を作って見せた。

「おいしそうってこと？」

「外からは味までわからないけど、店主は垂れ目で気が弱そうだった」

「何それ？」

「頑固じゃなさそうってこと。ラーメン屋の店主ってなんか怖そうじゃん。気難しそうな人がいるとごはんが喉通らないだろう？　よし。ここなら大丈夫だ」

　森宮さんは勝手に決定すると、扉を開いた。

　カウンターとテーブル席が二つだけの狭い店内には、すでに何人かお客さんがいて、香ばしい味噌や醤油の香りが広がっている。

「おいしそうだね」

「うん。早く食べよう」

　私たちは席に着くと、すぐさまラーメンと餃子を注文した。

「たまには外食もいいよね」

「本当。優子ちゃんや俺が作る味って、だいたい想像できるけど、知らない人が作るって、どんな味になるのかどきどきするよな」

「きっと、プロだから私たちよりずっとおいしいよ」

　二人でそんなことをしゃべっていると、餃子が運ばれてきた。

「うわ、早い」

「さすがプロだな。さ、乾杯しよう」

森宮さんは水の入ったグラスを掲げた。

「乾杯ってほどのことでもないけど……」

私が照れくさく感じながらもグラスを手に取ると、森宮さんは大きな声で「合格おめでとう！」と言って、水を一気に飲み干した。

「うれしい知らせの後の一杯って水でもうまいな。さあ、冷めないうちに食べるか」

「うん。いただきます」

「お、うまい」

森宮さんは大きな餃子を口いっぱいにほうり込んだ。

「家のフライパンじゃ、なかなかここまでパリッとしないよね」

私も餃子をかじってみる。カリッと焼かれた皮の中から、にんにくやにらの香りが漂う肉汁が溢れてくる。

「確かに俺の餃子よりわずかにうまい。で、どう？　合格した心境は？」

「そうだな。やっと、ほっとしたような……」

と私が答えていると、次はラーメンが運ばれてきた。

「出来上がるの、なんでも早いね」

「プロの技だな。合格の心境をじっくり聞きたいところだけど、麺が伸びるしまずは食べよう」

森宮さんがそう言って、私たちはそろってラーメンをすすった。

「なんか、ラーメンって忙しいね」

「早く出てくるし、冷めるとおいしくないものばかりだしな」

私たちがせっせとラーメンを食べていると、入り口に人が並びはじめた。

「待ってる人、いるんだ」

「おお、急がないと」

森宮さんはさらに勢いよくラーメンをすすって、笑い出した。

「どうしたの？」

「合格祝いの食事、慌ただしすぎだよな」

「本当。話す暇、ないもんね」

私もスープをごくりと飲んでうなずいた。待たれていると気になって、落ち着いていられない。

「ラーメンって一人で食べるのに向いてるんだな。しゃべりたい相手とは食べちゃだめだ。失敗した」

森宮さんはそう言いながら、箸を忙しく動かしている。

「話は家でできるしね」

「ああ、ケーキでも買って帰るとして。ここは、速攻で食べるか」

「うん。そうしよう」

私たちは熱さに赤くなりながら、ラーメンを忙しく口へと運んだ。

25

三月一日は、ようやく冬も終わりに近づいてきたかと思っていたのに、また季節が戻ったかのような冷たい風が吹く日となった。空は重い雲を広げ、雨が今にも落ちてきそうだ。卒業式の日はいつも天気が悪い。

体育館はあちこちにストーブが焚かれているけれど、あまり効果は感じない。寒さのせいか、厳粛な雰囲気のせいか、全校生徒が集められているのにしんとしている。こんなふうに同じ制服を着て同じ年ごろの仲間と並ぶことも、この先はそんなにないのかもしれない。そう思うと、今までの卒業式より重みを感じた。

校歌を歌い終えると、卒業証書授与のための呼名が始まった。代表者だけが証書を受け取り、私たちは名前を呼ばれその場で起立をするだけだ。

一組の斉藤先生はまだ若い女の先生で、名前を呼ぶ声に涙が混じっている。先生も感動するんだな。向井先生はどうだろうと見てみると、とても静かな顔をしていた。

今朝のホームルームで、向井先生は一人一人に手紙を配った。常に冷静で生徒と一線を引いているような先生が手紙を書くなんてと、みんなが驚きどよめいている中、先生はプリントでも配るかのように淡々とした顔でみんなに手紙を渡していった。

ほとんどの生徒はすぐさま封筒を開けて読みはじめた。墨田さんは「どれどれ―？」と意気揚々と大きな声で読みはじめたものの、途中で「先生、私のことすごくわかってる」と泣き出した。隣の席の武井君も静かに読みながら鼻をすすっている。三宅君は「先生、俺にめっちゃ期待してんじゃん」と先生の手を取りに行って、「調子に乗らないように」と叱られていた。

後ろの席の萌絵が「先生、私のこと目の敵にしてると思ってたら、実は気になってしかたなかったんだね。あの冷ややかな目で、よく見てるわ」と小さく笑った。

「だね」

私もそう思う。

つらかったんだね。無理しなくていいんだよ。親が替わったってあなたはあなた。生い立ちなんか気にすることない。そんな言葉をかけてくれる先生は今までたくさんいた。でも、向井先生の手紙には、「あなたみたいに親にたくさんの愛情を注がれている人はなかなかいない」そう書かれていた。

「さ。もうすぐ体育館に移動するように。明日からみんなを待っているのは今までの引き続きにある場所ではなく、それぞれの新しい場所です。そう思うと、胸を張らずにはいられないでしょう。高校生最後の最高の舞台が始まります」

明るい声で先生はそう言った。

一組の代表者が卒業証書を受け取り、二組の呼名が始まった。

向井先生は名簿ではなく、私たちのほうを見て、名前を呼んでいる。

佐伯史奈、田所萌絵。仲の良い友達の名前が聞こえると、心のどこかがきゅっと締まるような感覚がする。本当に終わりがやってくるのだ。緊張をしているわけではないのに、胸は高鳴る。

中学卒業の時は泉ヶ原優子だったから二番目に呼名されていたのが、今は後ろから五番目。私の苗字は、学校を卒業するたびに変わってきた。高校を卒業したら、どうなるのだろうか。

＊

森宮さんと梨花さんと私との生活が始まってたった二ヶ月で、梨花さんは出て行った。

「探さないでください　梨花」というありきたりな手紙を置いて。

「これが置手紙か。初めて見たな」

森宮さんは手紙を見てそう言った。

「まあ、猫みたいな人だから、またひょこっと帰ってくるよ」

森宮さんより梨花さんをよく知っている私は、たいして心配もしていなかった。

「そうかなあ。だといいけど」

「うん。大丈夫」

きっと梨花さんは、誰かと生活することに窮屈に、毎日同じ生活があることに退屈になってしまうのだろう。寂しがり屋だから一人ではいられない。だけど、自由でいたい。結婚には向いてない人なのだ。私のために家族を作ろうとしているだけで、本当は恋愛をして一人で気ままに暮らすほうが合っている。泉ヶ原さんと暮らしていた時も梨花さんは出て行ったけど、たびたび訪ねてきた。今回も、また私に会いに来てくれるはずだ。そう思っていたから、私は何の不安も寂しさもなかった。

ところが、梨花さんは姿を消したまま一ヶ月経っても、二ヶ月経っても戻ってこず、森宮さんの留守中に私に会いに来ることも、メールや電話が来ることもなかった。

梨花さんは思い立ったら、周りのことなど目に入らなくなるし、突然出て行って音信不通になることもありえる人だ。だから、こういうこともあるのかもしれないと思えたけれど、不思議なことに、森宮さんのほうも、梨花さんの不在を悲しむことも困ることもせず、「帰ってきたくなったら帰ってくるのかな」などとのんきに受け止めていた。きっとこの人はどんな状況でも受け入れられるんだ。だからこそ、娘がいる梨花さんと結婚して、今私と二人で暮らせているのかもしれない。あまりに動じない森宮さんの様子を私はそう分析していた。

それからしばらくして、梨花さんから一通の手紙が届いた。

手紙には、

「再婚をするので、早急に確実に手続きをしてください」

とだけ書かれていて、離婚届が同封されていた。私の名前を、家族を、変える力のある紙。

「ああ、ついにこんなの来ちゃった」

森宮さんは離婚届をひらひらとさせた。

やっぱりか。手紙を見た私は、そう思った。梨花さんには好きな人ができたんだ。だからここに戻ってこないんだろうと推測していたから、驚きはなかった。説明もなしに進んでいくのも梨花さんらしい。でも、私のことを置いてきぼりにするなんて。実の父親から私を引き取ってしまうくらい愛してくれていたはずなのに。ピアノが欲しいと言っただけで、泉ヶ原さんと再婚してしまうくらい大事にしてくれていたはずなのに。

今梨花さんのそばにいる人は、私への愛情すら変えてしまう人なのだ。ついにそんな人に巡り合えたのか。そう思うと、恨みや寂しさより、よかったという気持ちが先に立った。

だけどだ。離婚届が送られてきたということは、私には考えないといけないことがある。森宮さんは、私とはまったくつながりのない人だ。実の父親でもなければ、私と血のつながりのある人の夫でもない。まだしっかりとした関係も築けていないし、父親だと思えてもいない。そんな人とこれからも暮らしていくのは不自然だ。けれど、私はまだ十五歳で、経済力も生活力もない。この先どうすればいいのだろう。ここを出たとして、頼る先はどこだ？　実の父親は今はどこにいるかわからない。泉ヶ原さんの家になんて今さら訪ねられはしない。私のことを求めてもいない梨花さんの元へ行くのは勇気がいる。たくさん親となった人がいるはずなのに、一つも行くあてがないなんて。これが血がつながらない家族の現実なのだろうか。

しばらくここに置いてもらって、その間に仕事と住まいを見つける。それぐらいしか方法は思いつかなかった。

「よし、書けた」

森宮さんは考え込んでいる私の横で、さっさと離婚届を書いたようで、判子まで押していた。

「市役所開いてないし、郵送しかないな。さっそく、ポストに入れに行こうっと」

「早いね」

私が驚くと、森宮さんは、

「なんでも早いほうがいいもんな」

とけろりと言った。

「梨花さん探さなくていいの？　見つけて連れ戻さないの？」

梨花さんが追いかけられて戻ってくる可能性はない。それを知っていても、あまりにあっさりしている森宮さんにそう聞かずにいられなかった。

「うん。だって、どこにいるかわからない人を探してもしかたないだろう。それより大事なことがたくさんあるのに」

「梨花さんのこと好きじゃないの？　それより大事なことって何？」

「梨花のことは好きだけど、大事なのは優子ちゃんだ。俺、人である前に、父親だからね。この離婚届出したら、結婚相手の子どもじゃなく、正真正銘の優子ちゃんの父親になれるってことだよな。なんか得した気分」

森宮さんはなぜかうきうきしているけれど、何のつながりもない娘を押しつけられることのどこが得なのか、私にはわからなかった。

「森宮さん、好きな人と結婚したら子どもまでついてきて。で、最後には好きな人がいなくなってついてきた娘だけ残っちゃったんだよ」

森宮さんは今起こっていることがわかっているのだろうか。置いていかれた私も同情に値するけど、森宮さんだって気の毒だ。

「俺、優子ちゃんの親になった時、もう三十五歳だよ。できちゃった婚でもなく、しっかりと考えて判断して、優子ちゃんの父親になるって決めたんだ。結婚したら勝手に優子ちゃんがついてきたわけじゃない」

「そうだろうけど……」

私をそんなふうに認められたのは、梨花さんが好きだったからだ。子どもという壁があっても梨花さんを愛せたからだ。そう続けようとした私を遮って、森宮さんは、

「梨花がさ、付き合ってる時、会うたびに優子ちゃんの話をしてたんだ。まっすぐです

てきな優しい子だって」

と言った。

「ずいぶんな過大評価だね」

梨花さんがおおげさに話している姿が目に浮かんで、私は肩をすくめた。

「まあ、七割は当たってたけどね。梨花が言ってた。優子ちゃんの母親になってから明日が二つになったって」

「明日が二つ？」

「そう。自分の明日と、自分よりたくさんの可能性と未来を含んだ明日が、やってくるんだって。親になるって、未来が二倍以上になることだよって。明日が二つにできるなんて、すごいと思わない？　未来が倍になるなら絶対にしたいだろう。それってどこでもドア以来の発明だよな。しかも、ドラえもんは漫画で優子ちゃんは現実にいる」

森宮さんと結婚したかった梨花さんが、うまいこと言って私のことを承諾させようとしただけだ。私はますます森宮さんが気の毒になって、「梨花さん、口がうまいから」

と言った。

「いや。梨花の言うとおりだった。優子ちゃんと暮らし始めて、明日はちゃんと二つになったよ。自分のと、自分のよりずっと大事な明日が、毎日やってくる。すごいよな」

「すごいかな」

「うん。すごい。どんな厄介なことが付いて回ったとしても、自分以外の未来に手が触れられる毎日を手放すなんて、俺は考えられない」

森宮さんは血もつながらない子どもと共に生活することが、私を引き受けることが、大きな決断になるということがわかっているのだろうか。

「俺、再婚もしないし、どこにもいかないし、平均寿命までは死ぬこともないから。俺にとって、親になるって、そういうことだから」

森宮さんはそう宣言して、戸惑っている私に「よろしくお願いします」と最初に会った時と同じように、深く頭を下げた。

*

森宮さんと暮らし始めて、三年。その年月が長いのか短いのかよくわからない。親子という関係が築けたのかは不明だし、この先何年暮らそうとも森宮さんをお父さんとは呼べそうにはない。ただ、私の家はここしかない。

森宮さんが腹をくくってくれたのと同じ。私だって覚悟をしている。一つ家族が変わるたびに、誰かと別れるたびに、心は強く淡々としていった。でも、今の私は家族を失うことが平気なんかじゃない。万が一、森宮さんが私の父親でなくなるようなことが起きれば、暴れてでも泣いてでも阻止するだろう。醜くなって自分のどこかが壊れたってかまわない。いつも流れに従うわけにはいかない。この暮らしをこの家を、私はどうしたって守りたい。

「森宮優子」

向井先生の声に「はい」と答え起立する。森宮優子。いい響きのいい名前だ。次、自分の苗字を変えることがあるとするのなら、それは自分自身だ。それまでは森宮優子。それが私の名前だ。

第2章

1

「親がたくさんいるってこういう時厄介だな。結婚のあいさつなんて一回だけでも気が重いのに」

マンションの扉の前に立つと、彼は小さなため息をついた。

「大丈夫。回数が多い分、それぞれは軽く済むはずだから」

「本当に？」

「たぶんね。それに、最初は森宮さんだし、余裕だよ。森宮さん、絶対喜んでくれる」

私は自信を持って答えた。

昨日の夜、「明日会ってほしい人がいる」と話した時、森宮さんは大喜びだった。

「ついに来たな」

「ついにって、恋人がいるって知ってたの？」

「気づいてるにきまってるじゃん」

森宮さんはにやっと笑った。

「そっか。そうだよね」

「連れてくるということは、もしかして？」

「結婚しようかと考えてて」

私がそう告げると、森宮さんは躊躇なく、「いいんじゃない」と言った。

「そう？」

「優子ちゃんまだ二十二歳だし少し早い気もするけど、そろそろそうなりそうな気がしてた。いつもはよくしゃべるのに、今の彼氏のこと、オープンにしてなかっただろ？　その分本気で慎重に付き合ってるんだと推測してたんだ」

「隠してたわけではないんだけど……。とにかく、喜んでくれてよかった」

「喜ぶに決まってるだろう。優子ちゃんが出て行くことになるなんて、ぞっとするけど。でも、それ以上にうれしいことだもんな」

森宮さんはそう笑っていた。だから、きっと大丈夫だとふんでいたのだ。

ところが、いざ、早瀬君を目の前にすると、森宮さんは渋い顔をした。

「結婚相手ってまさかこいつ？」

「そう。早瀬君だよ」

「二人って別れたんじゃなかったのか？」

「離れてた時があっただけで、ずっと付き合ってたんだ」

私が言うのに、森宮さんは早瀬君の頭のてっぺんから足の先までじっくりと見回した。

「お父さん、突然驚かせてしまってすみません。昨年、アメリカから戻って正式にお付き合いを始めたんです。真剣に将来のこともじっくり考えてお付き合いをしてきたというか」

森宮さんは早瀬君の話を素知らぬ顔で聞いていたかと思うと、「どうでもいいけど、俺、反対だから」とあっさりと言った。

早瀬君がこの家に足を踏み入れて、三分も経っていない。そんなすぐに反対されたんじゃ、たまらない。

「ちょっと、頭ごなしに言わないでよ」

「当然だろう。どこの親がふらふらあちこちに旅立ってる男との結婚に賛成する？　どうせ、またすぐどこか飛んで行くんだろう」

「いいえ。しばらく日本にいる予定です」

早瀬君がそう答えると、森宮さんは「しばらくってなんだよ。時間が経てば、次はケーキ作りの勉強だとか言いながらフランスにふらっと行くんだぜ。こんな不安定な男との結婚認める親は一人もいないから」と食ってかかった。

「勝手に決めつけないで。早瀬君は不安定な人じゃないし、認める親が一人もいないわけないでしょう」

「勝手なことじゃなく、一般論だ。世の中の父親全員に聞いてみろよ」

「森宮さんと違って、賛成してくれる優しい父親だっていっぱいいるよ」

私が反論するのに、

「それは優しいんじゃなくて、いい加減な父親だな」

と森宮さんはふてぶてしい声を出した。

「どうして結婚に賛成するのがいい加減になるのよ」

「娘のことを真剣に考えたら、こんなやつとの結婚なんて反対するのが当然だ」

「あの、二人ともけんかしないでください。えっと、そうだ、ケーキ買ってきたんです。食べませんか？　お父さん、甘いもの食べたら機嫌もよくなりますよ」

早瀬君は私たちが言い争っているのにそう言いながら、手土産に持ってきたケーキの箱を開けた。早瀬君はおいしいものを食べればたいていのことは解決すると思っているけれど、さすがにこの場はケーキでは乗り切れない。

「俺、別に機嫌悪いわけじゃないから。それに、お前が持ってきたケーキなんて食べない」

森宮さんは偉そうに言った。

「そうですか……。じゃあ、優子ちゃん食べる？」

「いや、ああ、後にする」

早瀬君の空気を読まない大胆なところに、時々ぎょっとする。私は小さく首を振って、早瀬君に黙るように目配せした。

「ケーキはいらないし、話は終わり。帰ったらどうだ？」

森宮さんはテーブルの上を片付けだした。紅茶と緑茶と焼き菓子にきなこのおはぎ。森宮さんが用意してくれたお菓子は、てきぱきと台所へ運ばれていく。どう言っても、風向きは変わりそうもない。今日は切り上げるほうが賢明だ。

「えっと、今日はこれで終わりにしよっか。会えただけでいいってことで。初めてのことで、森宮さんも取り乱してるしさ」

「俺、取り乱してないから」

森宮さんは台所でガチャガチャ音を立てながら、食器を片付けている。

「そう。別に取り乱してはないようだけど、まあ、なんかこんなだから。また改めてにしよう」

私はそう言って、早瀬君の背中を押した。ひとまず、私一人で森宮さんを説得したほうがよさそうだ。

「ああ、そうかな。じゃあ、お父さん、今日は失礼します」

早瀬君は森宮さんの背中に向かって一礼すると、玄関に向かった。

「なんか、ごめんね」

「いや。お父さんの言うことも、わからないではないしな」

「森宮さんあんな頑固なとこがあるなんて思わなかった」

「はは。優子によく似てるじゃん」

私たちが玄関で話していると「そうだ！　言い忘れた」と森宮さんがどかどかと足音を立ててやってきた。

「なんなの？」

「俺、君にお父さんと言われる筋合いないから」

森宮さんは早瀬君にそう言い放つと、また大きな足音を立ててリビングへ戻っていった。


「まったく、予想外だよ」

早瀬君を駅まで送り、部屋に戻ると私はグラスにジュースをついだ。森宮さんと早瀬君が話したのは五分程度だけど、どっと疲れて、喉がからからだ。

「優子ちゃん、どんな予想してたんだよ。風来坊と娘の結婚を了承する親がいるわけないだろう」

森宮さんはそう言うと、早瀬君が持ってきたケーキを皿に載せた。

「風来坊って何よ。っていうか、ケーキ食べるの？」

「ああ。放浪癖の風来坊は最悪だけど、食べ物に罪はないからな」

「あっそう」

一番低いハードルだと思っていた森宮さんさえ飛び越えられなかった私は、ため息をついた。

「あいつがアメリカ行った時、優子ちゃんに新しい彼氏を勧めておくんだったなー。ピザもピアノも追いかけないまっとうな人間をね」

森宮さんはチーズケーキをほおばりながら嫌味なことをつぶやいた。

＊

高校の時に付き合っていた脇田君とは、大学に進学して一ヶ月足らずで別れた。脇田君に好きな女の子ができたと、ふられたのだ。「大学って恐ろしいよね。突然愉快な世界が広がっちゃうんだもん」同じく、大学生になって西野君と別れた史奈がそう言っていたけれど、私が進んだのは女子ばかりの短期大学で、それほど華やいだ雰囲気はなかった。四年間で勉強するところを二年間に詰め込んでいるせいか、すぐに資格試験や就職活動が迫ってきて、想像より自由な時間は少なかった。

大学一年の終わりごろにバイト先のファストフード店で一緒だった男の子と付き合ったけれど、それも半年くらいしかもたなかった。短大生の私が就職活動を始め、四年制大学に通う彼とのペースが合わなくなり、別れることとなったのだ。だけど、寂しさはほとんどなく、それどころか会う時間がなくなったことで、一つ仕事が減ったような気さえした。

「それは、本当の恋じゃないからだな。優子ちゃんも大人になったら、真実の愛に出会えるよ」

森宮さんはそんな私を笑っていた。そのくせ、

「じゃあ、森宮さんは本当の恋をしたことがあるの？」

と聞くと、

「あれ？ どうだろう」

と、不安そうな顔をした。

「森宮さんも、もうすぐ四十歳なんだし、そろそろ恋人作らないと。このままおじいさんになったら困るよ」

「だから、俺には恋より大事なものがあるからさ」

「父親であることでしょう？ それ、重荷なんだけど。もう私二十歳なんだから、自分のこと考えてよね」

「はいはい。気が向いたらな」

森宮さんはそう言っていたけど、一向に恋人ができる様子はなかった。

短大を卒業し栄養士の資格を取った私が就職したのは、山本食堂という小さな家庭料理の店だ。高齢者用の宅配弁当も行っていて、その献立を考えるのが仕事内容。といっても、昼や夜の忙しいごはん時に調理補助として働くことのほうが多く、就職してすぐ

は、これが栄養士の仕事なのだろうかと考えることもあった。同じ大学の友達が、企業や病院などで働いているのに比べると、小さな食堂はどこか劣っているような気もした。

でも、毎日お弁当が届くのを待っている人がいて、お店に出ると「おいしい」「ごちそうさま」の声も聞ける。誰かに自分が関わったものを食べてもらえる。そのうち、私がやりたい仕事はこういうことだったのかもしれないと思うようになってきた。

就職して八ヶ月が過ぎた冬の寒い日、早瀬君がやってきた。

山本食堂があるのは、私の最寄り駅から三駅離れた住宅街で、平日は七時を過ぎると駅前でもほとんど人が行きかわない静かなところだ。

「まだ七時半だけど、そろそろ閉店でもいいかな？　今日は森宮さんも来てくれないみたいだし」

十二月は日が暮れるのが本当に早い。店長の山本さんが店の外をのぞいて言った。平日は五時を過ぎると、パートさんも帰り店は山本さんと私だけになる。山本さんは五十半ばの食べるのが好きな陽気なおじさんで、「料理人のくせにそんなに太ってどうするの」といつも奥さんに怒られている。

「森宮さん、和食が飽きてきたって言ってたから、今日は何か味の濃いものでも作って家で食べてると思います」

「ああ、昨日一昨日と連続で来てくれたからな」

森宮さんは、この店に週に二、三度は食べに来た。会社から家までの電車をそのまま乗り過ごして三駅。面倒だからいいのに、と言っても、

「家で自分だけのごはん作って食べるってすごいパワーいるんだ」

と足しげくやってくる。

「森宮さんが来ないとなると、もう誰も来ないな。掃除始めちゃおうか」

「そうですね」

十二月に入ってからというもの、平日の夜はほとんど人が来ないから、売り上げの半分以上は宅配弁当が担っている。息子さんの提案で始めたと山本さんは言っていたけれど、高齢者の多いこの町にピッタリのアイデアだ。

「一月からは一時間早くして閉店七時にするかなって。おっと、客が来た」

山本さんが慌てるのに、テーブルを拭いていた布巾を片付けながら目をやると、入ってきたのは早瀬君だった。

高校卒業以来だから、会わなくなって三年。それでもあのころとまったく変わらないままで、すぐに早瀬君だとわかった。こざっぱり切った髪の毛に、がっちりした体格。広い背中に長い腕を見ると、ピアノを弾くためにかがめられた姿が頭に浮かぶ。

「早瀬君」

私が思わず名前を口にすると、早瀬君のほうは「ああ、どうも。えっと……」と少し考えてから、「あ、森宮さんだ！」と思い出したようだった。

「久しぶり」

早瀬君はそう言って、笑顔を見せた。彫りが深い顔のせいか、少し笑うだけで早瀬君の顔はくしゃくしゃになる。

「本当に久しぶり。まさか会えるなんて。っていうか、早瀬君、どうしてここに？」

早瀬君が進学した音大は、他県にあるから、この辺りからは通えないはずだ。

「ああ、冬休みで実家戻ってて。で、今あちこち食べ歩きしてるんだ」

「食べ歩き？」

「毎日違う店に入っては食べてる。森宮さんは？　ここで仕事？」

「そう。この店に就職したんだ。あ、そうだ。いらっしゃいませ。お好きな席にどうぞ」

私が思い出したように言うと、早瀬君は「すごい、社会人だ」と笑った。

「優子ちゃんの知り合い？」

テーブルに着いた早瀬君を見て、山本さんが厨房から声をかけてきた。

「そうなんです。高校の同級生」

「じゃあ、スペシャル定食だな。お兄さん、好き嫌いある？」

山本さんが聞くのに、早瀬君は「バナナ以外はなんでも大好物です」と答えた。

山本さんはスペシャル定食という名の残り物を、いろいろとテーブルへと運んだ。肉じゃがにカレイの煮つけにほうれん草のお浸しにだし巻き卵に豚汁。たくさんの皿が並べられるのに、早瀬君は「森宮さんと同級生でよかった」とうれしそうな顔をした。

「本当はただの残り物なんだけどね。でも、おいしいよ」

「うん。じゃあ、いただきます」

「どうぞ」

早瀬君は驚くほどよく食べ、何かを口にするたびに、おいしいと言ってはあれこれ山本さんに尋ねた。

「この豚汁って甘いですね。どんな味噌使ってるんですか？」

「九州の味噌だから少し甘いんだよ。それに玉ねぎとさつまいもが入ってるからね」

「へえ。おいしい。だし巻きのみずみずしさもたまらないですね」

「だろ？ 卵は少しでだしが多いからなんだよな。その分、固まりにくいから作るのにはちょっと技術がいるんだよ」

山本さんは意気揚々と答えている。

「このほうれん草もすごいおいしい。ほうれん草だけなのに何かと炒めたようなまろやかな味で。こんなふうに、常温でおいしい料理が多いのが和食のいいとこですね」

そう言ってほうれん草のお浸しをほおばる早瀬君に、山本さんが「そのお浸しは優子ちゃんが作ったんだよ」と告げた。

「そうなんだ。森宮さん、ピアノ弾きつつ、こんな料理も作れるの？」

「いや、ピアノはたいして弾いてないし、それはただお浸しにごま油足しただけなんだ」

「すごいよ。森宮さん、音楽もやって料理も作って、まさにロッシーニだ」

早瀬君はそう言うと、私の手を取って握手をした。

そのとたん、私の中に高校生のころの思いがあふれだした。早瀬君のピアノをもっと聴きたいと思って、森宮さんのピアノがいいと言われただけで舞い上がっていたあのころの気持ち。手に触れられただけなのに、胸が締めつけられそうで、同時に暖かで穏やかな感覚が広がっていく。脇田君にふられても、バイト先の彼氏と別れても寂しくなかったのは、どこかが違っていたからだ。本当に好きな人は、こんなにも簡単にはっきりとわかるのだ。

「あ、悪い。俺、こないだまでイタリアにいて、ついつい握手する癖が……」

よっぽど私がどぎまぎしていたのだろう。早瀬君は手を離すと、頭を下げた。

「あ、いや、大丈夫」

真っ赤になっているであろう顔と速まっている心臓をなんとかしようと、私が手でパタパタと顔を扇《あお》いでいると、

「おいおい。君たち、付き合ってたの?」

と山本さんが厨房から出てきてからかった。「いえ、ただ合唱祭の伴奏で一緒だったんだよな。あれ? もしかして森宮さん、俺のこと好きなの?」

早瀬君にとんでもなく率直な言葉を投げかけられ、私は言い訳もできず、「まあ、そ

う……。そうなんです」と正直にうなずくしかなかった。

それから、何度か会い、私たちは付き合うこととなった。

早瀬君も、私や史奈と同じく、大学に進学してほどなく年上の彼女とは別れてしまったようだ。

「ピアノや音楽にがっちり囲まれて気づいたんだ。俺はこんなふうに、深刻に音楽をしたかったわけじゃないって。もっと陽気に、そうだな。ピザでも食べながらピアノを弾きたいんだって」

早瀬君はピアノを弾けば弾くほど、音楽に近づけば近づくほど、自分のやりたかったこととは違う気がしたと話した。

「そう言えば、ずいぶん前に楽器屋さんで早瀬君がピアノを弾くの見たことあった。アンパンマンの曲弾いてて。あの時、すごく楽しそうだったよ」

私がそう言うと、

「ああ、あったな。森宮さん、脇田と一緒で。俺、ピアノ置いてるの見ると、ついつい弾きたくなっちゃうんだ。癖だなこれは」

と早瀬君は笑った。

「ピアノは好きなんだね」

「そうだな。イタリアに行って完全にピアノから離れてた時は、やっぱりどこか苦しかったもんな」

「イタリアって、ピアノの勉強に行ったんじゃないの？　違う楽器をやってたの？」

山本食堂で再会する少し前にイタリアから帰国したんだと早瀬君から聞いた私は、ピアノの勉強に行っていたものだと思っていた。

「いやいやいや。ピアノじゃなくて、ピザ」

「ピザ？」

「そう。ピザづくりを学びたくて、イタリアのレストランで修業してた」

早瀬君の答えが突拍子もなさすぎて、ピザが食べ物のことだとわかるのに時間がかかった。

「俺、ロッシーニみたいになりたいんだよね」

「それは聞いたことがあるけど」

合唱祭の伴奏練習の時、早瀬君は音楽室の肖像画を見て、ロッシーニが一番いいとは言っていた。

「ロッシーニは音楽活動の後、レストランを経営したんだよ。やっぱり、行き着く先は食なんだよな」

「どういうこと？」

「美しい音楽かおいしいごはんか。迷うとこだけど、どちらが人を幸せにできるかと言ったら、後者になるんじゃないかな」

早瀬君はそう言った。付き合って半年ほどは早瀬君について知りたかったことを聞いているうちにあっという間に過ぎた。

そして、出会った翌年、秋が深まりだしたころ、早瀬君は後五ヶ月で卒業だというのに音大を中退し、「バイト代もたまったし、今度はハンバーグの修業に行ってくる」とアメリカに出向いてしまった。

「ピザだけだとさ、お腹膨れないじゃん。スパゲティでもいいんだけど、俺はハンバーグが食べたくなるんだよな。ピザとハンバーグって最強だと思わない？」

早瀬君はデートの帰りに寄ったファミリーレストランでチーズハンバーグを食べながら言った。

「さあ、それはわからないけど。でも、ハンバーグの作り方を学びたいなら、わざわざアメリカに行かなくても……」

「確かに俺も日本のハンバーグのほうがおいしいと思う。けど、本場の作り方を学んでこそのアレンジじゃん？　基礎練習があってこそピアノだってうまくなるし」

「早瀬君、将来どうするの？」

あまりの大胆な行動に私がそう口にすると、

「料理がおいしくて居心地のいいレストランを作るんだ」

と早瀬君は言った。

「ピアノは?」

「弾くよ。アメリカでハンバーグの修業ついでに、ピアノも練習してくる」

「何それ。はちゃめちゃすぎない?」

私が言うのに、早瀬君は「アメリカが遠いだけで、ただ飲食店でバイトするだけのことだよ」といつもの気楽さで言って、「三ヶ月で帰ってくる」とスーツケース一つで旅立ってしまった。

森宮さんは、いつもは早瀬君の話をおもしろく聞いていたけど、大学を中退してアメリカに行った話をすると、「そいつはだめだな」と顔をしかめた。

「そう思う?」

「目標が変わるのは悪いことじゃないけど、人生ってそんなに気楽じゃないよ」

「まあ、ね」

「優子ちゃんも、もう大人だしさ、真剣に将来を考えられるやつと付き合うべきだと思うよ。早瀬君がアメリカに行ったのが別れるいい機会だ」

森宮さんにはそう言われたけれど、私は別れることもせず、普通の日常を送りながら早瀬君を待っていた。

三ヶ月が過ぎ、年も変わった一月の末、アメリカから帰ってきた早瀬君はスーツケースを引いたまま山本食堂にやってきた。

「こんばんは。よかった。まだ開いてて」

早瀬君がそう言って片付けかけていた店のテーブルに着くと、山本さんは「和食が恋しいだろう」と、鮭を焼いたり筑前煮をよそったりしてくれた。

「俺、いろいろ気づいたよ」

早瀬君はおしぼりで手を拭くと、まっすぐ私を見てそう言った。

「いろいろ？」

「そう。アメリカにはハンバーグがないってことと、自分がやりたいことが何かってこと。俺、ファミリーレストランを作りたい。ファミレスのちょっとだけよそ行きな料理って一番わくわくするじゃん」

「本当に？　アメリカの人ってハンバーガーよく食べてそうなのに？　早瀬君、気づかなかっただけじゃないの？」

「いや、あちこちの店を回ったし調べてもみたけど、ハンバーグと言われるものはなかったんだよな」

「ハンバーグおいしいのに。どうしてなんだろう」

「っていうか、ハンバーグより、俺の決意に注目してよ。俺、チェーン店じゃない、手作りのファミリーレストランを作るって決めた」

「ああ、そうなんだ」

「だからさ、優子、結婚して」

「は？」

レストランを作るのと一緒に結婚まで持ち出されて、ハンバーグへの疑問は飛んで行って私はただ唖然とした。

「優子、栄養士免許持ってるし、ちょっとおいしい料理作るし」

「何それ？　自分の店の従業員として、ただで働かせようとしてるの？」

「ちがうよ。俺、優子のこと好きだもん。愛と音楽があふれるファミレスって最高だと思わない？」

早瀬君が言うのに、山本さんが「よ！　いいね。若いって」と言いながら味噌汁を運んできた。

「ファミレスはいいとして、結婚って、いくらなんでも突然すぎでしょう？」

私はちっとも納得できなかった。昨日まで遠く離れていた人にプロポーズされてもピンとくるわけがない。

「もう一年近く付き合ったし結婚でいいと思うけどなあ」

「付き合ったって、早瀬君、ほとんどアメリカにいたじゃない」

「でも、アメリカに行ったから、優子に対する気持ちは一生変わらないと確信できたよ。俺、アメリカの積極的な美女に囲まれても、一度も浮気しなかったし」

「結婚となるともっと他に大事なことがあるでしょう」

私だって早瀬君が好きだし、気持ちが変わらない自信はある。だけど、好きというだけで、結婚していいのだろうか。恋人ではなく家族になるのには、それだけではだめな気がする。

「他のことって、何？　お金？　それなら、俺、死ぬほど働くよ。調理のバイトをして調理師免許を取って、店を持つ。あれ？　だったら、それからプロポーズしたほうがよかったかな」

早瀬君が首をかしげるのに、山本さんは、

「いいんじゃない？　結婚は勢いだから。それより、冷めないうちに食べてな」

と楽しそうに言った。

「お金ではないけど。でも、愛だけじゃないというか……。ああ、よくわからない。私、正しい家族知らないし」

「そんなの俺だって知らない」

両親と姉がいる早瀬君が言って、「ついでに僕の家も正しくなんかないよ。奥さんが怖すぎる」と山本さんも答えた。

「家族になるってきっとたいへんだよ。もっと、なんていうか……。そう、覚悟がいる」

「結婚も家族になるのも楽しいものだろう？　覚悟だなんて、そんな怖いこと言わないでよ」

早瀬君はそう肩をすくめて見せた。

「早瀬君が言うみたいに、気楽にいくわけないよ。生活って人生って、もっと厳しいんだよ」

「そうかな？　俺と優子がいて、ピアノとおいしいものがあるんだよ。どうがんばっても、楽しいイメージしか浮かばないんだけど」

早瀬君に言われて、私も思い浮かべてみる。早瀬君のピアノを聴きながらおいしいものを食べる。明日も明後日も早瀬君と一緒にいられる。確かにそれは、幸せなことだ。

「それに、もしかして嫌なことやつらいことが出てきたら、その時、考えて修正すればいいじゃん。俺が音大をやめたみたいに、いつだって変更はきくんだし。俺たちは大人なんだから、自分たちで楽しいと思えるように進めばいいだろう」

何がどうなれば、結婚するのにふさわしいのかはわからない。だけど、早瀬君といたら、不安や悩みが軽減するのは事実だ。

「僕は賛成。なんでも大好物できれいにたいらげる人って、そうそういないよ。そのうえ浮気しないみたいだし」

山本さんはそう言って、「ねえ、優子ちゃん早くOKだしてよ。ご飯冷めるから」と笑った。

＊

その後、フランス料理屋で働き始めた早瀬君がバイトから正社員になって、私たちは本格的に結婚に向けて動き始めることにした。そして、親にあいさつをしようと森宮さんと対面したところ、最初から壁にぶち当たってしまったのだ。

「俺、チーズケーキはどこの店のでも好きだけど、これはいまいちだったな。やっぱあの風来坊趣味悪いんだな」

森宮さんはきれいにケーキを食べ終えてからそう言った。

2

四月の第三日曜日。もう一度、早瀬君を森宮さんに引き合わせることにした。

前回、対面してから二週間。私はことあるごとに、家で早瀬君の話をした。海外に行ったり音大をやめたり思い切ったこともするけれど、それぐらい行動力のある人だということ。ピアノの才能もあっておいしいごはんも作れて魅力的な人だということ。お互い好きだし、一緒にいるだけで将来が楽しみになるということ。そんなことを話すたび、森宮さんは「結局はちゃめちゃなやつってことだな」と嫌な顔をするだけだったけど。

「なんだよ。また来たのか」

昼過ぎに早瀬君を家に招くと、森宮さんはわざとらしく言った。

「今日来るって言ったでしょう。さあ、とにかく座って」

前は早瀬君を見た時点で森宮さんが怒りだしたから、お茶すら飲めなかった。今日は甘いものでも食べながら、少しは話を進めたい。私は二人を食卓に着くように促すと、温かい紅茶を淹れた。四月中旬の明るい日差しが部屋に注いではいるけれど、まだ少し肌寒い。

「何度もすみません。お父さん、少しは気が変わられたでしょうか」

席に着いた早瀬君がそう口火を切るのに、

「二週間で変わるわけないだろう。っていうか、一生変わらないから」

と森宮さんがむすっとしたままで返した。

「まあまあ、早瀬君は言葉の選び方がへたくそなだけで、悪気はないから。それより、シュークリーム買ってきたんだ」

私は二人の前に皿に載せたシュークリームを置いた。話が難しくなる前に、この重い空気をほどきたい。

「駅前に新しくできたケーキ屋のだよ。前通るといい匂いしてて。さ、食べて」

「いただきます」

早瀬君はさっそく大口を開けてシュークリームをほおばった。

「あ、おいしい。お父さんも早く食べたほうがいいですよ。今ならまだ皮が香ばしいです」

「わかってる。っていうか、お前にお父さんって言われる筋合いないって言っただろう」

森宮さんはそう返すと、負けじと大きな口を開けてシュークリームをかじった。私も一口食べてみる。皮がパリッと焼かれたシュークリームは、牛乳と卵と砂糖の優しい味がする。

「お父さんがだめなら、なんてお呼びすればいいですか？」

シュークリームをぺろりと食べ終えた早瀬君が紅茶を飲みながら聞いた。

「呼ばなくてけっこうだ」

「そう言われても、呼び名がないと不便ですよね。森宮さんだと、優子を呼んでるのかお父さんを呼んでるのかわかりにくいし。お父さん、下のお名前なんといわれるんですか？」

「壮介だけど」

「壮介か……。だけど、壮介さんじゃ、恋人を呼ぶみたいだし、そうさんってちょっと軽いかなあ。おじさんは違うし」

「勝手に人の名前で遊ぶな」

「やっぱり、お父さんしか呼びようがないんですけど」

早瀬君が言うのに、森宮さんは返す言葉がなくなったのか、黙ったままシュークリームを口に押し込んだ。

「まあ、呼び名なんてどうでもいいよ。今日は森宮さんが少しでも早瀬君のことを認めてくれたら。ね」

私は森宮さんのほうを向いてそう言った。

「だから、認めないって言ってるだろう。こんな風来坊のわけのわかんない男との結婚なんて賛成する余地がない」

「風来坊じゃないってば」

「ピザだハンバーグだと旅に出るやつが風来坊じゃなくて、誰が風来坊なんだよ」

「意地悪なこと言わないで」

これじゃ、前回と同じで何も進展しない。私はカチンときそうになるのを抑えて、

「すぐに認めなくたっていいから、話だけでも聞いてよ」と頼んだ。それなのに、森宮さんは変わらず、

「どれだけ話を聞いたって、変わらないよ。時間の無駄だから、あきらめたらどうだ」

ととりつくしまがない。

「どうしてあきらめなきゃいけないの？　森宮さんが反対したって、私たちのことなんだから」

「なんだよ、それ」

「娘の幸せを応援できないなんて、森宮さんおかしいよ」

「おかしいのは優子ちゃんだ」

「私の何がおかしいわけ？」

私がいらっとして言い返すのに、静かに横で見ていた早瀬君が、「あの……」と口を挟んだ。

「なんだ？」

「お父さん、いや、壮介さん、口の横、カスタードクリームが付いてます」

「は?」

「いや、大事なことをおっしゃってるのに水を差すようでよくないと黙ってたんですけど、でも、後でお父さん鏡見た時に、俺クリーム付いた顔で熱く語ってたのかと照れくさくなられるかと思って……」

早瀬君が遠慮がちに失礼なことを言うのに、

「いいんだ! 場を和ませるためにわざと付けてるんだよ」

と、わけのわからない理屈を言うと、森宮さんは、

「ああ、もう俺、寝る」と自分の部屋へ閉じこもってしまった。

「はあ……。俺、なかなかお父さんと、仲良くなれないな」

森宮さんがいなくなった食卓で、早瀬君はため息をついた。

「森宮さん、こんな頑固な人じゃなかったはずなのに」

「どんな男を連れてきてもお父さんは反対してたかな」

「親ってそういうものだという気もするし、音大をやめて外国に行ってしまうような人は娘の結婚相手としては避けたいと思うような気もするし」

私が正直に言うと、

「そっか。ピアニストになったほうがよかったのかな」

と早瀬君は苦笑した。

「まあね。でも、その選択肢はなかったんでしょう？」

「そうだな。俺、大学で毎日ピアノを聴いてて思ったんだ。音楽はすばらしい。だけど、寝食を削って奏でるものではないって。ストイックに全身全霊を傾けて鳴らされた音が神経を震わせるのは確かだけど、俺が聴きたいのはそういうんじゃなくて、もっと穏やかな光をもたらしてくれるような音楽だって。必死な音楽も高尚な音楽もすばらしいけど、何かしながらこの曲いいねって思えるような音楽がちょうどいい気がする」

「ピザとハンバーグを食べながら？」

「そう。おいしいものがある場所に音楽もあれば最強だろう」

こんな話を聞けば、森宮さんはどう思うだろうか。くだらないと笑うだろうか。それいいじゃないかと賛同してくれるだろうか。まずは、話に耳を傾けてくれないことにはどうしようもない。こんなとき、母親がいてくれたらうまく収めてくれるだろうにと考えて、梨花さんのことが頭に浮かんだ。きっと梨花さんなら、結婚に手放しで賛成してくれるはずだ。

「また、次の日曜日にでもお父さん説得しないとな」

早瀬君が言うのに私は首を振った。

「森宮さんはいいや」

「どうして？」

「私、親がたくさんいるんだよね。森宮さん以外の親全員に賛成してもらったら、森宮さん一人で反対し続けられないでしょう」

「そんなもんかな」

「うん。森宮さん気が小さいもん。親が複数いる利点って、そうそうないんだから、今こそ生かさないと」

「はあ」

早瀬君は私の顔をじっと見つめた。

「あれ？　反対？」

「いや、まあいいんじゃない。うん。他の人を説得して経験を積んでから森宮さんに会えば、俺もうまく話せるもんな」

早瀬君はそう言った。


「森宮さんって、梨花さんの居場所、やっぱり知らないんだよね？」

早瀬君が訪ねてきた翌日、夕飯の準備をしながら森宮さんに聞いてみた。

「ああ、離婚届を送りつけられて以来、音信不通」

「そっか」

私は山本食堂でもらった惣菜を皿に移して食卓に並べた。就職してから店で夕飯をとっていたけれど、閉店時間も早くなって家で食べるようになった。永遠に森宮さんとここで食卓を囲むわけじゃない。その事実が現実味を帯びてきて、ただの夕食も少し貴重に感じる。

「また残りものかー」

森宮さんはそう言って、食卓に着いた。

「残り物だけど、お店の味を家でも食べられるんだよ。山本食堂の宅配弁当を頼んだら、六百八十円するんだから」

「そう言われたら、得した気分になる」

「でしょ」

おかずは里芋の煮物に鯖の味噌煮に切り干し大根。二人分より、たっぷり作ったほうがおいしいものばかりだ。

「山本さんが作るの、穏やかな味ばっかなんだよなあ。俺、たまにはがっつりパンチの利いた餃子とか食べたい」

森宮さんは里芋をほおばりながら言った。

「ターゲットは退職後のお年寄りだからね。でも、体にいいんだよ。森宮さんももう四十二だしさ。食べ物にも気を遣わないと」

「もうって、まだ四十二だろ。定年まで二十年近くある」

「退職までは長いけど、私が出て行ったら夕飯一人分作るの面倒だろうし、宅配弁当を頼むのも手だよね」

私がそう言うと、森宮さんは眉をひそめた。

「そうやって、さりげなく会話に結婚をにおわすのやめてくれる？ あいつの顔思い出して、食事がまずくなる」

「また嫌なこと言う。早瀬君の何がそんなに気に入らないの？ 結婚は賛成してくれてたのに」

森宮さんは早瀬君の話が出ると、とたんにとげとげしくなる。

「全部だよ全部。優子ちゃんこそ、あんな風来坊のどこがいいの？ 結婚って生活だよ。もっと堅実でまっとうなやつとじゃないとうまく……」

そう言いながら森宮さんは言葉を詰まらせた。

「堅実でまっとうでも離婚しちゃうこともあるけどね」

私が代わりに言うと、森宮さんは「まあな」と肩を落とした。

「そんながっくりしないでよ。森宮さんの場合は梨花さんが勝手に出て行っただけだし、森宮さんは悪くない」

「そうかな？」

「そうそう。私も結婚するなら森宮さんみたいな……、いや、それはちょっといやだけど。でも、森宮さん、理屈っぽいけど賢いし、もてないから浮気の心配はないし、性格も顔もそこまで悪くないし。いいと思うよ」

「そんなおだてたって、風来坊のこと認めないからな。また日曜に、でかい図体にちっちゃい土産をぶら下げてへらへらとやってくるんじゃないだろうな」

森宮さんは気を取り直したようで、また得意げに早瀬君の悪口を言った。

「大丈夫。森宮さん、説得するの後回しにするから」

「後回し？」

「私、親が何人かいるでしょう？　森宮さん一人に時間割いているわけにもいかないし。まずは他の親からあたろうかと」

「なんだその考え。しかも、俺が最後っておかしいだろう。優子ちゃんの親としてはまだ新参者だけど、いや、待てよ。俺もう七年も親をしてるんだ。そろそろ大事に扱ってもらってもいいじゃん」

森宮さんは不機嫌そうな声を出した。

「大事だよ。だから、森宮さんはトリってこと」

「とり？」

「そう。紅白で言えば北島三郎や石川さゆりみたいな？」

「おお、そっか。大御所ってことだな」

「そうそう」

「わかった。じゃあ、先に小物たちを片付けてくれ。ま、俺のとこにたどり着く前に、みんなに反対されて、風来坊はまた旅に出ることになりそうだけどな」

森宮さんは偉そうに言うと、「この味噌煮、少し唐辛子が入ってるからご飯に合う」

とおいしそうに鯖をほおばった。

3

存命の私の親は、森宮さん、泉ヶ原さん、梨花さん、血のつながった父親である水戸秀平の四人で、梨花さんが出て行った今、居場所がわかるのは、森宮さんと泉ヶ原さんだけだった。

「親めぐりの旅って、ちょっと緊張するよな。しかも、こんなでかい家」

森宮さんと暮らすマンションから四駅。そこからタクシーで十五分。泉ヶ原さんの家の前に立つと、早瀬君は一つ深呼吸をした。ゴールデンウィークの初日である今日は、日が当たるとじんわり暑くなる陽気だ。

「泉ヶ原さんは、見た目はいかめしいけど、優しい人だから心配しないで」

私が言うと、早瀬君は、

「森宮さんに会う前も、優子、結婚に賛成してくれてるから大丈夫って言ってたけどね」

と笑った。

「あはは、そうだった。でも泉ヶ原さんは本当に大丈夫」

私はしっかりとうなずいた。

四月の下旬。泉ヶ原さんに手紙を書いた。

中学を卒業して以来、七年ぶりの連絡。どうあいさつをしていいか迷った。中学生だった私が、高校を出て短大を卒業し仕事をして結婚を決めている。そこまでの経緯を書くのは長くなりそうで、けれど、単に年をとっただけで、ことさら手紙にまで書くようなことは起きてない気もした。いろいろ考えた結果、変わらず元気でいるということと、結婚を考えている相手とあいさつに伺いたいということだけを書いた。泉ヶ原さんは「ぜひおいで」とすぐに返事をくれた。大振りだけど丁寧な字で書かれた手紙は、寛大でありながら細かく心を配ってくれる泉ヶ原さんそのものだった。

「当たり前だけど、建物ってそんなに変わらないね」

私は家をゆっくりと眺めた。大きな門構えの向こうに手入れが行き届いた庭の木々が見える。小学校を卒業してこの家に来た時は、とてつもない豪邸に見えたけれど、大人になった今はもっと大きな家も贅沢な家も知っている。そのせいか前よりも敷居は低く感じ、三年過ごしただけなのに、慣れ親しんだ親戚の家に来たように思えた。

「優子、本当に出て行って以来連絡してなかったの？」

ひととおり建物を眺め終えた早瀬君が聞いた。

「うん。中学卒業してから初めて手紙を書いた。泉ヶ原さんだけじゃなく、離れちゃった親とは、誰とも連絡を取ってないんだ」

「これだけ通信手段があるのに、電話やメールもしてなかったってすごいよな」

「そうかな」

ブラジルに行った父親には手紙を書いていたけれど、返事は一度も来なかった。親であったとしても、みんな新たな暮らしを始めるのだ。去ったものに手を伸ばしてもしかたがない。今より大事にすべき過去など一つもないのだから。親が替わっていく中で、私はそれを知った。

「それでもって、長年音信不通でいても、突然こうして会いに行けるってのもびっくりする」

「確かにそうだね」

早瀬君が感心するように、突然、結婚報告に来ているのは驚くことなのかもしれない。でも、受け入れてもらえる確信がある。時間や距離がへだたりにはならないのが、一時でも親子でいたものの強みなのかもしれない。

二人で門の前で話していると、

「おお、おお、優子ちゃん、早く入ってきてよ」

と、チャイムを鳴らす前に、泉ヶ原さんが外まで出てきてくれた。

「ご無沙汰してます」

と私が頭を下げる横で、早瀬君は「はじめまして」と深々とお辞儀をした。

七年を過ぎ、泉ヶ原さんはずいぶんと年をとって見えた。私が家を出た時には五十二歳だったから六十歳になるころなのに、髪の毛が白くなっているせいか、少し痩せた体形のせいか、もう少し年上のように感じる。

「ようこそ。よく来てくれたね」

泉ヶ原さんはすぐさま私たちを居間に通してくれた。広く大きな部屋。天井も壁もカーテンも、梨花さんとおしゃべりしていた革張りのソファもそのままだ。あまりに変わっていなくて、ここで過ごした時間をたちまち思い出し、「懐かしい」という言葉が自然に私の口をついて出た。

「優子ちゃん、お久しぶりです」

聞き覚えのある声に顔を向けると、以前と同じく背筋がしゃんと伸びた吉見さんが立っていた。

「あ、吉見さん。お元気ですか？」

「ええ。さあ、どうぞ召し上がってください」

吉見さんはそう言いながら、私たちに紅茶を用意してくれた。無駄なことは話さないきっぱりとしたところに、質素ながらも品のいい服装。吉見さんは相変わらずきちんとしたままだ。

「めちゃくちゃ、すごい家ですね」

早瀬君はぐるりと部屋を見回して言った。

「もうだいぶ古くなってるけどね」

　泉ヶ原さんは静かに微笑みながら答える。あいさつをした程度なのに、もう早瀬君のことを受け入れてくれているようだ。

「驚いたよ。優子ちゃん、どうしてるんだろうと思いながらも、新しい家庭もあるだろうし、連絡も取らずにいたら、結婚だって？」

　泉ヶ原さんは紅茶を飲むと、私に陽気な口ぶりで聞いた。

「ええ、まあ。今さら連絡をするのもどうかと思ったんですけど、結婚くらいは知らせたほうがいいかと……」

　高校に進学した時も、就職した時も、どの親にも知らせなかった。それでも、結婚は知らせるべき大きな転機のような気がした。他の親と共にいるのではなく、私自身が新たな家庭を築いていくのだ。今まで親となった人たちに、これで安心してもらえる。そう思った。

「ああ、知らせてもらえてよかったよ。めでたいことは、知りたいもんな」

「よかった」

　泉ヶ原さんがうれしそうな笑顔を見せるのに、私はほっとした。

「ところで、早瀬君は仕事、何してるの？」

　泉ヶ原さんは、早瀬君に顔を向けた。

「今はフランス料理店で働いてます。まだ見習い程度ですが」

「そうなんだ。料理人を目指してるんだ？」

「ええ。レストランを開けたらいいなと考えていて。音楽が聴けるような」

「音楽？」

「そう。早瀬君、すごくピアノが上手なんだよ」

私が代わりに答えると、泉ヶ原さんは「優子ちゃんもそうだったね。そうだ、弾いてみてよ」

と、立ち上がった。

「うち、小さいけど防音設備のあるピアノの部屋があるんだ。突然言われても困るかな？」

「いえ。弾かせてください」

早瀬君はリクエストされると絶対に断らない。「音大に行っている」「ピアノを習っていた」と言うと、「何か弾いてみて」と言う人はけっこう多い。そのたびに早瀬君は躊躇せず、さらりと弾いてしまう。私たちが「バイバイ」と手を振るくらいの気安さで、鍵盤を鳴らすのだ。

「すごく手入れされてますね」

部屋に入ると、早瀬君はピアノを隅々まで眺めた。

「弾けないくせに、楽器を触るのだけは好きで」

泉ヶ原さんは少し照れくさそうに答えた。

「鍵盤も一つ一つちゃんと磨かれてる。えっと、何を弾きましょうか？」

早瀬君はピアノを見たらすぐさま弾きたくなるようで、もう指を鍵盤に載せている。

「私は音楽に疎《うと》いから、曲名もあまり知らなくて。だけど、聴いたことのある曲がいいな」

泉ヶ原さんが言うのに、早瀬君は「じゃあ……」と、静かに音を鳴らし始めた。緩やかに流れるような心地よい音に、胸のどこかがきゅっとくすぐられるようなロマンチックなメロディ。しばらく聴いていなかったけど、前よりも早瀬君のピアノはうまくなっている。

「ああ」

聞き覚えがあるのだろう、何小節目かで泉ヶ原さんはそっとうなずいた。

中盤に差し掛かっても主張しすぎない抑えた演奏に、かえって心が震える。小さな部屋の空気をすっと包み込んでしまうようなおおらかな響き。研ぎ澄まされた音が重なり合って、深く広がる音楽が作られていく。

私もあのころ、このピアノを毎日弾いていた。梨花さんは、ピアノを弾かせるために私をこの家に連れてきてくれた。だけど、ここで私が手に入れたのは、ピアノだけじゃない。窮屈で息苦しかった。それでも、私はこの家で、穏やかな平和な暮らしというものを知った。経済的な安定ではなく、そばにいる人が静かに見守ってくれることで得る平穏さを感じることができた。

中学の三年間。ただでさえ、多感な時期だ。不安や寂しさや孤独感や苛立ち。そんな思いが渦巻くこともあった。けれど、私は投げやりになることはなかった。それは、ピアノが私の不安定な感情をまぎらわせてくれているからだと、思っていた。でも、そうじゃない。いつも同じ音を鳴らすピアノを確かめることで、私は泉ヶ原さんの愛情に触れていたはずだ。早瀬君が奏でるピアノの音に、それを思い知った気がする。

最後の音が完全に聞こえなくなると、

「すごい！　うっとりするってこういうことを言うんだな」

と泉ヶ原さんは盛大な拍手を送った。

「この曲、何度か聴いたことがある。なんだっけ？　どこで聴いたのだろう」

泉ヶ原さんが首をひねるのに、早瀬君が「レストランとかお店じゃないですか？」と言った。

「そうだ、そうだ。食事をした時だな。なんていう曲？」

「アンドレ・ギャニオンのめぐり逢いという曲です。耳に心地いいから、よくお店で使われてるみたいです」

「なるほど」

早瀬君の言葉に泉ヶ原さんは大きくうなずくと、

「こんなピアノを弾ける人と結婚できるなんて最高じゃないか」

と私に言った。

それから、「夕飯を食べて行ってくれ」「そうだ、お寿司を取ろう」と泉ヶ原さんは大はりきりで、たくさんの食事を用意し、私や早瀬君にお酒を勧めては自分も飲んだ。

「私、泉ヶ原さんがお酒好きだって知りませんでした」

アルコールが得意ではない私は、二杯目のビールをちょこちょこと口にしながら言った。

「いやあ、あのころは中学生の親だからちょっと控えてたんだよね。酔っぱらってる父親じゃ、な」

泉ヶ原さんはすっかり赤くなった顔でそう言うと、自分と早瀬君のグラスにビールを注いだ。

「あ、僕はいくら飲んでも平気なんですけど、泉ヶ原さん、大丈夫ですか？」

何を飲んでも変わらない早瀬君が言うのに、

「こんなめでたい日だ。酔ったっていいだろう」

と泉ヶ原さんは豪快に笑った。

泉ヶ原さんがこんなに陽気に話すところを見たことがない。お酒のせいもあるだろうけど、あのころは、親子という枠を突然与えられ、私がかまえていたように、泉ヶ原さんも気を張っていたのだ。大人になった今向き合うと、簡単にいろんなことが見える。

「楽しいときはお酒もよく回りますもんね」

早瀬君も何杯目かのグラスを空っぽにして笑った。

「いやあ、本当、娘が結婚するっていいよな。こうして、早瀬君みたいな人と知り合うことができる」

「はは。僕もです。誰かに出会うってやっぱり楽しいですよね」

「おお、そうだ」

私は二人の会話を聞きながら、特上のお寿司をつまんだ。たっぷり載った軍艦巻きのウニは、粒がしっかりと見え、口に入れると濃厚な磯の香りが広がる。あまりにおいしくて、森宮さんに食べさせたくなった。

森宮さんは回転寿司に行くと、「こんなふうにどろっと溶けてない新鮮なのを食べたい」と言いつつ、ウニばかり食べている。きっとこのウニを食べたら大喜びするはずだ。

「優子ちゃん、お寿司好きだったんだな」

「普段はそれほどなんだけど、すごくおいしくて」

私がそう言うと、「そっか。そりゃよかった」と泉ヶ原さんはまたうれしそうな顔をした。

「でも、まだまだたくさんありますね。これ本当に三人分ですか？」

「いや、めでたい席だから六人前注文したんだ。よし、早瀬君、どんどん食べたまえ」

泉ヶ原さんは早瀬君のグラスにまたビールを注ぎ、自分もグラスを空にした。

「そうだ、……あの、泉ヶ原さん、梨花さんの連絡先ってわかりますか？」

泉ヶ原さんがこれ以上酔っぱらってしまう前に聞いておいたほうがいい。私が尋ねると、泉ヶ原さんの表情は少し固くなった。

「えっと、結婚することだけ伝えようかと。もしかして、泉ヶ原さんが知ってたらと思ったんですけど、ご存じないですよね。すみません。変なことを聞いて」

泉ヶ原さんが戸惑うのに、私は謝った。森宮さんも知らないくらいだから、泉ヶ原さんが知るわけがないだろう。梨花さんにつながるヒントでも得られたらと聞いてはみたけれど、出て行った人のことを口に出すのはよくなかったかもしれない。

ところが、頭を下げる私に、泉ヶ原さんは、

「知ってるといや、知ってるんだけど……」

と、赤くなった顔を押さえながら言った。

「梨花さんの居場所をですか？」

「まあ、そうだな」

「それなら教えてください。梨花さんに迷惑はかけません。ただ、結婚を伝えたいだけで。もし、梨花さんの新しい家庭に子どもがいたり、伝えるべき状態でないのなら、さっさとあきらめます」

父親は三人いるけれど、この世にいる母親は梨花さんしかいない。居場所を知ることができるなら、知りたい。頭には結婚を聞いて、「やったね」と喜ぶ梨花さんの姿がもう浮かんでいる。

「そうだよな。こんなめでたいことだもんな。きっと梨花は喜ぶよな」

泉ヶ原さんは誰かに確認するかのようにつぶやくと、メモと鉛筆を手にした。

4

「へえ。泉ヶ原のおっさん賛成だったんだ。案外ちょろいやつだったんだな」

私が泉ヶ原さんに会いに行った話をすると、森宮さんは嫌味ったらしく言った。

「大歓迎してたよ。早瀬君がピアノ弾くのを聴いてうっとりしてた。森宮さんも聴いてみたらいいのに。早瀬君のピアノ聴いたら気持ちも変わるんじゃないかな」

私はキャベツがたくさん入ったハンバーグを食べながら言った。ロールキャベツにするのは面倒だから、細かくしたキャベツをふんだんに入れたハンバーグ。キャベツと玉ねぎがひき肉を優しい甘さにしてくれている。

「ふうん。あの風来坊、ピアノを仕事にはしないの？」

「ピザとハンバーグの修業してたって話したでしょう？　早瀬君、音楽よりも食べ物に興味があるんだよね」

「それってさ、ずっとピアノ弾いてて離れたくなっただけじゃないの？　あんなピアノ弾くのに食べ物のほうが大事って、本気で考えてたら怖いよな」

森宮さんが意地悪く言うのに、

「あんなピアノって、早瀬君の演奏聴いたことないのに言わないで」

と私は膨れた。ピアノを弾いてる早瀬君もいいけど、おいしいものを食べて顔をほころばせている早瀬君も悪くはない。

「まあ、どうでもいいけど。風来坊の話を食事時にしちゃだめだな。食欲が半減する」

森宮さんはそう言って、コンソメスープをごくりと飲んだ。五月に入り暑い日も増え、スープや味噌汁もあっさりとしたものが欲しくなってくる。トマトと玉ねぎが浮かんだ透明のスープはすっきりとして飲みやすい。

泉ヶ原さんと再会する時、梨花さんと私が去って孤独な生活をしているのかもしれないと少し心配だった。でも、年をとってはいても、泉ヶ原さんには孤独や寂しさとは無縁のどっしりした懐の深さがあった。森宮さんはどうだろう。私がこの家を出て一人になったら、落ち込んでしまうのではないだろうか。そんなことを考えながら顔を見ていると、

「で、次は誰？」

と森宮さんが聞いてきた。

「え？」

「親めぐりだよ。次は誰を陥れるの？」

「ちょっと、変な言い回ししないでよね。次は、そう、梨花さん。泉ヶ原さんが居場所を知ってて……」

私が遠慮がちに言うのに、森宮さんは「へえ。あのおっさん梨花と連絡とってたん

だ」とけろりと言った。

「うん、まあ、そうみたい。どこにいるか聞いたけど、もしかして森宮さんも、会いたい？」

わずかな時間とは言え、一時は夫婦だったのだ。森宮さんだって、梨花さんがどうしているか気になるかもしれない。私が聞くのに、森宮さんは「いや、全然」と首を横に振った。

「本当？」

「うん。俺、来る者は拒んで去る者も追わないから。それに、梨花と一緒にいたのは、何年も前だよ。忘れてるわけじゃないけど、ことさら記憶から取り出そうとも思わないな」

「好きだったのに？」

「まあな。だけど、目の前の子育てに手いっぱいで、梨花に対する気持ちはいなくなるのと同時に飛んでったかな」

「その手いっぱいな子育てって、まさかもう高校生だった私？」

私がそう聞くと、森宮さんは「そうそう」と笑った。

「でも、優子ちゃんにとっては、母親なんだし、喜んでもらえることや知ってほしいことはなんでも報告したらいいと思う。俺には完全に過去の中にいる人でしかないから、遠慮しないで」

梨花さんがいなくなっても、森宮さんからは一切の未練を感じない。探そうというそぶりも恋しく思い浮かべてる様子もない。

「梨花さんが過去の人なら、そろそろ森宮さんも好きな人ができるといいのにね」

「まあな。けど、いいや。昔は俺も、恋愛をしたり結婚をしたりしてないのはむなしいことかもしれないと考えてたけど、そうじゃないんだよな」

「そうなの？」

「恋愛より大事なものはけっこうあるし、何か一つ手にしていればむなしさなんて襲ってこない。優子ちゃんも大人になったらわかるよ」

森宮さんはしみじみと言った。

「もう、大人だけどね。あれ？　さっき森宮さん、喜んでもらえることは報告したらいいって言ったよね」

「それが？」

「私と早瀬君の結婚、本当は喜ぶべきことだって、思ってるんだ」

「まさか。結婚は喜ばしいけど、あんな風来坊が相手じゃ悲劇だよ。ああ、あいつの顔、想像したら食欲なくなった」

森宮さんはそう言いつつ、ハンバーグのおかわりを取りに台所へと向かった。

5

「なるべく早く呼びに行くね」

「いいよ。ゆっくりして。談話室で本でも読んで待ってるから」

「わかった。じゃあ、行ってくるね」

早瀬君とは総合受付の前で別れて、私は一人で梨花さんの元に向かった。最初から二人で出向くと疲れさせてしまいそうだし、まずは私が話をしてその後早瀬君と引き合わせるほうがいいと思ったのだ。

３０６号室。泉ヶ原さんに聞いた番号をたどっていくと、廊下の突き当りに見つかった。ネームプレートの名前は「泉ヶ原梨花」となっている。泉ヶ原？　いったいどういうことだろう。まさか梨花さんの再婚相手は泉ヶ原さんなのだろうか。

会わなくなって七年間、梨花さんに何が起こってどうなっているのか。わからないことが多すぎる。いったい何から聞けばいいのだろう。梨花さんはどんな姿で現れるのだろうか。そんなことを考えると指先が震えた。いや、梨花さんのことだ。ここが病院というだけで、変わらず元気な顔を見せてくれるにちがいない。一人で考えを巡らせていると、ドアが開いた。

「ちょっと。三時に来るって聞いたから、待ってるのに」

「ああ、梨花さん」

七年ぶりに会う梨花さんは、当然だけど、年を取っている。そして、病気のせいか、顔色も悪いし痩せてもいる。でも、梨花さんは、すべてを吹き飛ばすようなからりとした笑顔で、

「さあ、さっさと入ってよ。朝から片付けたんだ」

と私を迎えてくれた。

「なんか、久しぶりだね……」

「うん。かなり久しぶり。病室とは言え、きれいでしょう。ちょっと広めの個室にしてもらったんだよね。って、優子ちゃんすっかり大人になって……。私は三十五歳が四十二歳になっただけだけど、優子ちゃんは高校生が社会人になったんだから当たり前か」

梨花さんは一息に話しながら、私を部屋の奥まで連れていった。

部屋の中は、トイレもお風呂もついていて、簡単なソファセットもあり、堅苦しいベッドがある以外は、ワンルームマンションのようだ。

「いい部屋だね」

私が部屋中見回して言うのに、梨花さんは「久しぶりに母親に会ったのに、最初に部屋の感想言う？」とけらけら笑った。

「いや、元気そうで……。あの」

梨花さんはゆったりした部屋着を着ているけれど、ほっそりしている姿は隠せてはい

ない。そんな梨花さんを前に、適当な言葉は見つからなかった。

「七年って、話したいことが積もりすぎるよね。優子ちゃんも聞きたいことだらけでしょう。ま、座ってよ」

梨花さんは私の戸惑いなどあっさり流して、よく知っている華やかな笑顔を見せた。

「そうだね」

「えっと、飲み物たくさん用意したんだ。何がいいかな。よし、りんごジュースにしよう」

梨花さんは小さな冷蔵庫から紙パックのジュースを取り出して私に渡すと、「よいしょ」とベッドに腰かけた。

私はベッド横の簡易椅子に座って、乾いた喉をジュースで潤した。どうして病室にいるのか。何の病気なのか。なぜ泉ヶ原梨花になっているのか。私を置いていったのはどうしてか。聞きたいことは山ほどあるようで、でも、梨花さんを目の前にすると、どれもどうでもいいことのようにも思えた。

「結婚するんだって？」

考えている私に、先に梨花さんが口火を切った。

「うん……。まあ」

「しげちゃんが、すごいいい男連れてきたって言ってたよ」

梨花さんがにやにや笑った。

「しげちゃん？」

「そう。泉ヶ原さんって、泉ヶ原茂雄って言うの。知らなかった？」

「知ってるけど……、そんなふうに呼んでるんだ」

私が驚くのに、梨花さんがふふふと笑った。何か打ち明ける前に、いたずらっぽく笑うのは昔のままだ。顔色は悪いし頬はくぼんで目に隈《くま》もある。だけど、梨花さんの表情は変わらず生き生きしているし、きっと手入れをしているのだろう。肌はきめ細かいままだった。

「結婚したんだ。泉ヶ原さんとね」

梨花さんは少し改まった顔で言った。

「再婚って、泉ヶ原さんとだったんだね」

部屋のネームプレートから予測はしていたものの、それでも衝撃の事実だ。

「そう。驚いた？」

「そりゃ、驚くよ。だって、梨花さん窮屈だって、あの家飛び出したのに」

「あの家は窮屈だけど、しげちゃんはいい人だしさ」

「それはわかるけど」

泉ヶ原さんがいい人なのは、私だって知っている。言葉は少ないけど、器の大きい人だ。

「でも、また結婚するなんて。いったい、どうして？」

「優子ちゃんの想像どおりだよ」

梨花さんはそう微笑んだ。

前は私にピアノを弾かせたいと、梨花さんは泉ヶ原さんと結婚した。今度はもしかして病気と関係しているのだろうか。私が何も答えず首をかしげるのに、

「だけど、ちゃんと私、しげちゃんのことを好きなんだよ。前の時も今もね」

と梨花さんは言った。梨花さんの穏やかな顔を見ていると、そうなのかもしれないとは思う。だとしたら、森宮さんと結婚したのはなぜだろう。私がそう聞く前に、梨花さんは、

「私だって、優子ちゃんに聞きたいことといっぱいあるんだよね。よし、その前にさっさと私のつまらない話を片付けるか」

と意気込んで、すぐに「何から行こうかな……えっと」と眉をひそめた。

七年の間に泉ヶ原さんと離婚して、森宮さんと結婚して離婚して、また泉ヶ原さんと再婚して。複雑すぎて話すほうも難しいのだろう。

「じゃあ、泉ヶ原さんの家、出て行っちゃったのはどうして？」

私は一番最初の出来事から質問した。順番に聞かないと混乱してしまいそうだ。

「そうだなあ。あの暮らしが窮屈になったのは本当なんだ。あのころは、ただただ毎日憂鬱で。働かなくていい、家事もしなくていいって、最初はラッキーって思ったけど、怠け者の私でも五日でたまらなくなった。吉見さんも嫌いだったしね」

梨花さんはそう言って肩をすくめた。

「だろうね」

吉見さんはきちんとした人だ。その分、梨花さんのおおざっぱな振る舞いに渋い顔をすることも多かった。

「勝手だけどさ、あのころの私は、優子ちゃんもこんなところにいちゃいけないって思ってたんだよね。至れり尽くせりなところにいたら、だめな人間になるって思い込んでて」

「で、連れ出そうとしてたんだ」

「そ。だから、経済的にも私一人で苦労させせないですむようになったら、迎えに行こうって仕事してお金貯めてたの」

「そうだったんだ。だったら、森宮さんは？　どうして結婚したの？」

迎えに来てくれた時、梨花さんの横にいる森宮さんに私は違和感を覚えた。森宮さんには、梨花さんが好きになる要素が一つもなかったからだ。今、泉ヶ原さんと再婚したと聞いて、ますます森宮さんと結婚したのが、不思議でならない。

「森宮君と結婚したのは、そうだな、働いて一年半後くらいかな？　会社の健康診断に引っかかって、病気だってわかってさ」

ここは病院で、梨花さんが病気だということも泉ヶ原さんに教えられている。だけど、梨花さんの口から「病気」という言葉が出ると、とたんに現実味を帯びて、私の心臓はぎゅっと締めつけられた。梨花さんのほうはそんなことおかまいなしに、さらりとした顔で話を進めている。

「まさか自分が病気になるなんてびっくりだよね。まだ若いのにさ。で、とりあえず、病気になったからには優子ちゃんの母親は辞めようと思って」

「どういうこと?」

病気になったからと言って、母親を辞めるなんて話聞いたことがない。病気の母親なんていくらでもいるし、健康であることが母親の条件でもない。

「だって、私、本当の親じゃないし、血もつながってないでしょう。それなのに、わざわざ一緒にいなくたって、もっといい親を選ぶべきだって思って」

「親なんて選ぶものじゃないよ」

私が言うと、

「子どもは親を選べないってよく聞くね」

と梨花さんは笑った。

「子どもは親を選べない」何度か聞いたことがある。親を選べないなんて不幸だという意味だろうけど、親を選ばないといけない場に立つのだって、苦しい。

「でも、優子ちゃんには本当の父親よりも私を選ばせたんだもん。だから、少しでもいい人生を歩ませなきゃいけないって、こう見えてもまじめに考えてたんだよね」

「わかってるけど」

そんなことはわかっている。どこか強引ではちゃめちゃだけど、梨花さんが、今まで私の親であった人が、そう考えてくれていることぐらい知っている。

「だからさ、病気はまずいなって」

「迷惑だとか？　そんなこと考えるのおかしいよ」

「迷惑をかけるかもっていうのもあるけど、優子ちゃん、親が替わるのつらくないかって聞いた時のこと覚えてる？」

「いや……どうだろう」

覚えがなくて私はあいまいに答えた。

「まだ中学生だった優子ちゃんが、親が替わるのは平気だよって答えたんだよね。最初のお母さんが死んだから、身近な人の死以上につらいことはないって知ってるんだって」

「言ったような、言わないような」

親は替わらないほうがいい。だけど、いつも私の親となってくれた人たちは、真摯《しんし》に向き合ってくれた。だから、離れても、どこかで見守ってくれていることを心強く感じることもあった。でも、死んでしまうのはだめだ。二度と会う可能性がなくなるのは悲しすぎる。

「だから、離れちゃおうって。そしたら、万が一私が死んだって、知らずにすむでしょう。二度も母親に死なれるのは、ちょっと勘弁だよね」

梨花さんはそう言ってから、「って言ったって、まだまだ死ぬ予定もないんだけどね」と声を立てて笑った。

私はとても笑う気にはなれなかった。あんなに愛情を注いでくれた梨花さんが、私から離れたのだ。それなりの覚悟をしているはずだ。

「ちょっと、しけた顔しないでよ。死ぬ気ないから、しげちゃんと再婚したんだよ」

「そうだよね」

「そうだよ。こんな図太い私が死ぬわけないでしょう。で、何の話してたっけ？　ああ、そうそう。森宮君のことね、っとその前に」

梨花さんはそう言うと、ベッド横の棚からクッキーを出してきた。

「しげちゃんが優子ちゃんが来るって言って、あれこれ買い込んでさ。もう少しつまらない話は続くから、これでも食べて」

「ありがとう」

缶のふたを開けると、バターの香ばしいにおいがした。梨花さんは私を気遣ってか、「あ、チョコのおいしそう」と一つつまんでほおばった。本当に食欲があるのだろうか。おいしいと感じられているのだろうか。私は不安に思いながらも、梨花さんが明るくしているのに、沈んでいるわけにはいかないと、「本当、高級クッキーだね」と口に入れた。

「しげちゃん、自分は甘いもの嫌いなのにお菓子買うの好きだから」

梨花さんはそう言うと、お茶を一口飲んで話を続けた。

「森宮君と結婚したのはさ、健康診断に引っかかって入院してる時に、中学の同窓会で会った彼のことを思い出したからなんだよね。東大出て、大手で働いてて、ついでに金魚を十年も育ててたって話してた堅実な人がいたなって」

「それで？」

「森宮君、優子ちゃんの親に向いてるって思ったの。泉ヶ原さんの家は贅沢すぎるし、しげちゃん年とってるから、病気になる可能性高いでしょう。森宮君なら若いし、私の後継者にピッタリだって。私、男を見る目はあるから」

「そんなので、結婚したの？」

「そう。私の勘、当たってたでしょう？　森宮君、優子ちゃんのこと大事にしてくれてる。でしょ？」

「それは、そうだけど」

愛情の表現が間違ってることはあるけれど、森宮さんに大事にされていることは、どこも否定できない。

「だからって、森宮さんに私を押し付けちゃったの？」

「押し付けたわけじゃないよ。森宮君、私に優子ちゃんがいることを承知で結婚したんだもん」

「そうだろうけど。ずいぶん思い切った行動だよね」

「まあね。手術一年後に、また悪いところが見つかって再手術することになって。こりゃ、さっさと優子ちゃんと自分の身の上をなんとかしなきゃって、焦ったんだよね。じっくり考えてる暇はなかったな」

二度の手術ということは、病気はどれくらい重いのだろう。何の病気で、どういう治療が必要で、いつ治る見込みなのか。それが何より知りたいことではあったけれど、梨花さんは私が病気について口にすることはできない空気を漂わせていた。

「再手術が決まって、森宮君との関係を一気に結婚まで持って行ったの。森宮君、親と折り合いが悪くて家をさっさと出てるから、二人で簡単に入籍できたんだよね。で、泉ヶ原さんに結婚の報告に行って、優子ちゃんを引き取りたいと話したんだ。大忙しでしょう」

梨花さんはとても愉快なことのように話した。そうだ。梨花さんは楽しい時間を過ごしたいのだ。久しぶりに会って、私につらい告白をしたいわけがない。

「すごいね。森宮さんと泉ヶ原さん、二人の大の大人が梨花さんの計画にまんまと乗せられるなんて」

私も合わせて軽口を叩いてみせた。

「でしょ。私の話術もなかなかなもんなのよね」

「森宮さんは本当に何も知らなかったの?」

「うん、あの人、とぼけてるもん。だけど、病気だとは思ってはいなかっただろうけど、私が出て行くことはどこかで感じてたんじゃないかな。私のこと、完全には信用してないようだったし。だからこそ、優子ちゃんを受け入れてくれたんだと思う」

「だからこそ?」
「結婚を決める時には、自分が優子ちゃんの親になろうとしてたんじゃないかな。あの人、まっとうだから」

それは知っている。七年間一緒にいるのだ。森宮さんの覚悟も、森宮さんがそういう人だということも、わかっている。

「で、泉ヶ原さんと再婚したんだ?」
「そう。優子ちゃん引き取りたいって話しに行った時、しげちゃん私の体調が良くないこと、あっさり見抜いちゃって。私、再婚するって話してるのに、それより梨花はどこが悪いんだって言いだして」

梨花さんは「まいっちゃうよね」と笑った。

「私、全然気づかなかったのに」
私は体調が悪くなった梨花さんと二ヶ月間暮らしていたのだ。毎日一緒にいたのに、病気になっているだなんて一度も疑わなかった。
「当たり前だよ。親のことじっくり見てる子どもなんて気持ち悪いよ。子どもは親のことなんて気にせず、自由にあるべきだもんね。でさ、しげちゃんには本当のこと全部しゃべる羽目になって……。病気ってお金かかるんだよね。手術にしても入院にしてもさ。

いろいろ助けてもらいながら現在に至るかな」

泉ヶ原さんは私が森宮さんと梨花さんについていく時、何も言わなかった。じっと私の顔を見つめるだけだった。それはすべてを知っていたからなのだろうか。

「しげちゃんの懐のでかさにはかなわないよね。私はあの人と一緒にいるのが心地いいんだ」

梨花さんはそう笑った。

もしかしたら、二人にあるのは恋や愛とは違うものなのかもしれない。でも、泉ヶ原さんが梨花さんに向ける気持ちの深さは簡単に想像できる。

「あーつまらない話しちゃったなあ。ね、優子ちゃんの結婚相手の話してよ。私の計画的な結婚話より、夢があるでしょう」

梨花さんはそう言って、わくわくした顔を私に向けた。

「そう、だね」

しっかり閉じられた病院の窓からでも五月の暖かい日差しが入り込んでいる。けれど、窓の向こうの風が届かないと、閉ざされた息苦しさは消えない。この空気を換えられるのは、いくつかの会話しかないのかもしれない。

「早瀬君っていうんだけどさ、高校三年生の時の合唱祭で一緒にピアノ伴奏の担当になって」

「うわ、なんかロマンチック」

「うん。だけど、その時は早瀬君には彼女がいて付き合ったりはできなかったんだ。それが、私が短大卒業して働いていたお店に早瀬君がやってきて。そこから会うようになったんだよね」

「何それ。ドラマじゃない。それで？」

梨花さんが本当に楽しそうに瞳をきらきらさせるのに、私は少しでもおもしろい話にしようとはりきった。

「付き合うことにはなったんだけど、早瀬君変わってて。音大に通いながら、イタリアにピザの修業に行ったりするの」

「どういうこと？ ピザって楽器？」

「いや、チーズが載った食べ物のピザ」

「なんか、すごいね」

「そう。その次はハンバーグの修業だってアメリカに行っちゃって」

「うそでしょう？ おもしろすぎる」

早瀬君の話は十分愉快なようで、梨花さんは何度も笑ってくれた。

二人で話していると、ここが病院で梨花さんが病気だということはそっと息をひそめ、毎日話していたあのころの感じがよみがえってきた。

「あ、そうだ、早瀬君、連れてきてるの。会ってくれる？」

すっかり早瀬君のことを忘れていた。私がそう言うと、梨花さんは首を横に振った。

「いいよ。今日は優子ちゃんに会って、いろいろ聞いて満喫しすぎちゃった。結婚式で見るの楽しみにしてる」

「そう？」

「そうそう。お楽しみは次にとっとくよ。式はいつぐらい？」

「秋にと思ってるんだけど。森宮さんが反対してて」

「そりゃ父親だもんね」

「結婚はめでたいって言ってたのにだよ。あんな風来坊はだめだって話にならなくて」

私は森宮さんの口調を思い出して、ため息をついた。

「それは、優子ちゃんが置いていかれでもしたらって、心配なんだよ。私が出て行った時みたいにね。ごめんね。つらい思いをさせてたんだね」

「そんなことない。平気だったよ、私は」

私は梨花さんから離婚届が送られてきた時のことを思い出した。あの時、森宮さんはまるで動じず届けに判を押していた。その後も梨花さんを恋しく思っている姿など一度も見たことはない。だから、この人はどんな変化でも流してしまえるんだ。そう思っていた。

だけど、森宮さんはちっとも平気なんかじゃなかったのかもしれない。思い切った行動をする早瀬君を認められないくらいに。七年経っても誰も好きになれないくらいに。きっと、私の気持ちを乱さないように平然を装っていただけだ。どうしてそんな簡単なことがわからなかったのだろう。いや、私にわかるわけがない。梨花さんが病気だったことも、愛する人に出て行かれた森宮さんの気持ちも。私の親である人は、あまりにもたやすく子どもを優先してしまうのだから。

「よし、とにかく秋に照準絞って、元気になるか」

梨花さんは景気よく言うと、ベッドから立ち上がった。

「彼、待たせてるんでしょう。そろそろ行かないと」

「そうだね。絶対結婚式来てね。あ、忘れてた！」

鞄を手にした私は、大事なものを持ってきていたことを思い出した。

「これ。梨花さんに」

「何これ？」

私が渡した封筒を受け取ると、梨花さんは眉をひそめた。

「お金、なんだけど」

「みたいだね。でも、子どもからお金なんて、もらえるわけないよ」

「そのお金、私のじゃなくて、小学五年生の時にもらったものなんだ」

「小学生で？　っていうか、二十万も？　いったい誰に？」

封筒の中を確認した梨花さんは、驚いた声を出した。

「あの時住んでたアパートの大家さんにもらったの。老人ホームに入っちゃう時」

「そんなことあったんだ。大家さん優子ちゃんのことかわいがってたもんね。だけど、どうしてそれを私に？　優子ちゃん今まで大事に持ってたんなら、使えばいいじゃない」

「大家さん、このお金が必要なときがいつか来るって言ってた。なんとかしたいことが起きたとき、このお金を使えばいいって。梨花さんお金に困ってはないだろうけど、私のなんとかしたいときは今だから」

小学五年生でもらった二十万は、今まで使いたいときも必要になるときも一度も訪れなかった。働きだして私の貯金は二十万を越えている。けれど、大家さんにもらったこのお金には、金額ではない力があるような気がしてならない。

「なんか御利益ありそうなお金だね。ありがたくもらっておく。ありがとう」

私の話をじっと聞いていた梨花さんは、そう頭を下げた。

「うん。これできっと大丈夫。そう。元気になって。だって……」

「だって？」

「泉ヶ原さんもだよ。身近な人が亡くなるつらさを知ってるのは」

ピアノを大切に磨いていた泉ヶ原さんの姿は今でも忘れられない。もし、万が一、梨花さんを失うことになったら、泉ヶ原さんは耐えられないはずだ。

「知ってるよ。っていうか、しげちゃんよりは十分長生きするつもりだよ」

梨花さんは「しげちゃん、じじいだもん」と声を立てて笑った。

「そっか。そうだよね。あ、そうだ。……あの、もしかして、お父さん、水戸秀平の居場所ってわかるかな」

私がドアの前でそう聞くと、梨花さんは「水戸秀平」とつぶやいた。

「そう。梨花さんの最初の夫だよ」

「そんなことは知ってるけど……」

梨花さんは宙を眺めた。あんまり思い出したくない人物なのだろうか。

「もしかして知ってたらって聞いただけで……」

「うん、……知ってる」

梨花さんは浮かない表情のままで小さくうなずいた。

「ただ、結婚することを知らせようかなと思っただけなんだけど」

「そっか。そうだよね。うん、家に帰れば住所がわかるとは思うんだけど。またしげちゃんに調べてもらって、送るわ」

梨花さんはそう言うと、

「疲れちゃったー。一年分くらいしゃべったもん。しげちゃんとだとあんまり会話弾まないしね」

と肩をすくめた。

「また、来てもいい？」

私が聞くと、梨花さんは、

「えーやめてよー」

と冗談めかして言った。

「だめ?」

「だめだめ。私、今日すごく無理してるもん。またこれだけのパワー貯めるのに三ヶ月かかる。次は結婚式だよ。早瀬君も優子ちゃんのウェディング姿も見られるなんて、今からわくわくする。病気だとさ、未来の予定が何よりの薬だって知ったよ」

梨花さんはまぶしそうな目を私に向けた。

元気でいてね。早く病気を治して。言いたいことはたくさんあるのに、どれも口からは出せなかった。

「またね」

そんな私に梨花さんはにっこりと手を振った。

「また。うんまたね」

私もそう言うと、一つ息を吐いて重いドアを引いた。

談話室には早瀬君の姿はなかった。時計を見ると、五時を回っている。梨花さんと二時間以上話していたんだ。ずいぶん待たせてしまったと急いで下の総合受付に向かったが、そこにも早瀬君は見当たらない。外に出たのかもしれないと入り口に向かって歩いていくと、ピアノの音が聴こえてきた。さりげなく響く音に、最初はＣＤでも流れているのかと思ったけれど、このみずみずしい音色は、生のピアノだ。音を探っていくと、玄関ロビーに早瀬君はいた。

病院内は広く、待合室横にはロビーが作られ、たまに演奏会でもあるのか奥にグランドピアノが置かれている。絵画や花が豪華に飾られたピアノの周りだけを見ていると、ホテルの入り口のようだ。

早瀬君はそこでピアノを弾いていた。すっと流れていくシンプルで美しい曲。「羊は安らかに草を食《は》み」だ。病院のピアノを勝手に弾いていいのだろうかと辺りを見回してみたけれど、ロビーにいる人はみんな聴き入っているし、職員の人も気には留めていないようだった。目を閉じている人、真剣にピアノを見つめている人。点滴をぶら下げたままの患者や、見舞客。様々な人がそれぞれのスタイルで耳を傾けている。ああ、なんて曇りのない正確な音なのだろう。私の耳も、澄まされていた。

病院は決して楽しい場所ではない。整然と清潔にされすぎていて、ロビーですらどこかに緊張感を含んでいる。そんな閉ざされた中でも、繊細で静かなピアノの音は暖かに響く。何かを主張することなく、寄り添うように奏でられる音楽は、私の中にも浸透していく。

梨花さんは病気なのだ。それもきっと重い病気。泣き叫びたくなるような現実が、音に融《と》かされ柔らかくなっていく。不安や苦しさやるせなさで覆われそうだった心に、音が広がり隙間を開けてくれる。音楽は、ちゃんと力がある。普段は気づかないけど、今はそれがよくわかる。目の前にピアノがあれば弾かずにはいられない早瀬君が作るメロディに、心は動き、包まれていく。

おいしい食事も励ましの言葉も誰かが差し伸べてくれる手さえも受け付けなくなったとしても、音楽は心や体に入っていくだろう。どうして私は気づかなかったのだろう。早瀬君は、もっともっとピアノを鳴らすべきだ。

「面会、終わったの？」

ピアノを弾き終えた早瀬君は周りの人に小さく頭を下げてから、こっちへ向かってきた。

「ああ、うん。私がここにいるってよくわかったね」

「ピアノ弾いてるときは耳を澄ましてるから、気配でわかった」

早瀬君はそう笑うと、「どうだった？」と遠慮がちに聞いた。

「どうかな。よくわかんない」

梨花さんは深刻な病気みたいだ。そう答えたらそれが現実になってしまいそうで、言えなかった。

「そっか。そうだよな」

「でも、私、気づいたよ」

「何に？」

「早瀬君、ピザ焼いてる場合じゃないってこと」

私が顔を見上げて言うのに、早瀬君は首をかしげた。

「どういうこと？」

「ピアノ、弾かなきゃ。重苦しいのは苦手だとかもっと大事なことがあるだとか、ごたごた言ってないで、早瀬君は真摯にピアノを弾くべきだよ」

ピザは私でも焼ける。だけど、絶望に覆われそうな心を穏やかに包む音色を奏でられるのは、早瀬君しかいない。今日のピアノは、泉ヶ原さんの家で聴いた時より、さらに際立っていた。早瀬君が変わらずピアノに向かっている証拠だ。

「今さら？」

「そう。搭乗券を買って、スーツケースを預けた後でも、行き先が違うと気づいたら、その飛行機には乗らないでしょう。早瀬君、今ならまだ降りられるよ」

イタリアやアメリカに行った時間を、早瀬君が悩んで決めた決断を、否定してしまうのかもしれない。けれど、彼の目の前にピアノ以外の物を並べる気にはならなかった。

「そうかな」

「そうだよ。ハンバーグもピザも私が焼く。だって、私のほうが料理うまいもん」

私がきっぱりと言うと、

「俺もそれ、うすうす気づいてた」

と早瀬君は静かに笑った。

6

それから一週間もしないうちに、梨花さんから荷物が送られてきた。お父さんの連絡先を知りたいだけなのに、届いたのは小さなダンボールだ。ずいぶんおおげさだなと開けてみると、輪ゴムで止められた何通もの手紙が入っていた。

なんだろう、これは。と、まずは一番上に置かれていた紙を手に取ると、梨花さんから私にあてたものだった。

この間はありがとう。久しぶりに優子ちゃんと話して楽しかった。いい時間が過ごせました。

お詫びをしないといけないことがあります。同封したのは優子ちゃんのお父さんからの手紙です。ブラジルに旅立ってから十日に一度ほど送られてきました。優子ちゃんがやっぱりお父さんのところへ行きたいと言い出すのが怖くて、渡せずにいました。こんな大事なものを隠しておくなんて、許されることじゃないよね。本当にごめんなさい。墓場まで持って行こうと思っていたんだけど、手紙が多すぎてお墓に入りそうになくて。

お父さんは、二年後には日本に戻り、優子ちゃんに会いたいと何度も私へ連絡をしてきました。でも、そのころには、私にとって優子ちゃんより大事なものは一つもなかったから、失うのが不安でどうしても会わせることができなかった。自分勝手なひどいことをしました。本当にごめんなさい。

きっと、お父さんは会わないうちに優子ちゃんへの気持ちも薄れるだろう。そう思っていました。けれど、私自身優子ちゃんの母親を辞めようと決心した時、お父さんの気持ちがよくわかった。離れたって、自分に新しい家族ができたって、子どもに対する思いは少しも薄められないって。

水戸さんは、その三年後に再婚したようです。新しい家族ができた以上、水戸さんや優子ちゃんの今の暮らしを惑わしてしまうだけだと手紙のことは黙っていようと決めました。

でも、本当はこれで手紙をなかったことにできると、勝手に自分を許していただけなのかもしれません。

水戸さんは娘が二人でき、新しい家族と幸せに暮らしているようですが、優子ちゃんのことは忘れるわけがないし、結婚のことを聞いたら喜ぶはずです。結婚式、楽しみにしています。


というメッセージと、最後にはお父さんの住所が書かれていた。

お父さんがブラジルに行った後、私も何度も何度も手紙を書いた。まだ外国への手紙の出し方など知らなかったから、梨花さんに出してほしいと手紙を託した。返事が来ないことを聞くたび梨花さんは「お父さんも忙しいんだよ」と言葉を濁していたけれど、本当は手紙が来ていたのだ。なんとかお父さんと繋がろうとしていたあのころの自分を思うと、胸は苦しかった。戻ってきたお父さんは、やっぱり私に会おうとしてくれていたのだ。会える機会はすぐそこにあった。そう思うと、涙は勝手に流れた。

だけど、当然、梨花さんを恨む気にはならない。梨花さんがそんなことを越えるくらいの愛情を注いでくれていることは知っている。

お父さんはこんなにも私に手紙を送ってくれていたのだ。百通はあるであろう手紙を見ると、お父さんへの思いがたちまち募った。まだ何もできない生まれたてだった私を知っているお父さん。私が歩くことやしゃべることを覚えていくのをそばで見守っていてくれたお父さん。お父さんは、大きくなっていく私に、ちゃんと言葉を届けてくれていたのだ。

手紙の消印を見ると、古い順に重ねられている。どうしよう。読むべきなのだろうか。今の私にではなく、小学生だった私にあてた手紙。お父さんがどんな言葉を送ってくれたのか、知りたい。でも、この手紙を読んでも、今その思いに応じることはできない。きっとあの時知っていたらと後悔することばかりのはずだ。

「うわ、何その手紙の山」

手紙をテーブルの上に並べながら考えていると、後ろで声がした。

「森宮さん、いたんだ。買い物に行ったんじゃなかったの？」

「とっくに帰ってるけど。それ、まさかあの放浪野郎から？」

森宮さんはそう言うと、スーパーの袋をテーブルの上に置いた。

「違うよ。早瀬君は手紙なんか書かないし」

私は首を振った。早瀬君はマメじゃない。アメリカに行っていた時も、数えるほどメールが来ただけで、手紙などもらったことは今まで一度もなかった。

「じゃあ、何？」

「早瀬君じゃなくて、お父さんからの手紙」

隠すことはない。私が正直に言うと、

「俺、そんなに手紙書いた覚えないけど」と森宮さんはとぼけた顔をした。

「最初のお父さんね」

「ああ、初代ね。どうして今ごろ？」

森宮さんは自分と私の分の麦茶を淹れると、食卓に着いた。

「梨花さんが送ってくれたの。ブラジルにいたお父さんから私へ届いた手紙を渡せずにいたんだって」

「ああ、梨花らしいね。優子ちゃんとの生活守るためなら、実の父親くらいけちらしそうだもんな」

「確かに」

「でも、これだけあったら、読むのに三日はかかりそうだな」

森宮さんは手紙をしげしげと眺めた。

「読もうかどうしようか考えてて……」

私は手紙にそっと触れながら言った。封筒は小学生の私に合わせてくれたのだろう。かわいい柄の物が多い。

「え？　読まないっていう選択肢があるの？」

「だって、十年以上前の手紙だし」

「なるほど。急いで梅干しをブラジルまで送ってくれとか書かれてても、答えられないもんな」

森宮さんはそう笑った。

そのとおり。まさか梅干しの依頼はないだろうけど、読んでも答えられないこともたくさんあるだろう。

「じゃあ、もしかして、お父さんに会いにも行かないつもり？」

森宮さんはうかがうように私の顔を見た。

「うん。そうだね。もう新しい家族ができて子どももいるみたいだし」

自分に新しい家族ができていくように、去って行った親のほうにも、次の家庭ができる。以前の親と連絡を取り合ったり、昔を懐かしんだり。そういうことで、今自分がいる家族を悲しませるのはだめだ。子どもの私ですらそう考えていたのだから、父親が今の家族を大事にするのは当然だ。結婚の報告だけだとはいえ、私が現れることで、お父さんの家族をわずかでもゆるがせてしまうのはよくない。

「本当のお父さんなのに？　優子ちゃん、れっきとした娘なんだから、新しい家族になんか遠慮しなくていいのに」

「遠慮じゃないよ。泉ヶ原さんや梨花さんにも会って、ついでに森宮さんもいて、もう親は十分だしね」

泉ヶ原さんと梨花さんに再会し、変わらず私を思ってくれている気持ちに触れた。そのうえ、毎日そばに森宮さんがいる。これ以上、無償の愛情を注いでくれる人に会う必要はない気がする。

それに、最近の私は、自分の家族をめぐってばかりで、早瀬君のことを見過ごしていた。

「俺のやりたいことは音楽とは違うと思い込んでいたけど、あと一歩踏みこんでピアノだけの世界に入ってしまうのが怖かっただけなのかもしれない。どれだけピザを作ってもハンバーグをこねても、楽にはならなかった。結局、俺はピアノから離れられないみたい」

早瀬君はそう言っていた。

あんなわかりやすい人の心の変化さえ気づかなかったなんて。ピアノの音を聴けば、早瀬君がどれだけ弾き込んでいたか明らかだったのに。これからは、愛情を注いでもらうばかりではいられない。誰かの子どもとしてではなく、早瀬君と二人で家族を築いていかなくてはいけないのだから。

「チヂミ?」

私はスーパーの袋からのぞく大量のにらを見て言った。

「そう。鋭いな」

「昨日お好み焼きだったのに」

「あの風来坊、ピザ作るだろ?」

「もしかして、早瀬君に対抗してるの?」

「まさか。ピアノの片手間に作るやつの料理なんて、家事を真剣にやっている俺の足元にも及ばないよ」

森宮さんはそう言うと、袋を抱えて台所へと向かった。

7

六月の日曜日。朝から結婚式場をいくつか見て回った私たちは、昼食にと喫茶店に入った。六月後半に差し掛かったとたん続いた雨のせいか、店の中は湿気で満ちている。

「結婚式場って思ったよりもたくさんあるんだな」

早瀬君は注文を済ませると、水を一気に飲み干した。

「そうだね。どこも似たような感じだし、それなら一番近いところがいいかな」

私はもらったパンフレットを並べてみた。どこもそう大差はない。それなら、梨花さんの体調も気になるし、近場で済ませられるほうがいいかもしれない。

「優子がそれでいいなら、俺はなんでもいいけど」

「堅苦しいのは疲れるし、式はコンパクトなのがいい。それにしても、結婚式って手間取るのかと思ったら案外簡単なんだね」

どこの式場もお得なセットがあって、申し込めばすぐにでも式が挙げられそうだ。

「住まいは俺のアパートでのスタートになるし、式は簡単だしって、ちょっと夢がない感じかな」

早瀬君が言うのに、私は首を横に振った。

「誰かに祝福してもらえる場があって、新しい暮らしが始まればそれで十分だよ」

「ならいいけど。せっかく正社員になったと思ったら、また俺、フリーになったし」

早瀬君はそう言いながら、運ばれてきたナポリタンスパゲティに粉チーズを振りかけた。

フランス料理店での仕事をやめた早瀬君は、今は音楽教室の講師と結婚式場やレストランでピアノを演奏する派遣の仕事をしている。ピアノさえ弾ければ楽しいようで、早瀬君の顔は最近ずっと健やかだ。

「コンサートホールで弾きたいわけでもないし、プライドや選り好みがなければ、ピアノの仕事ってけっこう儲かるんだよな」

「それなら、あちこちで散々ピアノ弾いてから、レストランを開くのもいいよね。そのころには、お金も貯まるだろうし」

「まあな。ロッシーニだって、レストランを経営したのは音楽で一仕事してからだもんな。ピアノも弾かず、ピザ作ってたんじゃ、ロッシーニじゃなくて、ピザ職人になるところだった」

早瀬君はケチャップが付いた口で楽しそうに笑うと、

「そんなことより、早いとこ、お父さん説得しないと。結婚式場を決めようとしてるのに、反対されてたんじゃな」

と神妙な顔をした。

「ああ、森宮さんか」

私はようやく運ばれてきたドリアをスプーンですくって、ため息をついた。

梨花さんにも泉ヶ原さんにも賛成され、最初のお父さんには会わないことを決め、それで終わったような気になっていたけど、トリが残っていた。

「そ。本当のお父さんなんだし、森宮さんの賛成をもらわないと始まらないだろう」

「本当のお父さん？」

「優子の戸籍って森宮さんのじゃないの？」

「そっか。戸籍をもって本当の父親と言うのならそうだね」

一番父親らしくない森宮さんの姿を思い浮かべて私は小さく笑った。

「今、一緒に暮らしてるんだし、優子を送り出すのも森宮さんだろう」

「まあね。面倒だけど、説得するしかないのかな。あ、あと、早瀬君のお母さんも」

早瀬君の実家には、泉ヶ原さんに会った次の日にあいさつに行った。お父さんは「こんなばか息子と結婚してくれるなんてありがたい」と大歓迎してくれたけど、お母さんは「森宮さんに会わなかったら、うちの子、ピアノ続けてたんじゃないかな」とぼそりと言ったきりだった。反対だと言葉にされたわけではないけれど、私を受け入れていないのは明らかだった。

「うちは父親が大賛成してるからいいだろう。大賛成とちょっと反対。両親二人の意見を総合すると、とりあえず賛成にはなる」

「そんな計算していいんだ」

「夫婦って、喜びも悲しみも賛成も反対も二人で分け合うんじゃないの？」

早瀬君はのんきにそう言うと、

「喫茶店のナポリタンって麺も柔らかいし、ケチャップの味ばかりでおいしくないけど、粉チーズには合うんだよな。こうすると、いくらでも食べられる」

とまたナポリタンにチーズをどっと振りかけた。

ああ、そう言えば、似てるのかもしれない。おいしそうにほおばる早瀬君の姿に、私は山本さんに言われたことを思い出した。

先週末、山本食堂に夕飯を食べにきた早瀬君が、アジフライのしっぽまで食べるのを見て、

「娘って父親に似てる人を結婚相手に選ぶってよく聞くけど、本当なんだな」

と山本さんが言った。

「そうなんですか？」

誰のことを言っているのかピンとこずに聞き返した私に、山本さんは、

「このごはんの食べ方、森宮さんにそっくりじゃないか」

と笑っていた。

「ね、優子も早く食べないと、ドリア冷めるよ」

「そうだね」

「あ、かける？　チーズは多いほうが絶対おいしいもんな」

「いい。もう十分載ってるから」

私の受験前、森宮さんはチーズたっぷりのドリアを一人で食べて胃が痛くなっていたっけ。粉チーズを勧める早瀬君に、その姿が思い浮かんで、笑わずにはいられなかった。

8

七月になり、早瀬君の仕事が土日に入ることが多くなってきた。結婚式は九月の第三

日曜日に予定しているのに、これでは森宮さんを説得できないままになってしまう。平日でもやむをえない。仕事で疲れた後のほうがうっかり賛成してくれるかもしれないと、私たちは七月最後の木曜に夕飯を作りながら森宮さんの帰りを待った。

「結局、ピザもハンバーグも俺が作るより、ピザーラとびっくりドンキーで食べたほうが断然おいしいんだよなあ。今日は無難なもの作るわ」

早瀬君は買ってきた鯛にハーブやにんにくを擦り込みながら言った。

「イタリアとアメリカと、ついでにフランス料理店で修業した人が作ったって聞くだけで、おいしく感じるから大丈夫だよ」

私は玉ねぎやにんじんを細かく刻んだ。たくさん野菜を入れたピラフを作るつもりだ。

「退職した人が蕎麦打ったり、脱サラしてラーメン屋始めたりする人がいるくらいだから、俺もできると思ったけど、なんでも才能が必要なんだよな。俺手先は器用でも、舌がちっとも肥えてなかったみたい」

「料理はいまいちでも、早瀬君、ピアノ弾けるんだから十分でしょう」

「そうだな。音楽に囲まれているときは、おいしい食事のほうが人を幸せにできると思ったけど、俺は誰かを幸せにできるほどの料理は作れないって思い知ったよ」

「いいじゃない。ピアノ弾けるんだから」

私が刻んだ野菜をフライパンで炒めながら言うと、

「すべてをピアノ弾けるで解決するのやめてくれる?」

と早瀬君は笑った。

「でも、本当でしょう?」

「まあ、ピアノが俺を助けてくれることもあるかな」

「そうそう。少なくともピアノが生活費を生み出してくれてる」

「うわ。現実的」

早瀬君はそう言って、鯛をオーブンへと入れた。


「ただいま……あれ?」

八時前、ドアを開けた森宮さんが不愉快な声を出すのが聞こえた。

「すみません、お仕事の後に」

早瀬君は森宮さんを玄関まで迎えた。

「なんなんだよ。仕事終わってほっとしたと思ったら、風来坊がいるとか。これ、一種の拷問じゃないか」

「おかえりなさい。そうカリカリしないで。早瀬君と夕飯用意したんだよ」

私が食卓を整えながら言うのに、森宮さんは、

「放浪しながら覚えた料理だろう? ちゃんと胃に収まってくれるのかな」

と渋い顔で言った。

「勝手に台所を使うとお父さん、またグチグチ言われるかもとは思ったんですけど。だ

けど、仕事帰りでお腹もすいてるかと。まあ、食べましょう」

早瀬君は嫌味を流すと、「さあ、どうぞ」と椅子を引いて森宮さんに座るように促した。

「なんだよ。人の家で仕切りやがって。それに、風来坊君、君の発言おかしなところ満載だよ」

「そうですか？」

「まず、君にお父さんと呼ばれる筋合いはないのと、またグチグチって、俺、一度もグチグチ言った覚えないから」

「ほら、できたよ。ややこしいこと言ってないで、熱いうちに食べよう」

私が焼き立ての鯛をテーブルの真ん中に置くと、早瀬君は「おお、おいしそう」と声を上げた。

鯛にオリーブオイルをかけてオーブンで焼いたものに、野菜がたくさんのピラフに、きのこのコンソメスープ。どれもいい匂いがするものばかりだ。

「仕事から帰って、夕飯用意されてたら、誰だって食べるだろう？　これ食べたからって風来坊を認めるわけじゃないからな」

食欲をそそる香りに、森宮さんはそう言い訳してから、いただきますと手を合わせた。

「どうぞどうぞ。これ、意外と簡単なんですよ」

早瀬君は鯛をみんなの皿に取り分けた。料理店で働いていただけあって、鯛はきれいに身を分けられ盛り付けられている。

「意外とってなんだよ。見るからに簡単そうだ」

森宮さんはそう言って、ほおばった。私も続いて口にする。じっくり焼かれた鯛は水分を逃さずふっくらしているし、皮はぱりっと香ばしい。

「おいしい。ね、森宮さん」

「ま、風来坊に調理されただけで、魚自体に罪はないからな」

森宮さんが言うのに、早瀬君はくすくすと笑いだした。

「なんだよ。しっけいだな」

「いや、これだけ遠回しにおいしいって言う人を初めて見たと思って」

早瀬君はそう肩をすくめた。

結婚のことを切り出して、食事が止まるのもよくない。私たちは、最近のニュースだとか、私の職場の人の話だとか、とるにたらない話をしながら食べた。おいしい料理があれば、空気は滞らず流れてはくれる。和やかだとまではいかないけれど、みんなで全部きれいにたいらげた。

食後、食卓を片付けると、私は冷たい紅茶を淹れた。吉見さんが淹れていたように、葉から濃い目に出した紅茶を、氷を入れたグラスに注ぐ。品のある柔らかい香りが心を落ち着けてくれる。

「改めた空気作ってきたな」

森宮さんはそう言いながらも、部屋から出て行こうとせず座っている。文句は言うけど、早瀬君を追い出そうとはしないし、この場を打ち切ろうともしない。私たちについて、どこかあきらめているのだろうか。

「何度もしつこいと思われるかもしれませんが、お父さんの許可をもらわないとと思って」

早瀬君は紅茶を一口飲むと、森宮さんの顔をまっすぐに見た。

「いいや、俺」

森宮さんは視線を外すとそう言った。

「いいって何が？」

「どうせ、みんな賛成してるんだろう」

「そんなふてくされたようなこと言わないで」

「ふてくされてはいないけどさ。あ、忘れないうちに渡しておく」

森宮さんは立ち上がると、テーブルの横の引き出しから小さな木箱を出してきた。

「何？」

「泉ヶ原さんが三百万円送ってきた。結婚祝いにって。自分からだということは黙って二人に渡してほしいってさ」

森宮さんは木箱を、私と早瀬君の前に置いた。

「三百万?」

多すぎる金額に、私と早瀬君は、

「大きい式挙げるわけじゃないのに使えないよ」

「そうです。こんな大金いただけないです」

とそろって困惑した。

「どうせ物入りだからもらっておけばいいよ。今さら泉ヶ原さんに返せないだろう」

「でも……」

「これは受け取ったほうがいい。そのほうが泉ヶ原さんも喜ぶだろうから」

あまりに高額で、うれしいと感じるよりも戸惑ってしまう。それでも、このお金を用意してくれた泉ヶ原さんを思うと、ありがたい。きっと私たちのこれからをいろいろ案じてくれたにちがいない。

「泉ヶ原さんはこんなに大金を出して、二人を応援してる。水戸さんは連絡を取らなくたって、優子ちゃんの幸せを願ってるのは明らかだ。梨花は大喜びだろう? それなのに、俺が反対するとかおかしいもんな」

森宮さんは静かにそう言った。

計画どおりだ。他の親に賛成してもらえば、森宮さん一人の反対くらい押し切れる。そう思っていた。それが複数の親がいる利点だと。だけど、全然違う。森宮さんが心から「いいよ」と言ってくれなければ、意味はない。他の誰がどれだけ賛成をしてくれて

も、進むことはできない。どうしてかはわからないけれど、そうなのだ。私がそう言おうとすると、

「お父さんに認めてもらわないと結婚はできないです」

と早瀬君がきっぱりと言った。

「水戸さんや泉ヶ原さんに梨花さん。他の人にどれだけ祝福してもらっても、お父さんに賛成してもらわないとどうしようもないです」

「だから、風来坊にお父さんと呼ばれる筋合いはないと言ってるだろう」

森宮さんが眉をひそめると、

「僕は自分の父のことは親父と呼んでいます。だから僕が、お父さんと呼ぶのは、その筋合いがあるのは、お父さんだけです」

早瀬君はそう言った。

9

九月も中旬を過ぎた土曜日は、夏の暑さが完全に息をひそめたような静かな夜となった。

そうめんの夕飯を食べ終え、私はゼリーにシュークリームにチーズケーキにきなこのおはぎを食卓に並べた。

「うわ、多すぎじゃないか？　式の前日にこんなに食べて、優子ちゃんドレス入らなくなったらどうするの？」

「食べてすぐに太りはしないだろうから明日は乗り切れるはず。森宮さん、私が出て行ったらデザート食べなくなるってグチグチ言ってたでしょう。最後に、いろいろ食べようと思って」

「なんだよ、グチグチって。和菓子にゼリーか……。すべてに合う飲み物って難しいな。ま、日本茶でいっか」

　森宮さんは文句を言いながらもお茶を淹れてくれた。

　森宮さんが結婚を承諾してから、私たちは夕飯後にデザートを食べることが多くなった。甘いものを食べると、いくらでも話が続いていつまでも時間が過ぎない気がする。早瀬君との暮らしは待ち遠しい。それでも、ここにもう少しいられたらと思わずにはいられなかった。

「私がいなくなってもちゃんとごはん食べてね」

「わかってる。っていうか、俺、もともと一人暮らしで、一人でごはん食べてたんだから」

　森宮さんはそう言うと、シュークリームを口に入れた。

「そっか。そうだよね」

　私も同じようにシュークリームをほおばる。優しい甘さのカスタードクリームからバニラの香りが口に広がる。

「明日から、飲み会にも行けるし、遊びまわれるな」

「私がいたってしてくれてよかったのに」

森宮さんはいつでも早く帰ってきて、休みの日も出かけることはめったになかった。もともと一人が好きなのもあるだろうけど、やっぱりどこかで気遣ってくれていたはずだ。

「子どもがいるとそうはいかないからなあ」

森宮さんはいつもの偉そうな口ぶりで言った。

「子どもって、森宮さんと暮らし始めた時、私すでに十五歳だったけどね」

「優子ちゃんわかってないなあ。高校生の子育てほどたいへんなものはないんだよ」

「よく言うよ。でも、手はかからないとしても、高校生の私を引き取るの、ちょっとは抵抗あったでしょう？　嫌なことだってゼロではないよね。私が森宮さんの立場だったら、絶対に勘弁してほしいもん」

今までも何度か同じようなことを聞いたことがある。そのたびに、森宮さんは「全然」と笑っていた。だけど、突然娘ができたうえに、その母親はすぐに家を出たのだ。一切の迷いなく、そんな状態を受け入れられたのだろうか。結婚前夜なら、本音が聞けるかもしれない。私は森宮さんの顔をじっと見つめた。

「本当にちっとも嫌じゃなかったんだよな」

森宮さんはそう言うと、「次はそうだな、和菓子にしようっと」とおはぎにフォークを刺した。

「それって変わってるよね」

「そう?」

「そうだよ。血もつながっていない子どもの面倒を見なくちゃいけないなんて、負担が増えるだけでいいことないのに」

私も森宮さんの勢いに負けないようおはぎを口に入れた。今なら、「実は困ってたんだよね」と言われたって、心のどこも痛くはならない。それくらい私たちの間には、消えない時間が積み上げられている。

「俺さ、子どものころから必死で勉強して東大に入って、一流企業の就職も決まって。なんかそこでゴールしちゃった感じでさ。そこから先、目指すものも何もなくなって、自分も時間も持て余してたんだよな」

森宮さんは口の周りについたきなこをはらいながらそう言った。

「出世するとか結婚するとか。まだまだすることありそうなのに」

「まあな。仕事も嫌いじゃないし結婚もいいかもしれない。でも、それは自分を削ってまでやることには思えなくて。そんな時、梨花に会って、娘を一緒に育ててほしい。娘の人生を作ってほしいって言われたんだ」

「梨花さん、強引だもんね」

「ああ。だけど、そんな大ごとを頼まれることに、気持ちが奮い立った。やらなきゃいけないことが、やるべきことができたって」

「えらいこと引き受けさせられたね」

梨花さんは、任されるとやりきらずにはいられない森宮さんの性分を見抜いていたんだ。私は、梨花さんに説得されていたであろう森宮さんの姿を思い浮かべて笑った。

「何度も言うけど、俺、本当にラッキーだったよ。優子ちゃんがやってきて、自分じゃない誰かのために毎日を費やすのって、こんなに意味をもたらしてくれるものなんだって知った」

「そうなんだ」

「守るべきものができて強くなるとか、自分より大事なものがあるとか、歯の浮くようなセリフ、歌や映画や小説にあふれてるだろう。そういうの、どれもおおげさだって思ってたし、いくら恋愛をしたって、全然ピンとこなかった。だけど、優子ちゃんが来てわかったよ。自分より大事なものがあるのは幸せだし、自分のためにはできないことも子どものためならできる」

森宮さんはきっぱりと穏やかに言った。まだ私にはその気持ちはわからない。早瀬君と共に進む時間が増えたら、わかる日が来るのだろうか。

「自分のために生きるって難しいよな。何をしたら自分が満たされるかさえわからないんだから。金や勉強や仕事や恋や、どれも正解のようで、どれもどこか違う。でもさ、優子ちゃんが笑顔を見せてくれるだけで、こうやって育っていく姿を見るだけで、十分だって思える。これが俺の手にしたかったものなんだって。あの時同窓会に行ってよかった。梨花と会わなかったら、俺今ごろ路頭に迷ってたな」

「まさか。それこそおおげさだよ」

「まあ、俺、頭はいいから路頭には迷わないけど、でも、人生はきっともっとつまらなかった。よかった。優子ちゃんがやってきてくれて」

私もだ。森宮さんがやってきてくれて、ラッキーだった。どの親もいい人だったし、私を大事にしてくれた。けれど、また家族が変わるかもしれないという不安がぬぐえたことは一度もなかった。心が落ち着かなくなるのを避けるため、家族というものに線を引いていた。冷めた静かな気持ちでいないと、寂しさや悲しさやるせなさでおかしくなると思っていた。だけど、森宮さんと過ごしているうちに、そんなことなど忘れていた。ここでの生活が続いていくんだと、いつしか当たり前に思っていた。血のつながりも、共にいた時間の長さも関係ない。家族がどれだけ必要なものなのかを、家族がどれだけ私を支えてくれるものなのかを、私はこの家で知った。

「ありがとう。私もだよ」と言おうかと思ったけれど、そんなことを口にしたら絶対に泣いてしまう。私は代わりに、

「でも、次は恋人見つけてその人に尽くしてよ」

と冗談めかした。

「ああ、面倒だな」

「どうして？」

「恋人だとやりすぎるとひかれたりするだろう？　なんか難しそう」

「そうかな」

「そうだよ。何かあるたびにかつ丼作ったり、落ち込んだからって餃子作ったり、毎晩ゼリー用意したり。そんなことしたら、ひかれそうじゃん」

「それ、私もひいてたよ。餃子もかつ丼も勘弁してって思ってた」

私が言うと、「うそだろう」と森宮さんは笑った。

「なんでも度を越すとだめなんだよね」

「それを言うなら、あいつだろう。俺、風来坊のせいで、何も聴いてないときでも頭の中にピアノが流れてくるようになったんだぜ。あれ、一種の洗脳だ。訴えようかな」

私は何も知らなかったけれど、早瀬君は二度目の訪問で断られてから、三、四日に一度、森宮さんに手紙と自分が弾いたピアノを録音したCDを送りつけていた。

それがわかったのは、結婚式場や日取りが決まり早瀬君の家にあいさつに行った時だ。

前回とは違って、穏やかな表情で迎えてくれたお母さんに不思議に思っていると、お母さんは「先日、被害届が届いたの」と一通の手紙を私に差し出した。そこには、見慣れた字で端的にメッセージが書かれていた。

三日に一度、早瀬賢人《けんと》君からピアノ曲と暑苦しい手紙が送られ、困っています。結婚がうまくいくまでは続くようです。これ以上こんな目に遭わされては平穏な暮らしができません。どうか、二人が何も気に留めることなく、結婚できるようにしてください。

森宮壮介

「賢人が送った曲、全部まとめられたCDも同封されてた」

お母さんはそう言いながらプレーヤーのボタンを押した。

流れてきた曲はピアノではなく電子ピアノで弾かれたものだ。それでも、生き生きと広がる響きに早瀬君が奏でたものだとすぐにわかった。一曲目は私が高校の合唱祭で弾いた「ひとつの朝」。さすがに私より格段にうまい。

「必死でピアノに向き合っていたころより、ずっといい曲が弾けるって不思議ね」

お母さんはそう言った。

「あ、あれ聴こうっと」

森宮さんは引き出しに入れられたCDの中から一枚を探し出すと、プレーヤーに挿入した。

「これをずっと聴きたかったのに、優子ちゃん結局弾いてくれなかったんだよな」

流れてきた曲はどこか懐かしい響きがする。

「何の曲だっけ？」

私が聞くと、

「だから、これが麦の唄だよ」

と森宮さんはお茶を淹れ直しながら答えた。

「麦の唄？」

「中島みゆきの。合唱祭の前に俺、弾いてくれって言っただろう」

「なんかそんなことあったね」

早瀬君に、合唱祭の時森宮さんに中島みゆきの曲を弾かされて困ったという話もしたような気がする。

「全部で三十六曲。それぞれの曲に関わる二人のぞっとするような思い出と、毎回どれだけ優子ちゃんを幸せにするかを書いた不気味なメッセージが添えられてた」

森宮さんはそう言うと、「最後に大物を残してしまったな」とチーズケーキを口に入れた。

「早瀬君、音楽にまつわることだけはよく覚えてるんだよね。でも、私、この曲、初めて聴いた。どんな歌？」

「大事な故郷から旅立って、新たに人生を歩んでいく。みたいな歌だったかな」

「へえ……。そういえば、なんとなく牧歌的な感じがする」

私もチーズケーキを口に入れたけど、さすがにお腹がいっぱいだ。

「マンションだし、半端に都会だし、たった八年しか暮らしていないけど、たぶん、優子ちゃんの故郷はここだよ」

森宮さんはそう言った。

「そう、なるかな」

「いつでも帰っておいで。俺、引っ越さないし、死なないし、意地悪な継母とも結婚しないから」

森宮さんはそう言うと、

「風来坊、ピアノだけはうまいんだよな。よし、もう一回聴こうっと」

と、プレーヤーのボタンを押した。

秋が少しずつ本格的になろうとしている九月の日曜日は、とても気持ちがいい。暑さも軽やかになって、風にもどこか香ばしさがある。郊外にひっそりとある結婚式場は庭が自慢らしく、コスモスやブーゲンビリアなど、小ぶりの花が咲き乱れていた。

大きく窓が取られた親族控室に入ると、さっそく早瀬家のご両親とお姉さんが駆け寄ってきてくれた。先日、顔合わせの食事会でお会いしたところで、「いい日になりましたね」「今日はよろしくお願いいたします」「小さいけどすてきな式場ですね」などと自然に会話が弾んだ。

ひととおり、早瀬君のご家族とあいさつを済ませると、俺は小さく息を吐いた。出て行ったきりの梨花。梨花の再婚相手に、優子ちゃんの本当のお父さん。新婦側の親族と顔を合わせるほうが、気が重い。

もうみんな揃っているようだ。そっと部屋の奥に目を向けると、

「あらまあ、緊張してるの？」

と梨花がにこやかによってきた。

少し痩せたものの、相変わらずきれいで、紺色のふんわりしたドレスもよく似合っている。

「ああ、元気にしてた？」

「元気、元気。優子ちゃんに聞いてるとは思うけど、ごめんねー。やっぱり元夫とくっついちゃったの」

梨花は現在の状況を簡潔に説明すると、「ね」と泉ヶ原さんの腕を引っ張った。

「申し訳ないというかなんというか」

泉ヶ原さんは大きな体を縮こまらせて、俺に頭を下げた。

「いや、いいんです。今のほうが梨花も幸せそうだし」

俺は正直に言った。

俺と梨花は同級生で、泉ヶ原さんと梨花は十七歳年の差がある。それなのに、泉ヶ原さんと並ぶ梨花のほうが、しっくりきている。穏やかに微笑みあう二人を見ていると、きっと夫婦ってこういうのをいうんだろうなと思う。

「そう言うと思った」

梨花はにこりと笑った。

水戸さんは、俺の目の前に来ると、言葉を発する前に、深々と頭を下げた。

「本当にありがとうございます。今日まで育ててもらったことも、連絡してくださったことも、感謝してもしきれません」

丁寧な言葉の発しかたに、端正な顔立ち。優子ちゃんによく似ている。五十歳過ぎであるはずなのに、水戸さんは疲れた感じはなく穏やかながらもはつらつとしていた。

「いえ、とんでもないです」

俺は小さく首を振った。当然のことをしただけだ。

優子ちゃんが読まないと決めた水戸さんからの手紙は、ざっと百十二通あった。勝手に読むのも気が引けたけど、誰にも読まれずしまわれている手紙はむなしい。それに、子ども時代の優子ちゃんがどんなふうだったか知りたくて、手に取らずにはいられなかった。

まだ幼かった優子ちゃんに向けて書かれた手紙は、とても平易でその分気持ちが痛いほど伝わってきた。

元気なのか。学校はどうだ。友達とは仲良くしているか。勉強は難しくなってないか。梨花は優しくしてくれているか。困ったことはないか。

返事がこない優子ちゃんに、何度も何度も同じことを繰りかえし尋ねていた。そして、最後はいつも優子が元気で楽しく毎日を送っていることを願っている。お父さんはどこにいても味方だから。と結ばれていた。

優子ちゃんはブラジルにいる間の手紙だと言っていたけれど、日本に帰ってからも手紙は続いていて、新しい住所が知らされ、なんとかして会えないだろうか。顔だけでも見たい。と必死な願いが書かれていた。

会いたいという水戸さんの切実な思いも、これだけ強い思いを持った人に優子ちゃんを会わせるのが怖かった梨花の気持ちも、よくわかる。梨花が泉ヶ原さんの家を出たころだろうか。優子ちゃんが中学一年生の中ごろで、手紙は終わっていた。

百通を超える手紙を読んで、優子ちゃんの幸せになろうとしている姿を見ることが、この人にとって何にも代えられない大きな喜びだということを、想像するのは簡単だった。だから、水戸さんに手紙を書いた。会ったこともない人に送る言葉は思いつかず、ただ結婚式の場所と日時だけを知らせた。

今朝、優子ちゃんには、水戸さんが来ることを伝えた。「早めに時間知らせておいたから、式の前に少し話したら?」そう言うと、驚くこともなく、「やっぱりね。森宮さん、こそこそと熱心に手紙読んでたもんね」と優子ちゃんは笑った。

十三年ぶりの父娘の再会は想像していたよりもあっさりとしたもので、二人とも時間の隔たりなど何もないように、お互いに近づき言葉を交わしていた。優子ちゃんは「お父さんが来てくれるなんて」と満面の笑みを浮かべ、水戸さんは「ああ、すっかり大きくなって」とまっすぐに涙を落とした。本当の親には、躊躇なく「お父さん」と呼べるのだ。語らなくても理解しあえるものが、共に生きなくても通じ合えるものが、二人にはある。血のつながりを見せつけられた気がした。

水戸さんと話していると、

「皆さま、教会にご移動お願いします。ご新婦様のお父様は、バージンロードを一緒に歩いていただきますので、ご準備なさってください」

と、部屋に入ってきた式場のスタッフが告げた。

そろそろ行くとするか。俺は水戸さんに「では」と一礼して一歩進んだ。

すると、スタッフが、

「森宮様は、ご新婦様とご入場いただきますので、わたくしと一緒にご移動をお願いいたします」

と声をかけてきた。

「あ、それ、間違いです。水戸さんに替わったはずです」

急きょ本当の父親が参列することになって、訂正が行き届いてなかったのだろう。俺がそう申し出るのに、

「お願いします。優子を早瀬君に送り出すのは森宮さんです」

と水戸さんが遮るように言い、

「ええ。お父様は三名ご出席されているけれど、森宮様だとご新婦様からもお伺いしています」

と、スタッフも付け加えた。

「いやいやいや、俺じゃないでしょう」

俺は首を横に振った。血がつながった水戸さんがいて、威厳にあふれた泉ヶ原さんがいて、子ども時代を共にした梨花がいて。ここで俺は親としては新参者だ。バージンロ

ードを歩くなんてとんでもない。

「ちょっと、グチグチ言ってないで早くしてよ。結婚式って段取りがあるんだから」

梨花がいらいらしたように口を挟んだ。

「いや、でも、ここはどう考えても……」

「どう考えても森宮君だよ。優子ちゃんが巣立つ場所は森宮君のところでしょう」

梨花が言う横で、泉ヶ原さんも水戸さんも大きくうなずいた。

「なんて渋い顔してるの？」

教会の入り口までつれられ俺が隣に並ぶと、優子ちゃんが眉をひそめた。ウェディングドレスを着た優子ちゃんは当たり前だけどきれいで、でも、もう俺が大事に育てていく子どもではないんだと改めて知らされているようだった。

「そりゃ、こんなセンチメンタルな役割させられるんだから。最後って損だよな」

俺は優子ちゃんのほうを直視できずに、厳かにたたずむ教会を見たままで言った。

「最後？」

「そう。最後の親だからバージンロード歩くの、俺に回ってきちゃったんだろう」

「まさか。最後だからじゃないよ。森宮さんだけでしょ。ずっと変わらず父親でいてくれたのは。私が旅立つ場所も、この先戻れる場所も森宮さんのところしかないよ」

優子ちゃんはきっぱりと言うと、俺の顔を見てにこりと笑った。

百十二通の手紙よりも、三百万円のお祝い金よりも、価値のあることを言おうとしたけれど、間に合いそうになかった。スタッフに簡単に歩き方を説明されると、大きな扉の前まで導かれた。

「ああ。朝サンドイッチ食べすぎたから、苦しい。森宮さんいつも必要以上にごはん作るんだから」

扉の前に立つと、優子ちゃんはお腹をさすった。

「優子ちゃんがお代わりするからだろう?」

今日の朝。結局俺はオムレツのサンドイッチを作った。ハムサンドもツナサンドも作ったのに、優子ちゃんはオムレツサンドばかりをいくつも食べた。

「なぜか森宮さんの作ったごはん、いつもたくさん食べちゃうんだよね」

「優子ちゃんはいつだって食欲旺盛だもんな」

「ありがとう。森宮さん」

「最後にお父さんと呼ぶのかと思った」

「そんなの、似合わないのに?」

優子ちゃんは声を立てて笑うと、「お父さんやお母さんにパパやママ、どんな呼び名も森宮さんを越えられないよ」

と俺の腕に手を置いた。

どうしてだろう。こんなにも大事なものを手放す時が来たのに、今胸にあるのは曇りのない透き通った幸福感だけだ。

「笑顔で歩いてくださいね」

スタッフの合図に、目の前の大きな扉が一気に開かれた。光が差し込む道の向こうに、早瀬君が立つのが見える。本当に幸せなのは、誰かと共に喜びを紡いでいる時じゃない。自分の知らない大きな未来へとバトンを渡す時だ。あの日決めた覚悟が、ここへ連れてきてくれた。

「さあ、行こう」

一歩足を踏み出すと、そこはもう光が満ちあふれていた。

解説

上白石萌音

あれは二〇一八年の初秋。読書家の知人から是非にと渡されたのが、「戸村飯店　青春100連発」だった。その日のうちに夢中で読み切り、明くる日には他の著書を探すべく最寄りの書店に走った。当時の最新作「そして、バトンは渡された」を嬉々として連れ帰り、こちらもあっという間に読んでしまった。これが、わたしと瀬尾まいこさんとの出会いである。

最後のページを閉じた後の言い得ぬ感動をいまだに覚えている。静かに本を置き、涙を拭い、深く呼吸をして、しばらくそこから動けなかった。紛れもなく、幸福だった。

そして、わたしの「瀬尾まいこさん勝手に応援キャンペーン」は始まった。

著書を読み漁り、家族や友人に勧めてまわった。本作の本屋大賞の受賞が発表されたときには、「ほら思った通りだ！」とこれまた勝手に鼻を高くしたものだ。（本当におめでとうございます！）

因みにあの日買った単行本は、だれかに貸したきり返ってきていない。いつものわたしなら大捜索を始めるところだが、今回ばかりは許すことにする。なぜなら代わりに、瀬尾さん直筆のサイン本がわたしの本棚に鎮座しているからだ。「瀬尾まいこさん勝手に応援キャンペーン」が、なんと瀬尾まいこさんご本人のお耳に入り、わざわざ本を送ってくださったのだ。なんて優しい世界、なんて夢のような贈り物！　この場をお借りして、瀬尾まいこさま、その節は本当にありがとうございました。どんなにせがまれようと、この本だけは、絶対に誰にも渡しません。

少し熱が入り過ぎてしまった。わたしがどれほど瀬尾作品を、そして本作を愛しているかお分かりいただけただろうか。今回、このような有難いご縁で文庫版の解説を仰せつかった次第だが、恐れ多いこと甚だしく、光栄なことこの上ない。

さて、本題に入ろう。

主人公の優子は、十七年の人生の中で、七回も家族の形態が変わっている。これだけ聞くと彼女の数奇な運命を想像してしまうが、この物語は「困った。全然不幸ではないのだ。」という言葉で幕を開ける。

家族が変わるという経験をわたしはしたことがないけれど、きっと簡単なことではないのだと思う。優子はそれを何回も繰り返しているのに、自分が人より不幸だと悲観してはいない。幼い頃から大事な選択を迫られ、出会いと別れを繰り返し、悩み傷ついても、そのたびにたくましくなる。そして、「みんながいい親であろうとしてくれたように、私もやっぱりいい娘でいたい」と考える。

その静かな強さ、どこか達観していて凛とした姿が頼もしい。大変な思いをした分、増えた節をしなやかにしならせる。まるで竹のような人だ。

苗字が何回変わっても「優子」という名前は変わらないように、彼女の優しさも決して変わらなかった。そんな彼女に、わたしはどうしようもなく惹かれる。

そして優子は、入れ替わり立ち替わっていく親たちと、それぞれの家族の形を作る。子は親に似ると言うけれど、優子はどの「親」にも似ているように思う。家族として一緒に暮らすということは、血の繋がりを超えて影響し合うということなのだろうか。今のお父さん・森宮さんにも、二番目のお母さん・梨花さんにも、優子はどことなく似ている。

森宮さんは、やっぱり素敵だ。実直であっけらかんとしていて、どこまでも愛情深い。梨花さんも、ふわりとした少女のようでありながら、確かな芯が通った魅力的な女性だ。ほかにも愛すべきキャラクターがたくさん出てくるが、わたしはなかでも、優子の高校時代の担任・向井先生が大好きだ。

厳格で冷静沈着な指導。真っ直ぐに生徒たちを見つめる目。そばに寄り添い発せられる言葉。そのすべてが慈愛に満ちていて、心がかすかに灯された気分になる。長い間教壇に立たれていた瀬尾さんが描く教師像は、いつも大きくて深い。

本作の中で、とても好きな言葉がある。

梨花さんが幼い優子に、ニコニコしていたらラッキーなことが訪れるよ、と教えたあとで、こう付け加えるのだ。

「楽しいときは思いっきり、しんどいときもそれなりに笑っておかなきゃ」

初めて読んだとき、優しさと少しの切なさをもって、この言葉はわたしの中に沁み込んできた。今でも、折に触れて思い出しては口角を上げるようにしている。さりげないけれど揺るがない言葉。これからも支えになるであろう大切な言葉。

瀬尾さんの言葉は、おいしいごはんみたいだ。あたたかくて、ホッと甘くて、からだと心に沁み渡る。口当たりが滑らかでいつでも新鮮で、からだが喜ぶ感じがする。軽くてするする入ってきたかと思えば、ガツンと濃くていつまでも後味が残ることもある。そして一度その味を知ってしまったら、必ずまたおかわりしたくなる。

それは、ミシュランとか高級店のフルコースとか、そういう食事とはちょっと違う。例えるなら母の作った卵焼きのような、素朴なおいしさだ。作品を読み終えた後の多幸感は、家族揃って「ごちそうさま」をするときの気持ちとどこか似ている。

そして瀬尾さんが描く実際のごはんも、やっぱり本当においしそうなのだ。本作でも食事がひとつ鍵を握っている。張り切った朝のカツ丼。二日連続の餃子。長文メッセージのオムライス。想いの詰まったごはんたちが、登場人物の心に寄り添い、作品に香りをつける。

おいしい言葉とおいしそうな食事。そしてつながっていく「家族」の愛。隅々まであたたかいこの作品世界は、わたしにとっての理想の幸せでもある。

これから先、人生の大切な節目を迎えるたびに、わたしはこの本を読み返すだろう。

恋をするとき。結婚を決めるとき。家族が増えるとき。そしていずれ訪れる旅立ちを見送るとき。

その時々で、この物語は恐らく、違った顔を見せるのだろう。優子の姿が自分にどう映るかで、自分自身の成長を自覚することになるかもしれない。

一方で、どんなに歳を重ねても、わたしの中にはきっと優子が棲み続ける。人はみんな、いつまで経っても、だれかの子どもだから。

この作品と共に生きていくのが、なんだかとても楽しみだ。

そして、今、バトンは渡された。この本を読んだあなたに。ここからどんな道をどんなふうに走って、次は誰にバトンを渡すことになるのだろう。今までもこれからも、このリレーはずっと続いていく。

（女優・歌手）

単行本　二〇一八年二月　文藝春秋刊

文春文庫

そして、バトンは渡《わた》された

定価はカバーに
表示してあります

2020年9月10日　第1刷
2024年4月25日　第34刷

著　者　瀬《せ》尾《お》まいこ

発行者　大沼貴之
発行所　株式会社　文藝春秋

東京都千代田区紀尾井町 3-23　〒102-8008
TEL　03・3265・1211㈹
文藝春秋ホームページ　http://www.bunshun.co.jp

落丁、乱丁本は、お手数ですが小社製作部宛お送り下さい。送料小社負担でお取替致します。

印刷・TOPPAN　製本・加藤製本

Printed in Japan
ISBN978-4-16-791554-4

（　）内は解説者。品切の節はご容赦下さい。

阿佐田哲也
麻雀放浪記1　青春篇
戦後まもなく、上野のドヤ街を舞台に、坊や哲、ドサ健、上州虎、出目徳ら博打打ちが、人生を博打に賭けてイカサマの限りを尽くして闘う「阿佐田哲也麻雀小説」の最高傑作。（先崎　学）
あ-7-3

阿佐田哲也
麻雀放浪記2　風雲篇
イカサマ麻雀がばれた私こと坊や哲は関西へ逃げた。だが、そこには東京より過激な「ブウ麻雀」のプロ達が待っており、京都の坊主達と博打寺での死闘が繰り広げられた。（立川談志）
あ-7-4

阿佐田哲也
麻雀放浪記3　激闘篇
右腕を痛めイカサマが出来なくなった私こと坊や哲は新聞社に勤めたが……。戦後の混乱期を乗り越えたイカサマ博打打ちたちの運命は。痛快ピカレスクロマン第三弾！（小沢昭一）
あ-7-5

阿佐田哲也
麻雀放浪記4　番外篇
黒手袋をはずすと親指以外すべてがツメられている博打打ち、李億春との出会いと、ドサ健との再会を機に堅気の生活から足を洗った私……。麻雀小説の傑作、感動の最終巻！（柳　美里）
あ-7-6

安部龍太郎
姫神
争いが続く朝鮮半島と倭国の平和を願う聖徳太子の遣隋使計画。海の民・宗像の一族に密命が下る。国内外の妨害工作に悩まされながら、若き巫女が起こした奇跡とは――。（島内景二）
あ-32-6

浅田次郎
月のしずく
きつい労働と酒にあけくれる男の日常に舞い込んだ美しい女。出会うはずのない二人が出会う時、癒しのドラマが始まる――表題作ほか「銀色の雨」「ピエタ」など全七篇収録。（三浦哲郎）
あ-39-1

浅田次郎
姫椿
飼い猫に死なれたOL、死に場所を探す社長、若い頃別れた恋人への思いを秘めた男、妻に先立たれ競馬場に通う助教授……。凍てついた心にぬくもりが舞い降りる全八篇。（金子成人）
あ-39-4

浅田次郎
獅子《しし》吼《く》
戦争・高度成長・大学紛争——いつの時代、どう生きても、過酷な運命は降りかかる。激しい感情を抑え進む、名も無き人々の姿を描きだした、華も涙もある王道の短編集。（吉川晃司）
あ-39-19

浅田次郎
大名倒産（上下）
天下泰平260年で積み上げた藩の借金25万両。先代は「倒産」で逃げ切りを狙うが、クソ真面目な若殿は——奇跡の「経営再建」は成るか？　笑いと涙の豪華エンタメ！（対談・磯田道史）
あ-39-20

あさのあつこ
透き通った風が吹いて
野球部を引退した高三の渓哉は将来が思い描けず焦燥感にさいなまれている。ある日道に迷う里香という女性と出会うが……書き下ろし短篇「もう一つの風」を収録した直球青春小説。
あ-43-20

有栖川有栖
火村英生に捧げる犯罪
臨床犯罪学者・火村英生のもとに送られてきた犯罪予告めいたファックス。術策の小さな綻びから犯罪が露呈する表題作他、哀切でエレガントな珠玉の作品が並ぶ人気シリーズ。（柄刀　一）
あ-59-1

有栖川有栖
菩提樹荘の殺人
少年犯罪、お笑い芸人の野望、学生時代の火村英生の名推理、アンチエイジングのカリスマの怪事件とアリスの悲恋。「若さ」をモチーフにした人気シリーズ作品集。（円堂都司昭）
あ-59-2

有川　浩
三匹のおっさん
還暦くらいでジジイの箱に蹴りこまれてたまるか！　武闘派2名と頭脳派1名のかつての悪ガキが自警団を結成、ご近所に潜む悪を斬る！　痛快活劇シリーズ始動！（児玉　清・中江有里）
あ-60-1

青山文平
遠縁の女
追い立てられるように国元を出、五年の武者修行から国に戻った男が直面した驚愕の現実と、幼馴染の女の仕掛けてきた罠。直木賞受賞作に続く、男女が織り成す鮮やかな武家の世界。
あ-64-4

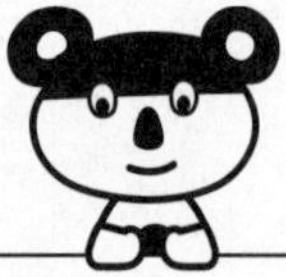

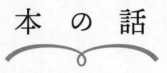